创意写作书系

冲突与悬念

小说创作的要素

[美] 詹姆斯·斯科特·贝尔——著
(James Scott Bell)
王著定——译

CONFLICT
&
SUSPENSE
Elements of Fiction Writing

中国人民大学出版社
·北京·

“创意写作书系”顾问委员会

译者序

无论哪一门学问，面向实践的理论构建都是极其困难的。有些理论虽然能够以简洁明晰的语言勾勒出来，但三言两语的后果往往是说者自以为明了，而听者仍然难以把握其精髓。“创意写作书系”的书单之所以越来越长，正是期盼切实满足创作者的实际需求，当然这也同时引发了强烈的市场反响。《冲突与悬念》就是其中一本，它是出版界的又一善举。

对于小说来说，冲突是引擎，悬念是变速箱。本书从叙事的角度展开细致实用的探讨，范围不仅限于小说创作，而且延伸到了电影剧本创作领域。在现代消费社会中，美学的泛化虽然争议颇多，但趋势却日益明显。我宁愿把这种现象称为“细化”，这是社会分工逐步细化、产业日臻成熟的标志。在文学世界里，不仅全知、全能、全行的人物是不可思议的，以这样的标准苛求作家也是欠妥的。只要创作者能够秉承良知不断地精心雕琢自己的创作技巧，他们的精神成果早晚能够获得市场的认可。

这本书虽然以冲突与悬念为核心问题，但是作者关注的焦点仍集中在畅销小说以及影视剧本的情节领域。本书并非泛泛之作，在翻译的过程中，译者感到在这个浮躁的消费时代，能安心坚守作家这一行的人确实不容易。读者的浮躁、娱乐的消费、雷同的类型、劳动的廉价都是以写作为生者的感慨。但是，抱怨是没有用的。只要精心提高专业水平，适应文化产业的发展趋势，作家肯定能凭其创新精神生存。

译事告竣之日，译者要感谢慧眼识珠的编辑杜俊红女士以及高屋建瓴的刁克利教授。此外，参与翻译工作的除我之外，刁克利、和霞、王炳乾、王殊四位亦各有贡献。译事艰难，挂漏难免，衷心希望读者予以批评指正。译事之余，本人亦望译著能对朋友们有所启发。若果真如此，吾颇感欣慰。

王著定

2013 年 10 月

于北京西郊墨渊斋

前言

唯恐天下不乱，乃作家职责所系，责无旁贷。

——雷蒙德·钱德勒

一旦人物摊上了事，摊上了大事，那么其摆脱困境的千方百计则可美其名曰“编排情节”。

——巴纳比·康拉德

你讲故事。

你讲故事是因为你想让大家读这些故事。

你想打动读者，娱乐读者，乃至启蒙读者。

你想用故事摄住读者的心神，让他们沉醉于你创造出来的一个世界之中，让形形色色的人物和跌宕起伏的情节使他们欲罢不能。

无论你写的是什么文学类型，上述渴望都是你满心期待的，因为在所谓虚构文学的魔法中这才是引发共鸣的奥妙。

确实就是这么回事。你需要做的就是施展一点儿小魔法。

你知道，你能行。

文学创作的绝大多数技巧都是可以学到的。你可以练习这些技巧，让它们为你所用。

说真的，有人声称文学创作是不可教、不可学的，每每听闻此论，我就气不打一处来。在那些由老师、编辑、书籍和文章处习得写作的年轻作家看来，这简直是奇谈怪论。就拿约翰·格里沙姆[1]来说吧，他就是依靠每月向《读者文摘》杂志供稿而享有盛誉的。

再拿我自己来说吧，我确实是把劳伦斯·布洛克[2]的文学专栏当作圣贤书来读的。后来，我常常尝试他在专栏中提及的创作技巧，看看写出来的东西效果如何。

通过举办讲座或者著书立说，我向许多写手传授写作的技巧，并且亲眼目睹其中很多人的作品由此得以成功出版。

所以，千万不要相信没有什么可以提高创作水平的工具或者技巧。

那些不能传授的内容是你赋予文学的内涵，比如说个人独具的天赋、人生阅历、激情与胸怀，这才是你的独到之处。

不过，假如天赋与阅历未能形诸文字从而引发共鸣的话，它们就不算什么。

创作技巧教会你如何与读者建立联系，让他们沉浸于你的故事之中。

让读者魂不守舍的东西到底是什么呢?

其实，说来说去，这个问题的答案是万变不离其宗的，那就是——麻烦缠身的人物。

至于麻烦属于哪个类型并无关紧要，只要对故事中的人物命运至关重要就行了。读者会说：一本小说让他落入情节的“陷阱”而寝食难安。其实，他说的是小说中的人物摊上了麻烦，而读者则急于了解

---

① John Grisham（1955— ），律师，美国畅销小说家。他关注当代社会问题，常把法庭庭审和紧张刺激的故事情节结合起来。20世纪90年代，他和麦克尔·克什顿交替打破了与电影公司的交易金额纪录，成为最赚钱的小说家。本书脚注除特别说明者外，均为译者注。

② Lawrence Block（1938— ），生于纽约州水牛城，美国推理小说家。19岁发表处女作《你不可错过》，之后近半个世纪笔耕不辍，迄今已有30余部小说问世，是位高产作家。

接下来到底发生了什么。

阿尔弗雷德·希区柯克[①]曾这样说过：伟大的故事就是活生生的人生，只是把庸庸碌碌的部分给剔除掉了而已。

一个没有麻烦的场景就是庸庸碌碌的部分。如果一个人物没有遭遇考验、危险、挑战、险阻，没有经历过内心世界或者客观世界或者两者兼备的种种艰难曲折，这样的人物是无法让大家惊喜连连的。至于这个人物的身份、地位则是毫不重要的。任凭一个角色如何诡诈离奇、花里胡哨，倘若在几个章节之后也没有麻烦登门造访他，那么他也是难以吸引读者的。

所以说，制造麻烦就是你的分内工作，而冲突与悬念则是你把故事呈现在观众眼前的创作工具。

故事的根本

试想一下那个天下第一的讲故事的人——我们权且叫他欧杰好了。那天他刚刚完成了辛苦的打猎任务，正当他要把一匹狼收入囊中的时候，意外发生了，他看到一头乳齿象杀气腾腾地朝着他奔跑过来。

倒霉。

他被吓得赶紧丢掉木棍，撒腿就跑，躲在岩石的夹缝中，大约过了一个小时之后，才返回到自己丢弃猎物的地方。这时他看到一只牙齿锋利的老虎正在“狼吞虎咽”地享受着自己的猎物。

真是倒了血霉。

后来，欧杰不得不拖着沉重的脚步回到族人为共享食物而燃起的篝火旁边。族人们都坐在火堆旁边，等待着分享几块排骨打打牙祭。他们早已厌倦了整天吃浆果和植物根茎的苦日子，正眼巴巴地看着欧杰，嘴里咕咕噜噜地说着些话，翻译过来大概就是，“伙计，你给大家弄的肉在哪儿呢?”

---

① Alfred Hitchcock（1899—1980），原籍英国，著名电影导演，擅长惊悚悬疑片。在长达 60 年的电影艺术生涯里，他拍摄了超过 50 部电影作品。

登时，欧杰惶恐起来。因为身为渔猎农耕的原始部落酋长，眼下他的酋长地位成了别人可以通过竞争轻易夺取的东西，关键就要看他接下来如何自圆其说了。

其实上次也发生过类似的情形，族人问他怎么没能打到猎物，当时欧杰只是不屑一顾地耸耸肩，把他们骂了个狗血淋头。不过这回再来这一套恐怕是无济于事了。他们似乎不愿再给欧杰将功折罪的机会了。

所以，欧杰干脆一屁股坐在地上，他开始说道，“一如往常，我外出打猎，发现了一匹狼。我当即扔出一块石头，正好打中了狼的脑袋，把狼砸倒在地。正待我上前捕获它的当口，猛然间我听到一声巨吼！”

他停下话头，端详了一下围坐在篝火旁边的族人们，看看他们脸上有什么反应。大家都在望着他。他看到他们的眼睛里充满了强烈的渴望和好奇。

他已经抓住了他们的眼球。

欧杰心中暗暗叫好，这下有戏了。

试试看，我能不能趁他们注意力集中的时候想出办法，摆脱这个困境。

欧杰继续说，“我在那儿兜了一圈又一圈，这只老虎就围着我转，它的牙齿长长的，像两排钉子一样锋利。口水顺着牙齿不停地滴落下来。老虎的眼睛好大，就像一对铃铛！我能闻到它舌头上的血腥味。真是杀气腾腾的。”

这会儿，所有听众身体前倾，想一听究竟。欧杰心想：反响不错。要是我从容不迫地把发生的事情描述出来，我就能把故事拉长，而且紧张感也能延续下去。其实老虎嘴里气味儿的这个小情节完全是他一时心血来潮凭空想象出来的。

这时，欧杰的故事风格已渐渐成型。与此同时，他还在为故事琢磨一个结局，按照叙事的节奏，他编了一个自己遭遇老虎后奋力自救的故事。终于讲到结尾了，他已经说完了自己大战野兽的事迹，而且最后战胜了野兽。

人群里有个听众问，“那老虎现在在哪儿呢?”

欧杰必须想出一个命运大逆转的结尾。于是，他又编造了一个故弄玄虚的荒诞情节。他说，这时，山神突然降临，将老虎从自己手里夺走了。原来，这只老虎被山神当作贡品笑纳了。山神原本接着要施展法术让天降大火烧死欧杰的族人，欧杰告诉他万万不可，假如山神非得如此，那么他也只得拼命跟山神大战一场了。最后，山神终于发了慈悲。

这么说来，欧杰成了大家的救命恩人。他的故事大概就是这样讲的。

万事大吉。听众的反响相当好，欧杰分得了双份儿的浆果。一位迷人的女子景仰他的丰功伟绩，把一块松鼠皮做的毛毯赠送给了他。一个老头儿把最好的木棒送给了欧杰。几个年轻有为的小伙子把自己最喜爱的饰品献给他，并且承诺假如欧杰以后能讲更多的故事，他们还有更多的礼物相赠。

欧杰不禁心中窃喜，想到或许自己还可以以此为生呢。

欧杰的弟弟负责保管奖品，他拿到15%的提成。

从此以后，欧杰每天晚上都在篝火旁边讲故事，再也不用为保住地位而每天辛苦打猎了。他的传奇故事能够激励别的男人外出打猎。有了欧杰那些虚构故事的激励，猎人们的内心变得更加勇敢，打猎的成果也相当丰硕。他们捕获的猎物也常常分给欧杰一些。

欧杰买下了一孔崭新的豪华窑洞，里面还有一个泳池。

欧杰找到了一个谋生门道。他先把难关重重、危机四伏的故事构思出来，然后栩栩如生、活灵活现地讲给大家听。这些故事让族人着迷，而且愿意掏腰包听更多精彩的故事。故事的真正精髓就在于此，即记录人物如何应对高风险、高收益的麻烦事。就欧杰的第一个故事而言，麻烦是命悬一线的肉体消亡。他口述的故事能让人毛骨悚然。

不过，后来欧杰讲的故事却是关于情感方面的。他要如何对待过去遇到的恶棍？比如说，小时候父亲曾用小石块砸过他；他曾爱上一个穴居的女孩儿，这女孩儿后来被一只庞大的长毛象踩伤了。他注意到，听了这样的故事之后，部落里的女人们，甚至部分男人，都会偷偷地抹眼泪。

他们掏钱要求他讲更多这样的故事。

渐渐地，欧杰把这样的故事统称为“人物驱动型”故事，他明白这样的故事实际上基于下面这一理念：讲述对于人物的内心世界和幸福具有严重冲击的威胁。

这其中的道理你也弄明白了吧？故事的实质并无丝毫变化。从欧杰的故事到原始的神话故事再到古希腊的戏剧，从斯蒂芬·金到电视连续剧《迷失》再到皮克斯动画工作室，实质并无差别。

从本质上讲，故事是围绕着麻烦展开的，它还有另外两位挚友：冲突与悬念。

过山车上的情感体验

到游乐园坐一坐过山车。然后，回家写一部小说。你或许会发现两者具有相通之处。

众所周知，坐过山车带来的生理刺激主要作用于人的肠胃系统。它缓缓地把你送到高处，然后快速从高空把你抛下，还要加上一些旋转运动。这里面有一个紧张程度逐渐升级的过程——先让你产生期待，然后到了高潮部分让你惊叫连连。最后，我们希望你从故事世界中出去的时候，抵达的是一个平缓而合意的结尾。

小说的本意就是要提供情感方面的惊叫之旅。这并不仅仅局限于人们在动作片、惊悚片里得到的那种强烈的感官刺激。即便是一部人物娴静、慢条斯理的小说，要是写得好，也可以拥有同样强大的动力，取得类似的情感效果。

作为作者，你是情感的操纵者。这并不是什么坏事。每个艺术家都想做到这一点。文学艺术的关键是让读者忘记他们被人操控的事实，这样他们就可以只管尽情享受这一体验了。

你的目的也许不仅在于娱人，还要引人深思。麦克尔·克莱顿[①]就是这样的小说家。

如果某个问题让你浑身不自在，或许你也希望号召大家都对此义愤填膺。爱德华·艾比[②]对污染环境的行为极为愤慨，于是他写了《猴子歪帮》这部小说。

不过，无论如何，你都要把冲突与悬念编排进你的小说里面去。这将决定你的小说成功与否。构思精良的情节结构就好比在波涛汹涌的水面上凭空架起一座桥梁，就像旧金山的金门大桥那样。桥的这一侧是你的起点，而对岸则是结尾。坚固的桥塔依托在海湾的底层岩石上面，为小说的每一幕提供转折点。错落有致的场景交织起来，就构成了桥梁上的吊索。所有这一切都在支撑着桥面，共同致力于让读者欣赏到波诡云谲的壮观场面。

是你把他们从桥的一端引向另一端。从头到尾。在旅程的每个阶段，你都在时刻控制着发生的事情。

在这一问题上，经常有人提出反对意见。“我不管什么规则与技巧！你必须让情节自由流动起来，伙计。我要以自己的方式讲这个故事！”好吧。那你就放任自流好了。但是，在放任自流之后，你毕竟还是想把故事变成大家能够读懂的东西，对吧？变成让很多人来读的东西，对吧？

假如你愿意把自己实验性的、随手而就的小说送给五六个人读一读，那也是不错的主意。

于是乎，你的小说仅仅卖出了三本。是你让它放任自流的。如果说这就是你的目标所在，那么你就继续这样做吧。

不过，如果你想与更多的读者建立联系，就需要掌握写作的基本

---

① Michael Crichton（1942—2008），美国畅销书作家、影视导演、制片人，有“科技惊悚小说之父”之称。

② Edward Abbey（1927—1989），美国作家，因提倡环境保护、生态价值观念而知名。其小说《猴子歪帮》（*The Monkey Wrench Gang*）讲的是环保人士炸毁格林峡谷水坝、解放科罗拉多河的故事。

技巧，才能完成这个任务。

一旦掌握了基本功，那么你想怎么自由自在都可以，因为你明白在每个步骤中什么是有用的、什么是没有用的。然后，你就可以把自己的想象和愿景注入一个可以让读者产生共鸣的情节结构中去。

读者被你吸引住了，正如欧杰那样。

定义

冲突早已被公认为是故事的引擎。没有冲突就没有戏剧性。没有戏剧性就没有人感兴趣。没人感兴趣就没有读者。于是，也就没有作家这个行当。

用最直白的话讲，冲突是指两个以上势不两立的方面之间的矛盾冲撞。其中一方必须是人，也就是说，这一方必须拥有实施有意识的意志的能力。

比如说，暴风雨突然袭击了气候宜人的中西部小镇。这本身并不构成冲突。因为无论天气是恶劣还是晴朗，小镇都没有发挥有意识的意志的能力。

可是，假如这个中西部小镇的气象安全监测员仅仅只有两小时的时间来预报这个自然灾害，而且其间还要采取相应措施，这里面就有了冲突。他发挥了意志的作用，他要解决一个时间紧迫的问题。

这个冲突是人与自然界对抗的故事中涉及的那种冲突。人有意志，而自然界提供的是压倒人类意志的东西。

但是，绝大多数的戏剧性故事则至少要涉及两个人类主体互相对立的情况。他们心里各有各的盘算，而且目的相互对立。这种冲突就像是两条狗争夺一根骨头的争夺战。

每一方都有能力施展谋略并采取行动，目的就是把那根骨头据为己有。

悬念源自冲突。这涉及下面这个戏剧性的问题，即：卷进冲突漩涡的人物是否会运用强大意志克服这个冲突？

悬念就是要把读者的情感体验逐步收紧。

大家把这个情况想象成一场拳击比赛好了。两个拳手正在冲突、打斗之中，他们有意识地运用意志力，想把对方的脑袋打个稀巴烂。

那么，试想一下，假如一个拳手把对手压到拳台围栏的绳圈上，开始连续击打。这时的悬念就是：那个处于劣势的拳手会不会被击倒在地。或者，假如他被击倒，他还能不能重新站起来继续比赛?

如果两个拳手互相死缠烂打，近距离用刺拳互相攻击，那该怎么算呢？这时的悬念就在于：哪个拳手能够率先完成有效攻击，从而得分占优。

在整个冲突过程中，悬念的数量很多，可以说是要多少有多少。

小说首先要建立一个核心的冲突，而悬念负责提供动力，迫使读者翻页向后阅读，直到结尾。无论什么类型的小说都是这样。

冲突奠定了基础。所以，在本书的第一部分，我们要看看究竟如何提供最好的土壤，让人物的意志之战异彩纷呈。悬念则诞生于这片土壤，这是本书第二部分的主题。

再来说说我以前写的有关创作的书吧。本书中有部分章节（最明显的是第 3 章和第 4 章）与我在《情节与结构》和《修订与自我编辑》中所讲的内容有点重复。在讨论冲突与悬念的书籍中，这在所难免。所以，我把这些章节依照本书的主题做了一些修改。这样一来，那些不熟悉另两本书的读者也能明白他们需要怎样做才能强化作品中的冲突与悬念。

同时，那些确实读过另两本书的读者也能得到一个稍有不同的视角，而且还能温故知新。这将加深他们对于前书的理解，目标完全是为了让读者们说——

这本书实在让我手不释卷

自从开始写作以来，最让我受用的一句赞语，是读者在谈论我的一本书时说过的这句话——“这本书实在让我手不释卷。”

大家都希望这样，不是吗？另外一种情形是什么？读者把书合上，撂下一句，“不过尔尔。”然后，他就决定再不买你的下一本书了。

有时情况甚至比这还要糟糕，正如多罗茜·帕克[①]看到过的那样，“这本小说不是要你把它轻轻地放在一边的小说。它应该被用力扔到地上。”

我们写故事的人都有一个愿望：让读者不停翻页，从头读到尾。冲突和悬念就能让你如愿以偿。

① Dorothy Parker（1893—1967），美国幽默家、作家、批评家，以机智闻名。

目录

第一部分 冲突

第二部分 悬念

第一部分

冲 突

1

好故事到底是怎么回事

小说的目标是什么？

是娱乐吗？是教诲吗？是宣传吗？是改造世界吗？是为作者赚很多钱吗？

还是上述所有目标？

就通俗文学而言，这样说并没错。此外，假如作者果真对某事充满激情，那么他的愿望就是传达某种信息。当然，也不乏作者的写作旨在改良社会，比如斯托夫人和她的《汤姆叔叔的小屋》。

作家也可能关心其文学风格与语言的韵律，或者为了挑战传统观念而在形式上做实验。

即便说作家写作是为了赚钱也未尝不可！

不过，说到底，要想让这些目标得到最大程度的实现，作者必须以某种方式为读者创造出一种令人满意的情感体验。

所谓“令人满意”并非特指愉悦。悲剧曾是戏剧创作的初衷。可是，正如亚里士多德指出的那样，戏剧创作意在通过激发情感而对情感进行宣泄、净化，这样才能把观众训育成更好的城邦公民。所以，观众的内心体验是第一位的。

故事的类型与指向并不重要，只要读者的情感被激发出来，逐渐得到强化，并且在读完最后一页之后，情感得以最终宣泄出来就行了。如果你做到了这一切，那么读者读完之后就会回味无穷，故事就会留在读者脑海里，并引得大家争相品评。要知道，读者口口相传的口碑乃是最佳的营销渠道。

或许，长期来看，这也是唯一有效的营销手段。

让某些读者兴奋起来的东西或许是源于某个思想理念的力量，或许是某种文学风格的即兴演绎，然而这些东西对读者之所以行之有效，乃是因为作者扣准了读者的情感脉搏。

就拿艾茵·兰德①来说吧。她极力宣扬一种她称为“客观主义”的哲学，其理念基于“自私自利是一种美德”。关于这一主题，她的小说里有很多长篇大论。这位作家的原意就是冲着思想观念展开的，她的作品的确让一些读者心有戚戚焉，这些人感觉作者提供了一种正确的世界观。

阿米什人②小说是近年来很流行的一个小说类型，其读者群体是那些渴望返璞归真并且强烈信奉宗教的人。能够暂时逃离现代世界的纷扰，让这些人感觉良好。

在这个谱系的另一端还有一种小说类型，比如埃利·维塞尔③的《夜》，它营造出的情感是恐怖（实实在在的恐怖，这才是最令人害怕的）以及深深的悲伤。这部作品获得成功并不是因为它把坏事列尽并悉心描摹，而是基于对人物产生认同——在人物经历折磨考验的过程中，读者的情感同时经受了强烈的震撼。

为什么浪漫传奇故事这个类型一直占据着文学畅销榜的冠军宝座呢？因为这个文学类型的读者渴望从中得到某种新奇的感受。或许正是因为读者本人在现实生活中从未有过这样的新奇感受，所以浪漫传奇故事恰好提供了这种替代性的情感体验。或许某些读者自身拥有某

---

① Ayn Rand（1905—1982），俄裔美国作家、哲学家，20世纪小说和论著卖出册数最多的美国作家、思想家和公共知识分子之一。她的哲学理论和小说开创了客观主义哲学运动。

② Amish，美国和加拿大安大略省的一群基督新教再洗礼派门诺会信徒，以拒绝汽车及电力等现代设施，过简朴生活而闻名。

③ Elie Wiesel（1928— ），生于罗马尼亚，后入美国籍，曾亲历奥斯维辛集中营的生活，1986年度诺贝尔和平奖得主。作品还有《一个犹太人在今天》、《黎明》、《白日》、《耶路撒冷的乞丐》、《疯狂的上帝》等。

种情怀，他们由衷地拥戴爱情至上的理念，而且渴望证明这一理念是正确的。无论如何，这些小说之所以畅销是因为它们能为广大读者提供一种令人满意的情感体验。

那种故意写得非常简单粗暴而让读者痛哭流涕的小说又是怎么一回事呢？这依然涉及情感的问题。有些人阅读尼古拉斯·斯帕克斯[①]的小说，就想从一盒卫生纸中间穿越过去。斯帕克斯满足了那个细分市场的需求。这个市场空间同样也是很大的。

不过，不管你的小说属于哪个类型，你必须让它成为一次情感之旅。冲突与悬念这两个工具就是保证你完成任务的得力助手。

有关死亡的一句话

在情感方面令人满意的小说必须以死亡为赌注。

没错，死亡。必须有人遭受生死攸关的考验，而且这些人几乎是清一色的一号人物。

这一规则适用于任何文学类型，从明快的轻喜剧到最黑暗的悲剧。

死亡可分为三种：肉体的死亡，职场的死亡，心理的死亡。你的小说中必须呈现其中一种以上的死亡。

肉体的死亡

难道这个道理不是很明显吗？假如你的一号人物将要面临真正的死亡，比如说他即将窒息而死，那么，他最好的解药是在冲突的竞技场上取得胜利。因为假如他不能获胜，他就死定了。

这场竞技的赌注显然是最高的。要么获胜，要么死亡。

随便拿一本恐怖小说来说，你几乎总能发现其中的赌注就是肉体的死亡。

---

① Nicholas Sparks（1965—　），生于罗马尼亚，后入美国籍，美国畅销爱情小说作家，人称“纯爱小说教父”、“催泪弹”，多部经典作品如《瓶中信》、《罗丹岛之恋》等被改编为电影。

原因可能是一号人物偶然知悉了坏蛋绝不可告人的秘密，比如约翰·格里沙姆的小说《糖衣陷阱》[①] 中那个理想主义的哈佛大学法律系毕业生米契·麦克迪尔。

或许一号人物身处“麻烦生意”之中，比如乔纳森·格雷夫这个暗中施救的人，他是约翰·基尔斯特拉普系列小说的主人公，这个系列的第一部小说是《决不留情》。在每一部小说中，假如格雷夫及其团队没有取得成功，那么就会有人死亡。

不过，并非唯有肉体的死亡才能创造出令人钦佩的小说。

职场的死亡

当小说围绕着一号人物的职场生涯的僵局展开时，不能获胜就意味着她的职业生命的完结，她的天职被人唾弃，她的专业知识变成了欺诈，她的未来乌云笼罩。这意味着她必须面临某种巨大的危险，这会让一号人物一辈子的事业面临要么成功，要么竹篮打水一场空的危机。

正是这一线索让麦克尔·康奈利[②]的哈里·鲍什警探系列小说如此令人叹为观止。哈利有一个职业操守让他情有独钟。在惊悚小说《最后的郊狼》中他是这样说的，“要么人人算数，要么人人不算数。就是这么回事。也就是说，无论是一名妓女还是市长的太太，我都要努力把案子办成铁案。这就是我的原则。”

对于哈利来说，这是他根本不能绕开的原动力。所以，他经手的每个案子都变成了一个问题：要么成功破案，要么面临职场的死亡。他遭遇的困境是：他时时面临被开除公职、调离警队的危机，或者办案难以为继、不了了之的难题。

这让他的职业和具体的案子变得意义非凡。比如一个只为一名客户提供辩护的律师（巴瑞·利德的小说《大审判》，后被改编成热门

① *The Firm*，畅销书，后改编为电影，港译《糖衣陷阱》，台译《黑色豪门企业》。

② Michael Connelly（1956— ），美国畅销小说家，由其小说改编的电影有《林肯律师》、《血型拼图》等。

电影，由保罗·纽曼主演）；一个实习生的执法生涯在开始之前就面临结束（托马斯·哈利斯的《沉默的羔羊》）；一名警察要办一桩恐怖杀人案，这个案子是他最后的机会（乔治·佩勒卡诺斯的小说《暗夜园丁》）。

心理的死亡

哀莫大于心死。就某些人而言，我们可以这么说。就一号人物而言，我们应该这么说。假如没有在冲突中获胜，则他马上要面对心理死亡的危险。

比如《麦田里的守望者》中的霍尔顿·考菲尔德。假如他没有在世界上找到本真，他就会心死。（他找到了吗？最后我们也不大确定，不过，他已经接近了。）实际上，如果他没有找到这个原因，我们非常确定，真正的自杀身亡是难免的。

理解心理上的死亡是很重要的，因为相比其他东西，心理的死亡更能拔高小说的情感层次。

对于所有浪漫传奇故事来说，这都是关键所在。如果两个有情人没能结合，他们都将错失灵魂的伴侣。他们的生活将遭受无法弥补的损失。由于绝大多数读者都知道男女主人公最终要走到一起，所以，创造这个迫在眉睫的心理死亡就更显得至关重要了。

对于比较轻松浅显的作品来说，这也是秘诀所在。喜剧中的人物必须自以为身处悲剧的环境之中，某些鸡毛蒜皮的小事往往也能让他们感觉悲观。不过，这些“鸡毛蒜皮的小事”对于人物来说却必须是非常重要的，以致他们以为自己如果不能实现目的，就要遭受心理死亡的痛苦。

比如说，《天生冤家》中的奥斯卡·麦迪逊是一个随遇而安的邋遢男。他不喜欢打扫房间，想吃就吃，想抽烟就抽烟，一天到晚就知道打扑克，逍遥享乐。当洁癖男菲力克斯·安格尔搬进来之后，奥斯卡非常喜爱的邋遢生活方式受到了威胁。在奥斯卡的心目中，情况如此糟糕，以致他几乎想杀掉菲力克斯。

成为一名快乐的懒汉，对于奥斯卡来说是很重要的事情。即便在我们看来，这只是“鸡毛蒜皮的小事”，而故事的喜剧性就在于此。或者拿情景喜剧《宋飞正传》中随便一个情节来说吧。这部剧总是说，某种愚蠢的东西对于主人公有多么重要。比如绰号“肉羹纳粹”（The Soup Nazi）的粥铺老板出现的那一集。对了，说到这个肉羹！假如杰瑞没有得到这个肉羹，他在心理上就会死亡。实际上，剧中有下面这个镜头：杰瑞必须在女朋友和一碗肉羹之间做出抉择，他的女朋友当时就发脾气痛骂了这个“肉羹纳粹”。

这是一场痛苦的思想斗争！

最终，他选择了肉羹。

心理上的死亡在每种文学类型中都是很强有力的。

比如说，你的故事讲述了某个人携公司巨款潜逃遭到指控一事。主人公是个侵吞公款的贪污犯。我写过这样一本小说，名叫《背后有鬼》。在小说中，卡梅伦·凯茨在一家大型保险公司工作。他想办法开了一个虚假账户，把公司的资金转移到了海外的一家银行。

假如人们没有办法抓获他，会发生什么情况呢？这个悬念是比较平淡的，人们只会感慨：“哎呀，在公司冻结账户、停止资金汇出之前，他究竟转了多少钱到那家银行？”

这就够了吗？不可能。相反，从一开始，被公司和联邦调查局抓获的风险必须是显而易见且板上钉钉的。因为顶着那些罪名被抓获归案往往意味着极长的刑期，这跟死也差不多了。

早在80年前，戏剧家约翰·霍华德·劳逊在其经典著作《戏剧创作的理论与技巧》一书中就提出过这个观点。他在书中写道，一个没有达到这个量级的冲突就是“薄弱意志”的冲突。劳逊说，“在希腊悲剧与伊丽莎白时代的悲剧中，张力的极致状态往往出现在主人公死亡的时候；他被反对自己的势力所压倒，或者在认识到失败的命运之后自杀身亡。”

是的，死亡。在古典悲剧中，死亡就是肉体的死亡。不过，今天死亡还包括职场的死亡与心理的死亡。

劳逊还定义了戏剧性的特征，即在冲突中“有意识的意志为了实现特定的而且可以理解的目标而发挥作用，有意识的意志是足够强大的，只有这样才能把冲突提升到危机的程度”。

这里，我简单补充一下，这种危机要涉及某一种意义上的死亡。

来做下面两个练习：

- 想一想，在小说的主要冲突中，涉及你的一号人物的什么东西陷入了危险之中？马上明确指出来。把它写下来。
- 在关键情节之前，存在哪一种类型的死亡？你必须选择一个死亡类型作为情节的要素。在故事发展过程中，你可以使用别的死亡类型推进情节，但是，在故事的整个发展进程中，贯穿始终的应该只有一种死亡类型。

例子：你在写一部惊悚小说，职业杀手在追杀一位以前的同事，这个同事偷走了“老大”的钱。显然，肉体死亡是其中的主要矛盾。也许小说还可以包括一个次要情节，描述一下一号人物的生活，讲讲他心理上的死亡是什么样的。也许他必须原谅某个人，或者某个人必须原谅他，这样才能让他心里平静。但是，涵盖整个故事的主要死亡模式只有肉体的死亡。

例子：你正在写一部法律题材的恐怖小说，主人公是一位检察官，他担任一个社会关注度很高的案件的公诉人，他那些供职于市政厅的老板们期待他打赢这场官司……不过，后来他才发现被告人是无罪的。假如他抛出这一观点，那么他的检察官生涯就结束了。这是职场上的死亡。

或者，一个为被告人辩护的律师，他习惯于办理容易裁决的案子并且从中收取律师费。眼下他接了一个案子，他的客户被指控在商店行窃。这件事有没有涉及职场的死亡呢？目前看还没有。你必须编排故事的要素，把这个案子变成至关重要的案件，至少也要让律师感觉到这似乎就是职场的死亡。

怎样做到这一点呢？你可以为这个客户想出种种情形，使得这个案子对律师本人具有重大影响。或许，这位客户是个老太太，小时候正是这位老太太把他拉扯大。他是她唯一的希望，因为她一贫如洗而且无依无靠。于是，对于律师来说，这个案子就变得重要起来。

或许，入店行窃者只是一个孩子，这个失足少年走了邪门歪道，而律师本人小时候也曾有过失足的经历。因为孩子的家境非常窘迫，他决心挽救这个孩子。在保释期间，孩子又犯下了更重的罪行，这可能导致他被判很长的刑期。现在，律师必须挽救这个孩子，否则他就感觉自己没有尽到律师的职责。

或许，这个故事里的律师是一位一流的大律师，作为一名出庭辩护的律师，他认为自己丧失了魔力的光环。或许这个不起眼的入店行窃案正是他恢复自信心以图东山再起的前奏，这样以后他又可以承接更重大的案子了。不过，假如他把这个案子办砸了，那么一切就无从谈起了。以后，他就再也没有信心走进法庭为客户辩护了。

这里的关键在于逐渐增加故事的要素，要让人感觉到假如他遭遇挫折的话，这位律师的职业生涯就会毁灭。

例子：你的故事讲述的是一位 30 岁离婚女人的事。她搬到一座小城，重新开始自己的生活。在她的人生中曾发生过什么事情，以至于这次变化对于她的心理具有至关重要的意义？

或许她的前夫一直不让她追求自己的艺术家之梦。刚到这个全新的小城，她下定决心要从事自己最热爱的艺术事业。但是，假如她失败了，这个艺术梦也就破灭了。她没有太多钱。她要怎样给自己的日常生活和艺术爱好找到资金来源呢？假如她的父亲也在这个小城里生活，在分别多年之后，她想要和父亲达成和解，该怎么办？假如父亲生命垂危，她又该怎么办呢？假如她没有找到某种办法来结束以前的生活，她的余生就会充满遗憾，犹如一个伤口一直没有得到包扎那样让她痛苦不堪。这就是内心世界的一种死亡。

例子：你写的是一位疯疯癫癫的喜剧小说——一位职业摔跤手决心要当一名歌剧演唱家。你怎样才能在小说中加入死亡的元素？在喜剧中，某些鸡毛蒜皮的小事往往是经过主人公的主观放大而提升为有重大意义的事情的。

假如他爱上了一位迷恋歌剧的女人，这个思路怎么样？她认为摔跤运动只是野蛮难驯的穴居人才会做的事情。为了赢得她的爱情（赌注是心理上的死亡），他开始接受正规的歌剧培训。

你要在创作的开始阶段做一做这个练习，这样可以为后面的创作过程节省时间，减少压力。这个基于死亡的基础越是牢不可破，你的故事的赌注也就越大。在修改初稿的时候，修订工作也相对容易些。

情感冲突的环节

关于成功的小说，我有一个实用的定义：叙述一个人物如何应对即将降临的死亡，并且让读者得到情感方面的满足。

只要你明白了这个定义，你就可以在情感冲突的链条上有机地建构各个环节。这个链条可以写成下面这个公式：

冲突（马上面临死亡的可能性）
情节（避免死亡的具体措施）
＋**悬念**（与情节有关的、未经释放的张力）

情感上令人满足的体验

记住，悬念并不总是指放在桌子底下的炸弹或者躲在旅馆房门后面的一群坏蛋。悬念是指任何在故事中未经释放的张力，它让读者渴望看到接下来要发生的事情。

假如读者不关心后面发生了什么事情，她就会把书放下。你的下一本书就卖不出去了。正是因为这个缘故，曲折的情节才显得格外重要。

在每一页、每一段里你都必须提供情感的共鸣。从头到尾，贯穿一本书的情感要素都要震撼人心。

2

为冲突而展开头脑风暴

如何着手创作一个有冲突的故事呢?

1. 你要想出一些让你产生情感共鸣的想法。

2. 把这些构思向前推进，让故事沿着最有可能引发冲突的方向发展。

那么，你可以从哪儿找到这样的构思呢?

随处可见。

你遇到的难题永远不应该是缺少构思。难题应该是做出决策：究竟哪个构思才是你要发展成一部小说的那个?

把自己变成一个生成构思的机器。只要稍加培训，你的大脑就能闪现一个接一个的思想火花。你的思维创新能力是一块强有力的肌肉。你越是使用这块肌肉，它就越是精准敏捷。

这就是你需要的。你渴望拥有一种想象力，甚至在你睡觉或者静静观察现实生活的时候都在发挥作用。(斯蒂芬·金对此有一个神奇的比喻："地下室里的男孩子们"。)

学会为了创造冲突而进行"头脑风暴"(可以是多人，也可以是单人的思维创新过程)，你就能让写作的思维任何时候都活跃起来，它往往能给你提供行之有效的构思，甚至作用更大——你可以逐渐把它们塑造成一套程式，而冲突就是其核心。

你可以用下面几种方法开始这个训练过程：

1. 从一个程式化概念开始，或者使用"假如……"开始;

2. 一个意象;

3. 一个情境；
4. 一个故事世界；
5. 一个癖好；
6. 借用古老的情节；
7. 一个社会问题；
8. 最初的几行对话；
9. 你的激情聚焦的核心；
10. 字典游戏。

概念或者 "假如……会怎么样？"

或许最受人欢迎的创新游戏就是"假如……会怎么样?"。讲故事的人，无论是在美索不达米亚的篝火旁娓娓道来，还是呈现在 Kindle 电子书屏幕上，都会用这一问题来带出故事，或者在他们作家的大脑中问这个问题。

当你参与到讲故事的游戏中，就要训练自己从冲突的角度来思考问题。

比如，你正在马路上驾车前进，看到一个一身名牌的人在街上走路，脚上却穿着一双破破烂烂的网球鞋。你很好奇，这里有什么不对头的地方吗？你一边驱车前行，一边在脑子里琢磨着。

当然你开车要当心，不要与前车追尾了。不过，要是你确实追尾了，也可以把这件事情当作你的写作素材。

这时，你要用冲突的角度来思考问题。为什么一个身穿西装的人脚上却穿着一双破破烂烂的网球鞋？如果他曾经拥有一个很好的中层管理职位，那他最近是不是被炒鱿鱼了呢？或者他是一个无家可归的流浪汉，不知道怎么弄到了一套漂亮的西装？他过去当过律师吗？

等一下。最后一个想法引起了你的某种兴趣。律师总是一个可以公平竞争的职业。

假如……他曾是一个影响力很大的律师，可是由于别人造谣说他的生活不检点，因此最近栽了跟头，会怎么样？假如他遭到前任合伙人的栽赃陷害了，会怎么样？

而眼下，他正准备展开报复行动。

复仇是有利于产生冲突的。

或者，你在高速公路上开车。想一想，假如开车的时候你玩下面这样的脑力游戏（安全第一，请勿模仿）。你看到一个广告牌，把它当成某种遮阳板。一位美女穿着比基尼泳装，戴着太阳镜，懒洋洋地躺在热辣辣的阳光下，同时，一个古铜色皮肤的美少年正在给她小麦色的双腿上涂抹防晒油。

假如……他是一个职业杀手，正准备杀害她，接下来会怎么样？在这种情况下，我们又该怎么应对？他既然已经爱上了她，这个情况使得他与那些雇他杀人的雇主之间出现了各种各样的冲突。或许，这时候他自己也已经命悬一线了。

假如……她跟他关系暧昧？她嫁给了什么人？或许，她的丈夫是赌城拉斯维加斯最危险的黑道人物。而更烂俗的桥段是：她嫁给了一个老头子，而她早已厌倦了这个老头子。

假如……他给她抹的并非防晒油，而是一种来自外星球的魔水，这种药液能把她变成一个半人半鱼的怪物，这种怪物嗜血如命，会怎么样？

照这个方法，你可以做出种种猜测。至少再想出五个假设的情境。当思想的火花在你眼前闪现的时候，这些火花应该成为你捕获的目标。列出 5～10 个可能的构想。最后的几个构想应该是你搜肠刮肚才获得的，但它们往往是最好的构想。

尽可能让每个构想都与一号人物的命运发生联系。

审视每个构想，然后不断地设计桥段，直到它们充满冲突。你还要构思一个反面人物，让这个人物有强烈的理由与一号人物作对。然后，选出最好的两个构想，写出一个一页篇幅的剧情摘要。

我的小说《尝试死亡》源于某天我在报纸上读到的一则新闻。在洛杉矶这样的大城市发生这样的事情还是挺让人吃惊的。于是，这则新闻被我剪了下来，扔进了我用来储备构思的盒子。这个盒子专门保存各种简短的构思和剪报。

这份剪报在盒子里一待就是几年，我不时也会看看这份剪报。它一直让我很感兴趣，可是我一直不知道怎样才能给它派上用场。最后，我终于坐下来，权且把自己当作新闻记者，对这则新闻做了如下的改编：

> 在12月某个周二潮湿多雨的早晨，28岁的厄内斯托·波尼拉枪杀了其23岁的妻子阿莱简德拉，凶案现场位于他们在南洛杉矶西45街的家的后院。在阿莱简德拉倒地并失血而亡的过程中，波尼拉开着他们的福特探险者汽车来到西边的世纪高速路连接线，开到港口高速公路上方，随后在路肩处停车。
>
> 波尼拉在汽车的后面来回踱步，丝毫不在意风吹雨打，也没有注意那些下午驾车返回洛杉矶的人们。他把小口径手枪的枪管插入嘴里，随后扣响了扳机。
>
> 他的躯体从路肩坠落，掉下100英尺之后，砸到一辆正在港口高速公路上向北行驶的丰田佳美的车顶上。佳美的车顶被砸扁了。司机杰奎琳·德威尔，27岁，一名里西达的小学教师，当场死亡。

我所有的素材就是这些。我感觉小说的开头可以这么写，可是，接下来该怎么写呢？该小说属于哪种类型？主人公又是谁？这桩离奇的事件如何才能在我的笔下变成一个扣人心弦的故事？

于是，我开始问“假如……会怎么样？”这个问题。我想到的第三或第四个构想是，“假如由司机杰奎琳·德威尔的未婚夫来讲这个故事，情形会怎么样？”于是，我写下了下面的几句话：

> 或许，这只是又一起沉重、离奇的巧合事件，当地新闻节目播出这则报道只要两分钟就够了，顶多再切入外景画面让观众看

一下现场的实况。或许第二天再来一个跟踪报道。但是，这则新闻终将离我们而去，从城市的集体记忆中消失。

不过，对于我来说，这则新闻不会离去。因为杰奎琳·德威尔是我的未婚妻。

这些文字后来成了小说第一页的内容，一点儿也没做修改。我并不知道这里的“我”到底是什么样的一个人，但是，我却看到了即将降临的巨大冲突。而后，这个巨大冲突确实出现了。

所以，什么时候都要记得玩“假如……会怎么样?”这个游戏。假如你开始有意识地玩这个游戏，用不了多久，你的作家思维将会启动自动导航程序，源源不断地为故事情节提供构思。任何“假如……会怎么样?”的构思都可以随时随地地揉进一个冲突的情境之中，你甚至都不必亲自出手，汽车就能自己向前行驶。

1. 拿一本杂志或者一张专门报道轰动消息的小报，找到其中一则报道，里面要有两个以上的人物。

2. 随便写下五个“假如……会怎么样?”的问题，要涉及人物之间的冲突。

3. 从中选出一个最好的，然后针对剧情的发展历程写一页篇幅的情节梗概。或许这就是你可以储备下来的素材。

视觉画面

我们的文化属于视觉文化，我们的所见所闻感动着我们，也不断塑造着我们。在为寻找冲突而进行“头脑风暴”的阶段，作家的脑子里要装满作为故事素材的各种画面。下面介绍几种引出画面的方法。

音乐

有一次，我在听电影配乐的时候，几乎复原了场景的完整剧本，想象出了父子两人在山中共处的画面。儿子 14 岁。父亲因为孩子的事情而烦恼。后来，儿子突然哭了起来。

这支配乐给我提供了画面和情感。通过旋律，我可以想象父子之间的冲突，随即是两个人的内心冲突。

渐渐地，其他场景也依次出现，各就各位。这一切全都源于一首短短的配乐。

把表现情绪的乐曲加在播放列表中。我的列表里几乎全是电影配乐。我把它们细分为如下几类：**心灵感受类、勇敢冒险类、悬念重重类、肢体冲突类。**在我要写某种具体的场景，而且知道需要营造什么样的情绪氛围时，我就会播放列表里的那支乐曲。

为了生成素材，有时候我会把各种配乐随机地混搭起来，任由脑子里播放各种画面，直到特定的旋律出现为止。这时，我需要做的就是把音乐转换成剧本的内容表现出来。

当电影《宾虚》的配乐转换成电影《肮脏警探哈里》的配乐时，你永远不知道脑子里会浮现出什么离奇的想法。不过，这肯定是很有趣的事情。

如果一个画面确实吸引了你的注意力，接下来，你要用五分钟时间把这个画面用文字记录下来。在你写的时候，音乐还在继续播放，你感觉这个场面就像自己想象中的一部电影那样。同时，你要留心各个人物在哪里形成了对立。

你不必马上就知道正在发生的情况。先记录在案，然后再去慢慢地发现。

梦

你的梦向你启示了什么内容？你不必像弗洛伊德那样利用梦境构成故事的素材。

在你的床边放一个小本子，一旦你从梦中惊醒，就可以随时把梦的内容记录下来。

至少，在早晨起床的时候，你要写一个简单的记录。

有人说，醒来之后他们就记不清梦里的事情了。还有人告诉我，假如你回到睡觉的姿势，再等待一会儿，梦就会重新回到你身边。

这值得一试，因为梦境能够给予我们通过其他途径无法获得的隐秘素材。

电影思维

如果你允许，你的大脑会给你播放电影，而且是免费的。

抽出时间在安静的环境中做做这个练习。你要给大脑的唯一提示就是要想到某种冲突。

想象有两个人物，然后把他们置于同一场景里。你的场景想象得越是栩栩如生，效果就越明显。

要让人物用鲜明的言行表明自己是什么样的人，而不要让他们处于平淡的温吞水状态。继续在脑子里过电影，直到人物渐渐表现出某种特色为止。这时，你渐渐明白了他们是什么样的人。

有时候，找一些过去或者现在正在出镜的演员来扮演这些人物，也会有所帮助。

现在你有了场景和人物，继续放电影，直到冲突出现为止。这个冲突可能是人物的口头争吵、肢体冲撞、出现心理危机等情形，也可能是其他人物加入到场景中来，或者发生了偶然事件，或者人物固执己见，或者临时想出了一个情节。

让场景继续发展，直到它抓住了你的注意力。到了某个时刻，它肯定能抓住你。我可以向你保证。

写一个简单的故事背景把这个构思孕育成熟，说明这两个人物为什么成为现在的样子。

或许在故事的开始你就已经卷入了冲突的漩涡，故事开头就充满了有意识的意志力之间的激烈碰撞。

场景设置

什么样的外部环境能够提供贯穿小说始终的主要冲突？答案就是：任何地方都可以！只要你懂得用什么视角来看待这个场景。

我住在洛杉矶。我很少使用其他地方的场景，因为我的家乡就有许多颇具特色的地方，每个地方都可以提供一种具体的冲突类型。

就拿贫民街区来说吧。我有一篇小说的背景就设在那儿，因为那儿的每个角落都可以提供一种恐怖而危险的感觉。从破旧的旅馆到人行道上的毒品交易，都蕴藏着危险的事情。在贫民区，想避免非法活动或者令人发指的行为都难。

我也用过风光旖旎的圣费尔南多谷地，这个地方一度是全美最理想的郊野生活区。当地人大多是白人。而如今，当地人所操的语言至少有百种之多。如影随形的是，黑帮的数量也几乎一样多。

但是，大城市并非发现冲突的唯一地方。

想一想华盛顿的普吉湾，那里有着可爱的田园风格的地方可真是不少。算得上游客度假的胜地了吧？可是，对于畅销书作家格雷格·奥尔森来说，情况却并非如此。他的小说把最血腥的连环杀手弄到那儿，呈现了这个未经开发的场景中丑恶可怖的一面。奥尔森在《第六位受害者》中有如下的描述：

> 在春夏万里无云的白天，即便头顶客机尾部画出的飞行云是唯一的污染，凯特萨普县的树林也依然是黑黝黝的。多年前，伐木工人看上了这片森林的优质木材，并且在这儿发了财；80 多年过去了，如今，地产商在这里平整土地，兴建廉价的住宅小区。沉寂。黑暗。偏僻。

值得注意的是奥尔森选择的词汇：**污染，黑黝黝，沉寂，黑暗，偏僻。**然后，注意当他把杀手这个人物元素加入场景之后发生了什么情况：

> 树林里到处都是阴暗的秘密，首先吸引他的正是这一点。在几周之前，当没有猎物可打的时候，他产生了“做事”的冲动。这时，他的眼睛盯住了丛林中的拾荒者。这些人把一辆加长的旅行车挤得满满当当，车子贴着马路牙子停在那儿，旁边紧挨着路

沟。他们有说有笑地从车上迈下来，似乎来这儿就是为了享受一下郊游的快乐。

他仔细地打量着其中的女人们——绝大多数都是一副弱不禁风的样子。

好了。

无论是城市还是乡村，人口稀疏还是稠密，每个场景都各有潜力，不光是有潜力为人物制造冲突，而且有潜力在冲突本身当中发挥作用。

这是你需要想到的。

在《欲望单人床》中，卡妮·夏皮罗的幼女住在费城的医院里，处于病危状态。对于卡妮来说，一切都因为这个情况而改变，什么问题都能触痛其情感——从与父亲之间的关系，到她自己作为母亲是否合格。作者珍妮佛·韦纳抓住了这个场景蕴藏的含义，使场景与卡妮产生了冲突：

我走啊走，似乎上帝给我戴上了一副特殊的眼镜，我的眼睛只能看到糟糕的事、悲伤的事，城市生活的痛苦与磨难，遍地的垃圾被人们踢到街道的角落里；我丝毫看不到窗台花箱里种的鲜花。我看到夫妻之间打架斗殴，而不是相互亲吻或者牵手亲昵。我看到街道上小孩们倾斜着骑着偷来的自行车疾驰而过，嘴里高声叫骂。成年男性说话很难听，似乎他们早餐吃到了自己的鼻涕，还恬不知耻地向女人频送秋波。我闻到城市夏日的恶臭：马尿的气味，滚烫柏油路面散发的沥青味，还有公共汽车喷出的灰色的、令人作呕的尾气。井盖上面水汽升腾，因为地铁的运行，人行道上也热得冒烟。

试一试

1. 从你自己的生活状况开始写起。如实地写上一页，描述身边的场景，然后从自家的情况扩展到街坊邻里、城市中心、公园、尚未开发的郊区，依此类推。

2. 把各个场景分开，每一个场景写一页。比如，你写的第一页可以是这样的：

> 高速公路主干道距离我的寓所约有1英里左右。夜里，我可以听到卡车隆隆的声音。卡车拉着不知道是什么的东西，向北的拉到斯托克顿，向南的则拉到圣迭戈。

另起一页，把这几句话写在页面顶部。

3. 现在，构造一个人物，让他在这个场景中独处，并且身陷麻烦。写几段话，让场景而不是人物来强化冲突：

> 她跌跌撞撞地爬上了高速公路的路肩。路上飞溅的石子砸伤了她的膝盖。她是怎么来到这儿的呢？
>
> 巨型卡车的喇叭声重重击打着她的心脏。随后，这个冲向她的庞然大物亮起了大灯，让她眼前一片白茫茫。她吓得后退一步，倒在斜坡上。卡车轰然驶过，飞起的小石子砸了她一身。

4. 对你描写的每个场景都做一做这个练习。不管你选择什么地方作为故事的场景，你所要做的就是训练自己的大脑，敏锐地捕捉到可能蕴含冲突的地方。

5. 现在，选择一个你不熟悉的地方。你住在纽约吗？那你可以写一写艾奥瓦州的苏城，或者英格兰的肯特郡。在互联网上做一些调查，可以通过旅行社网站、博客、游记让自己熟悉那个地方。

6. 现在，针对这个陌生的地方，重复步骤1～3。这些练习带给你的东西能让你在写作时劲头更足，让你快乐，甚至让你震惊不已。这就是冲突的魔力。

7. 看看你手头已有的成果。看看每一段描写自然景观的文字。所有中性的平淡文字都要用黄色彩笔标记出来。所谓“中性”，就是说这个描述不能给你想要烘托的氛围有所增色。

假设你写的是一个离家出走的孩子，在隆冬时节，他来到一户人家门口：

冰柱从屋檐垂下。

这么写也不错，但你可以更进一步，像下面这样写：

冰柱像呵斥者的手指那样，指向地面。

在每一段描写中，都用红色彩笔标记出起到“双重作用”的文字，这些文字既有描写景物的作用，又可以起到提升冲突的紧张感或者烘托氛围的作用。

8. 删除或者改写黄色标记的文字，直到留下的段落里只有红色标记。

注意，冲突未必就是彻头彻尾的恐怖。尽管这样做也没错！如果人物的感觉只是稍有不安，可以通过下面的方法加以强化，给文字增加内心的冲突：

太阳毫不留情地用烈焰抽打着我。

车内仍然留有亨利的体味。她几乎可以听见他在副驾驶位上呵斥自己的声音。

你不必把场景局限在家里。你还可以阅读与场景相关的内容。感到某个场景吸引眼球的时候，你可以做一点调查研究。有一天，我在《纽约时报》上读到一则新闻，开头是这样的：

> 在夏威夷当地的传说中，基洛威火山在是主火女神皮勒的家。最近这座火山在断断续续地喷发，本周一夏威夷一带继续喷涌岩浆……由于地面裂缝，该区域的夏威夷火山国家公园部分园区需要关闭，其中包括环火山口的链状公路和其他道路以及附近的露营地。气象台同时警告称，火山口附近二氧化硫的浓度达到了危及生命的程度。然而，气象台的地质学家珍妮特·巴布却表示，由于喷发的火山口处在公园“非常偏远的部分区域”，实际上并不能对人或者城镇构成实质性威胁。

不过，经过一番思考，我确信这必将对人和城镇构成威胁。

那么，不妨就新闻里所说的火山、露营地等问题做一做调查研究。这并不意味着我必须亲赴夏威夷当地才能做这样的调查研究。

假如亚利桑那州的一个露营地的地壳下面发生了岩浆喷发，情况又会如何?

你怎么知道这不可能发生呢?而这又意味着什么?

“头脑风暴”会把答案告诉我。

故事的世界

小说的虚构世界是与场景有关的。它涉及的不只是客观的地理空间，而且还要描述在特定氛围中发生的故事。

举例来说，假如你写的是一部法律类恐怖小说，你的故事世界将涉及律师事务所、法庭以及律师经常光顾的地方。你想做调查研究，了解那些地方的情况，找到适合冲突出现的地点。

假如你要写有关中央情报局的小说，你必须知道这个群体的文化特色。

假如你想写与教会唱诗班有关的事情，你要知道教会活动幕后的情况。布道坛的背后，也可以是充满冲突的地方。

个人博客也是一个帮你发现故事世界的好地方。我曾经写过一个系列恐怖小说，主人公必须待在本笃会的修道院里。我找到了几篇本笃会修女所写的博客，她们描述了修道院日复一日的生活，这对我来说简直是无价之宝。

故事世界和小说场景是有所不同的，严格来说，场景只是一个客观的所在。而小说家却是在讲述主人公的圈子里发生的事情：主人公有什么样的社会关系、工作关系和人际关系，以及这些关系对主人公有什么影响。

历史背景

假如你写的是历史小说，不妨把探索冲突的目光移向过去。通过赋予小说一种方位感，你可以完成双重任务。最重要的是，你能够了解视角人物是如何感知这一切的。

在一部有关洛杉矶 20 世纪 20 年代的小说中，我让一位来自中西部的人物抵达了洛杉矶：

> 他走过火车站，那里的乘客和路人都盯着他看。他肯定是一副衣衫褴褛的模样。但是，难道这些人以前就没见过穷困潦倒的人吗？
>
> 他继续向前走，终于到了一处具有墨西哥特色的地方。这里的地标性建筑是一个中心广场和一个熙熙攘攘的集市。人们的肤色大多是棕褐色的。一个街牌上写着的地址标识出多伊尔身处何方：小墨西哥城欧维拉街。
>
> 他继续向前走，仿佛拉开了一幅窗帘，走进一个截然不同的世界。
>
> 无轨电车和汽车发出叮叮当当的声音，行进在拥挤不堪的大马路上。人行道上的人流忽多忽少，男人身穿西装，头戴平顶宽边的礼帽，女人则着装休闲，头戴宽边软帽。楼房的铭牌上写着公司或者娱乐场所的名称，比如布氏兄弟公司、咖啡厅、洛斯州立剧院、纳尼杂货店、肉市、伍尔沃斯平价商店、国民旅馆、莫

林汽车配件、皮尔斯家具店，此外还可以看到高高的邮政大楼。

此地的风土人情如何？

在一个街角，多伊尔停下脚步，从垃圾筒里掏出一份皱巴巴的报纸，是几页《洛杉矶时报》。上面列有一处名为“兰克希姆区”的房产信息：单元房月租大多报价 1 450 美元！一处堪称仙境的地方！一道通向美丽的圣费尔南多谷的大门！旁边还印着一个男人的小照片，这人自称“拯救山姆”，是一位汽车轮胎销售商。他留着一撮小胡子，酷似昔日庸俗不堪的西部小说里面那种兜售万金油的骗子。多伊尔心想，洛杉矶肯定是一个不良商贩云集的地方，它已经大门洞开，许多乖顺的小绵羊等着让人去剪羊毛。

这段描述充满了细节，还反映了人物一种不得其所的感觉，也许还有点所谓的艺术家的意思。

你要让读者了解人物内心对于场景有什么感触。

社会背景

在主人公的生活环境中，社会结构是什么样的？假如这里的人们属于上流社会，大都拥有常春藤名校的教育背景，主人公能融入这个环境吗？她会不会产生抵触情绪？或者，由于她自己出身“寒门”，她是不是没有办法适应那里的生活？

人物要与她在故事中所处的社会环境有冲突，你需要为人物创造这样的环境。在汤姆·沃尔夫的小说《我是夏洛特·西蒙斯》中，一位来自思想保守的南方小城的女孩考进了一所名牌大学。当夏洛特与同学初次见面的时候，父亲正帮她把行李搬进宿舍，这时父亲手臂上的刺青露了出来，那是一条美人鱼的图案。这个美人鱼刺青显得尤其扎眼：

夏洛特看到两个身穿紫红色衬衫的男生，他们偷偷地瞅着那个刺青。一个男生小声对另一个说："多棒的墨汁呀。"另一个男生使劲憋着，吃吃地窃笑。这可把夏洛特羞死了。

事情马上就清楚了：对于夏洛特来说，自己和这儿的行为方式及社会风俗格格不入。后来，当夏洛特回到宿舍与新室友贝弗莉待在一起的时候，发现贝弗莉正为晚上外出约会描眉画眼：

> 她身穿黑色长裤和一袭淡紫色的丝绸衬衣，衬衣无袖，而且最上面三四颗扣子都没扣上，露出她那晒黑的……她涂了粉红色的指甲油，在晒成棕褐色的手指尖上，那抹粉红色让人感觉漂亮极了。
>
> "我要到饭店去会朋友，"她解释说，"我要迟到了。等我回来再收拾那些东西吧。"她一边说话一边朝着那些乱七八糟、堆积如山的箱包和盒子努努嘴。
>
> 夏洛特不禁大吃一惊：甚至还没等过完第一天，贝弗莉就要去饭店约会了。如此的举动着实让夏洛特难以想象。

不过，在她初次见识了男女生共用的盥洗室之后，上述情况就是小巫见大巫了。在盥洗室里，她听见别人撒尿时发出的哗哗声，像猪撒尿那样酣畅淋漓；还有拉屎的噗噗声，然后就听到扑通、扑通、扑通的声音，还有男生低声哼哼的声音……

隔壁的盥洗室里另一个男生发出的声音也不例外，此起彼伏，形成交响。她急忙洗漱完毕，正想冲出盥洗室的时候，在镜子里看到了两个家伙：

> 两个男生手里拿着一罐啤酒。但是，这是学校不允许的呀！

如此等等。作者沃尔夫不失时机地让夏洛特看似偶然地撞上了一些怪人怪事，这些就发生在她初来乍到的这个地方。在人物的生活中，你要找到这样的地方。社交冲突是小说的最佳素材，因为它在影响人物内心世界的同时还影响其外在行为。

独特的嗜好

人物要有个人嗜好。雷·布莱德伯利[①]曾有如下建议：每当人物开始飞跑的时候，你也要加快步伐，把他跟牢了。

人物会遇到绊脚石。他会碰到一些想把他拦下的人。这些人不光打乱人物的计划，甚至还会把他杀掉。请记住，死亡有三种类型。现在，你要回想一下那些类型。

人物的主要嗜好是什么？爱情、欲望、仇恨、金钱、地位、权力、声望。

对应不同的主题，每种嗜好都有数不清的变种。一个 10 岁女孩和一个 50 岁的男人可能都想扬名立万、出人头地，但是，两者想出名的动机却截然不同。深入挖掘人物的动机，你就能为小说的冲突找到肥沃的土壤。

有些人可能反对人物的嗜好，那就搞一个反方人物列表：家人、竞争对手、朋友、仇敌。有了这个人物列表，你就可以从中给主人公选出最佳的反面人物。

借鉴前人的情节

我曾经读过一部恐怖小说，一个小镇上的居民全被人变成了食人怪兽。小镇上有个女孩，坚持认为父母已不再是自己的亲生父母了。

读那部小说的时候，我想起了电影《天外魔花》（1956 年版）。这部电影是我的最爱之一。在电影的开头，一个小男孩想要离开母亲，因为他认为她已经不再是自己的母亲了。

现在回想起来，这位小说家肯定借鉴了电影里的这个情节。

---

① Ray Bradbury（1920—2012），美国科幻、奇幻、恐怖小说作家。

读完小说后面的故事情节，读者才知道：一个天才的生物学家发疯了，而那些食人怪兽都是他的实验品。

我认为作者借鉴了威尔斯的《莫罗博士岛》的情节。

当时我自以为抓住了作者剽窃的证据，但是，到最后他还是把我耍了一下。作者通过一个人物之口说，这个情节让他想起了《天外魔花》，另一个人物则说模仿的对象是《莫罗博士岛》。

我仿佛看到作者正向我这样的读者挤眉弄眼：他明明知道自己模仿了别人的情节！实际上，作者完全是明知故犯。这位作者就是大名鼎鼎的迪恩·孔茨[①]。这本小说就是《午夜》。

借鉴、剽窃、更新或者改编前人的情节是不足挂虑的，只是在旧瓶装新酒的时候你要把冲突的戏码弄足了。

热门话题

生活中有什么令人抓狂的问题吗？或许还是政治议题。的确，政治领域也有很多有争议的话题可供选择。可能涉及社会问题、法律问题或者精神信仰问题。

马上动笔把自己经常思考的问题列出来。你可以把一个问题变成小说情节的核心元素，或者把它嫁接到小说的子情节之中。

不过，你要掌握下面这个秘诀：必须平等对待参与辩论的双方。假如你不能把一碗水端平，那么往往就会变得好为人师，而你写的东西也将沦为通俗的闹剧。

比如，堕胎话题就是一个马蜂窝。很难想象其他更能引起持久激烈争论的话题了。

不管你有什么个人看法，作家是“穿着别人的鞋走路”，你要设身处地地为人物着想。作家要兼顾双方的视角，通过人物的思考来验证各个看法的合理性。作家本人并不参加国会辩论，只是他写的故事

---

① Dean Koontz（1945— ），美国著名惊悚小说家，作品曾多次登上《纽约时报》畅销书榜。在事业早期，他曾使用过数个笔名。

会涉及人性复杂的一面。

即便你赞成某个立场，也要公平对待双方的立场，因为你的小说本身要比你把是非曲直弄得黑白分明更重要。请相信这一点。关于非黑即白的问题，只能说，真正的冲突是要去灰色地带才能发现的。

开头数行

迪恩·孔茨在 1981 年出版的著作《如何写出畅销小说》中对小说的情节编排有如下建议：

> 坐在打字机前面，不要太费脑筋，连续敲击键盘，先写出一个扣人心弦的开头，一句话或者一个段落即可。不必甚至不要预期故事情节将向哪儿发展。在写出开头之前，对于以后还要写什么也不必过虑。只管写出开头就行。在这个阶段，作家的计划越少，思路就越自由，故事情节便能从头脑里浮现出来。这样做，你成功的可能性就很大。

孔茨还举例加以说明。有一天，他在打字机上敲出了下面这句话："你杀过什么东西吗?"罗伊问道。

他盯着这个情节看了好一会儿。他当时想，罗伊应该是一个 14 岁的男孩子。突然间，仿佛一切情景都在作家的脑海里涌现出来，随后，他只用了不到 10 分钟就写出了后面两页，即罗伊和一个年龄更小的男孩柯林之间的对话。由于思想的火花源源不断地闪现在脑海里，孔茨的情节梗概简直是一挥即就。这本名叫《夜之声》的小说后来成为孔茨脍炙人口的畅销作品之一。

"在我工作的办公室里有五个我害怕的人。"约瑟夫·海勒[①]在对

---

① Joseph Heller（1923—1999），美国著名小说家，擅长黑色幽默，代表作为《第二十二条军规》。

其他事情一无所知的情况下，写下了这句话。后来这句话成为他的长篇讽刺小说《出事了》的开头。（在小说写成之后，这个情节又被海勒进一步发挥——牵出一部长篇小说的竟然是这么一件小事。）

做一做

1. 挤出半个小时做这个练习。

2. 在一页纸上写出一系列的开头，中间留空。

3. 尝试用不同的方法开头，包括从人物对话写起到从动作写起。

4. 把开头的几句话自由地扩充成一个段落。

5. 把这个练习做 10 次以上，然后回过头来审视一下，哪个开头最让你动心呢？

激情的核心

如今，在刑事案件中为被告人辩护的律师往往能引起普通民众的非议。不过，他们在司法体系中扮演着重要的角色。他们的工作很难做，那些公诉案件更是难做，因为他们的客户绝大多数确实有罪。

因此，他们经常遭受这样的质疑："那些嫌疑人明明是有罪的，你怎么还要替他们辩护？"

这个问题的答案是：他们认为宪法赋予了嫌疑人参加审判、进行辩护的权利。他们也正是依此辩护的。我认识许多为刑事案件做辩护的律师，他们充满热情地为犯罪嫌疑人做辩护，保证其受到公正的审判。这个想法激励他们非常认真地投入到辩护工作中去。为了保证司法体系的正常运转，他们必须做到勤勉尽职。维护宪法赋予的权利是促使他们工作热情周到的核心动力。

那么作家的激情核心是什么？针对每个浮现在脑海中的想法，假如你深挖下去，总能找到让自己迸发激情的种子。

就拿一个为无家可归者辩护的律师来说吧。假如无家可归者在当地受到了不公平的对待，而律师对这种情况极度不满，接下来要发生什么事？你对此怎么看？先把这些弄清楚，然后再给那份激情增加一些热度。此外，你也可以用自己对其他事情的感触充实一下你当下的感受。

做一做

列出你最关心的十件事情。然后，花点时间写出一两段内容，说明这些事情之所以重要的原因。这个列表有可能成为你作品构思的跳板。

字典游戏

如果上述办法皆告无效，我们还可以玩一个随时随地产生构思的字典游戏。其实，每当你在创作过程中不知道接下来该写什么的时候，你都可以玩一玩这个游戏。

随便打开一本字典，手指噗地一下压住其中一页。无论哪个字，总能给你带来一些想法，你要做的就是花两分钟时间把内心的想法记录下来。

然后，后退一步，分析一下如何把那些想法变成冲突的素材。

现在我们来随机试做一下。

我用字典选中了“闪”这个字。于是，我就写下了脑海里浮现的内容：

> 电闪雷鸣。闪电照亮了一个雨中的人。我站在林中小屋的门外，似乎是恐怖片的场景。老掉牙的恐怖片。我隐约觉得，那个向我走来的粗壮笨重的家伙似乎是一个连环杀手。不过，来人却是一名女子。这女子身形高大，她迷路了。她怎么会在雨中迷路呢？她在哭泣。精神不太正常。她衣着朴素，像是一位农妇。或许我是在堪萨斯州。我到底在哪儿？还没等我搞清状况，她已经跪在我面前。我赶快搀扶她走进了小屋。小屋里炉火正旺。我拿出毛毯，要披在她的肩上。但是，当我走到她身边时，她却站起

来说，“我知道巴格斯·西格尔[①]把一百万美元埋在哪儿了。”

随后，我看看自己写出来的东西，不禁大吃一惊。这些全都是由“闪”这个字引发的想象。在这些文字中间是否潜伏着一个活力四射的想法呢？

啊，居然真的有一个。巴格斯·西格尔的百万美元埋藏地这个想法就值得挖掘一下。

我想把这个浑身湿透的女子单独留在小屋里。我希望将来她能带给我一个脍炙人口的故事。

但是，眼下我的想象中出现了一个退役警官。他的父亲认识巴格斯·西格尔，父亲在临终之时小声跟他提起过百万美元的事情。莫名其妙的是，突然冒出了几个无恶不作的坏蛋，他们想找这位退役警官谈一谈。

想到这儿，我就得酝酿故事情节了。

这个过程整整用了五分钟时间。单凭一己之力我压根儿想象不出巴格斯·西格尔的百万宝藏这个情节，是“闪”这个字触发了这一场面，这一场面又接连牵出了一系列细节，这些细节又融入了情节构思之中。

字典游戏妙趣横生的地方正在于此。你永远都不知道思想的火花最后会在什么地方打住。一旦你搜集到一批潜在的情节，你就应该琢磨如何创造出一个坚实的基础，让冲突在故事情节的展开中到达巅峰。这是下一章的主要内容。

---

① Bugsy Siegel（1906—1947），美国西海岸势力最大的黑帮头目，率先在拉斯维加斯建造了高档酒店，拉开了赌城繁荣发展的序幕。1991年的美国电影《一代情枭》的主人公以其为原型。

3

冲突的基础

当你开始构思一篇充满冲突、张力和悬念的小说的时候，你需要自下而上地开展工作。

也就是说，假如你想让每个场面都有冲突，每个节拍都有张力，你就不能随机地把这些东西穿插到小说中去。

只有打下坚实的基础，你才能在故事的每个时间节点生成所需的冲突。

如果基础打得不牢固，你的故事情节就不能吸引眼球，而且会像比萨斜塔那样越来越偏离重心。对于糟糕的建筑师来说，一旦开始建筑工作，如果地基过于松软，他就再无回天之力了。他将无法让楼房维持直立的状态。

这种楼房的命运只有永远地倾斜下去。

不要让你的小说变成这样岌岌可危的建筑。

有四种元素可以帮你把基础打得扎实牢固。总结起来，我称之为“LOCK”，由这四个元素的首字母构成：

1. 值得追随的主角（Lead）；

2. （生死攸关的）目标（Objective）；

3. 正面对抗（Confrontation）；

4. 精彩的结尾（Knock-out）。

由于有些人并不依据故事提纲进行创作，这些人也被称为“随兴作家”，他们是跟着感觉走的。这些人沉溺于想象的世界，在郁金香丛中自由嬉戏。每天早晨，他们在田野里随兴逍遥，一副野性未驯、自由自在的样子，对于自己写的东西充满自恋，一有妙笔就欣喜若狂。

而另外还有些人是按照提纲写作的。他们的精神之父是普鲁士军事家克劳塞维茨[①]。所有士兵都要编队成列而且做到井井有条，因为这才是你赢得战争的布局方式！

正如战场上的敌我双方一样，这两类作家形成了相映成趣的默契，因此在两者之间是有缓冲地带的。无论你是否偏爱依照提纲创作，你都难以逃脱为作品奠基的重任。

这就意味着即便是那些毫无规划、随心所欲的作者，在这个问题上也概莫能外。请你相信，只有在开演之前先把舞台的地基打牢，你在表演舞蹈的时候才能更加轻松，小说才能更加强劲有力。

值得追随的主角

你不能只是简单地把众多人物随机地拼凑在一起，然后再想出一些所谓冲突的麻烦事。如果这样的篇幅仅有一页，可能不是太大的问题，但是只有在读者发出如下疑问时才行得通：这些人是什么人？我为什么要替他们的烦恼操心？

在小说领域，冲突有一个首要的、不可或缺的前提：读者必须关心情节涉及的那些当事人。这就构成了读者对人物的情感投资，也让读者急于了解这样的麻烦最后会如何收场。

所以，你首先需要一个值得追随的主角。

故事的世界之所以能够把读者紧紧地吸引住，并非凭借作者的思想或者故事场景或者文化氛围，而是要依靠人物。最重要的人物就是你的正面主角或者反面主角。小说要取得成功，至少要有一个主要人物能让读者感觉他是值得追随的。

---

① Carl von Clausewitz（1780—1831），德国军事理论家和军事史学家，代表作为《战争论》。

那么首先，你要知道你创造的是什么样的主角。你有三个选择。

正面主角

正面主角这个概念就是我们习惯称之为英雄好汉的人物。笼统地说，这个人物体现了社会群体的价值观念。这里的社会群体指的是读者群体。我们要支持主角追求理想。

这也是英雄神话的目的所在。通过深入黑暗世界征服怪物，英雄人物体现了观众个体与集体的道德观念。

这并不是说主角就是完美无缺的，而只是说明大家站在他这一边。我们希望看到他取得胜利。

虽说罗宾汉这个人物在故事世界里的身份是一个逃犯，可是他却是一个正面人物，因为他站在正义的一面。他匡扶正义、劫富济贫，从而保护了弱者。

大卫·科波菲尔和奥利弗·特维斯特[①]这两个人物也得到了我们的支持。再比如《沉默的羔羊》中的女主角克拉丽丝·斯泰琳、《糖衣陷阱》中的米契·麦克迪尔、天行者卢克[②]，他们都是遭遇逆境而且麻烦缠身，可是他们想做的事情都是正确的。

反面主角

反面主角是一个行事有违社会群体价值观的人物。他可能是彻头彻尾的恶人，犹如狄更斯笔下的守财奴：无时无刻不在数着自己的钞票，压榨穷困潦倒的工人，动辄对慈善事业和圣诞节大放厥词。

或许，她可能是一个极度自恋、喜欢卖弄风情的女子，比如《飘》里的斯嘉丽，她什么时候都是要风得风、要雨得雨。

这里的问题是，读者对于人物进行了情感投资，你如何顺手牵羊

---

① David Copperfield，狄更斯同名小说《大卫·科波菲尔》的主人公，他有着不幸的童年。Oliver Twist，狄更斯小说《雾都孤儿》的主人公。孤儿奥利弗不幸结识小偷朋党，后来沦落伦敦街头以偷窃为生。

② Luke Skywalker，《星球大战》系列人物之一，他从一个单纯的农家孩子成长为银河系闻名的最伟大英雄，期间经历了坎坷不平，过程充满斗争和痛苦。

用钩子把读者吸引住呢？比如守财奴这样一个令人作呕的人物，你如何让读者追随他，熬过所有的故事情节呢？

答案就在于预期和欲望这两种情感。

假如你引入反面主角的方法是适当的，你可以引导读者的预期，即这个人物有可能改变自己行事的反面风格。事实上，这个预期属于一种希望人物得到救赎的愿望。当我们在现实生活中犯了错而别人却以德报怨、宽恕了自己的错误行为的时候，我们经历的情感波动会尤其强烈。而后，我们良心发现进而洗心革面，此时的情感是最强烈的。

就拿克林特·伊斯特伍德[①]的一部电影《老爷车》为例说明。退休的汽车工人沃尔特·科瓦尔斯基是一位上了年纪、任性顽固、爱发脾气的老顽童，他极不情愿地把家搬到郊区的“亚裔移民区”。他之所以痛恨这一变化，是因为他之前的邻居全是清一色的白人工薪阶层。

那么，这样一个人物设定有什么值得我们一看的呢？

一言以蔽之，**救赎**。我们看到的是一个反面人物，而我们倒要看看他会不会得到救赎，还是仅仅成为人们茶余饭后的谈资。

不过，在观赏这个故事之前，作者必须为我们提供充足的理由。

因此，在故事开始的时候，伊斯特伍德安排沃尔特站在妻子的棺材旁边。他刚刚丧妻，于是，一种同情的感觉马上就被激发出来了。当他的孙女穿着花哨的衣服到教堂参加葬礼的时候，当他的两个儿子言语间流露出丧亲之痛时，大家的同情感愈加强烈了。

后面还有一个场面，沃尔特对年轻的牧师无拘无束地坦陈心境，他谈到了自己在韩国度过的时光，谈到了战争的恐怖，还说自己对于死亡的理解是非常深刻的。他坦承自己可能对于生活的理解甚至不如对死亡的理解来得更深刻。

---

① Clint Eastwood（1930— ），美国著名导演、演员、制片人，早期的硬汉明星，被称为“城市牛仔”，自 1955 年从事电影事业以来多次获奖。导演代表作有《廊桥遗梦》、《神秘河》、《百万美元宝贝》等。《老爷车》为其 2008 年执导的作品。

这里唤起的同情心足以让我们忍受他所有反社会的言行。

正因为此，在第一幕中，沃尔特跟邻居有冲突，跟当地黑帮有冲突，跟男孩有冲突，而我们也理解了，置身于冲突之中的就是这么一个男人——他的内心追求体面的生活，正等待着从冲突中得到摆脱。

反面主角身上还有一种强烈的情感，即他渴望看到别人善有善报，恶有恶报。换句话说，他也希望见证正义的实现。这么说来，社会集体的价值观再次得到了确认：天网恢恢，疏而不漏。最终，坏人被捉拿归案，受到公正的惩罚。于是，我们的世界重新恢复了秩序。

当然，你也可以让反面人物最后“逃脱惩罚”，对于这个世界而言，做如此描述完全属于另类。你只要知道一点就行了：结尾让坏人逍遥法外而且大获成功的小说是屈指可数的。

非英雄主角

非英雄主角对于社会生活漠不关心。非英雄主角过着离群索居的生活，按照自己的行为准则行事，不希望卷入任何人的麻烦中去。

与反面主角积极地采取行动破坏别人的生活不同的是，除非机缘巧合，非英雄主角并不以伤害他人为目标。

在现实生活中，非英雄主角可能确实要与别人保持一定的距离。比如退伍老兵埃森·爱德华兹，他仇恨一切印第安人。这是电影《搜索者》中的一个人物，由约翰·韦恩饰演。他来自蛮荒之地，始终独处一隅，后来又孤独地回到蛮荒之地。

不过，非英雄主角虽然也可以在群体中生活，但他依然不愿卷入群体冲突的漩涡中去。就拿《卡萨布兰卡》中的里克这个人物来说，二战期间他在法国占领区经营着一家生意兴隆的沙龙。正是因为他在战时的中立，才被获准经营这家沙龙。他的确这样说过，“我不会替任何人出头。”这正是这个非英雄主角人生哲学的精髓。

或者，大家也可以想想肮脏警探哈里·卡拉罕这个人物，一名旧金山警探，一位专业人士，属于执法者这一社会群体。但是，他并不喜欢制度的条条框框，所以在生活中他是疏远这个群体的。于是乎，他经常麻烦缠身。

当他被迫卷入他人的麻烦之中而必须解决难题的时候，非英雄主角的故事里就出现了冲突。最后的结局往往是：他要么重新融入这个社会群体，要么再次拒绝与之合作。

在电影《卡萨布兰卡》的结尾，里克重新融入了社会。由于他被迫卷入了维克多·拉塞罗及其妻子（里克的前任情人）的麻烦之中，里克解决了这个难题，从而赢得了纳粹警察局局长路易这个新朋友，所以最后他还是卷入了战争。

警探哈里则恰恰相反，他拒绝了自己所属的那个执法群体。在电影结尾，哈里冲破了规章制度的羁绊，最终把坏蛋抓获归案，随即扯掉了自己的警徽，把它扔进了旧金山的海湾。这象征着他决意退出这种执法群体。（不过在实拍中，电影公司的一位主管赶紧跳下水去，把警徽捡了回来。正因为哈里永远地退出了警队，才让这部电影为电影公司赚了大钱。）

在美国读者与观众中间，这种非英雄主角还是很有人气的。他能够激发民众崇拜淳朴的边民精神和执着的个人主义。

创造让人“在乎”的因素

什么东西能让人物值得追随？读者是如何计算阅读全书带来的好处的？

因为小说是情感体验之旅，主要人物必须在读者心中激起情感的火花，这是理所当然的。作家的终极任务就是基于这样的情感投资而实现的，你要让读者的心始终被你牢牢吸引。

没有了情感投资，你的冲突、行动或者悬念都是无关痛痒的。读者压根儿就不会在乎这些东西。

有人称之为“在乎”的因素。

那么在乎的根源在什么地方呢？

作家塑造主人公的方法因人而异。有的作家写出人物的完整档案，主人公的家族背景、社交活动、精神信仰、身体特点、家庭成员，诸如此类的东西都要弄个一清二楚。

也有一些作家喜欢凭空捏造，在创作的过程中慢慢了解他们的人物。使用这个方法有一个好处：人物会有机地成长，从而适应故事的需要。

我怀疑，绝大多数作家都处于这两个极端之间。他们喜欢先针对人物的背景做一些初步的调查研究，然后再开始动笔创作，再后来才根据需要填补空白。

无论你喜欢哪种方法，需要提醒你的是：在每一阶段你都要注意用上冲突的元素。如此一来，你就能给主人公制造出麻烦事，让他值得读者追随。值得一提的是，你可以把这个方法变通一下，将它用在所有主要人物的身上。

一种感觉

开始创作的时候你就要问自己，你打算让人物唤醒读者身上的哪种感觉。

你是希望读者为之欢呼呢，还是为之抱憾？或者与之同仇敌忾？是让读者迷恋上主人公呢，还是把主人公看成万劫不复的人？

小说或者电影里的哪些人物是你最喜爱的主人公？请你列出一张表，然后从中挖掘出线索来，找一找你想让读者产生的感觉。我最喜欢的人物清单包括：菲力普·马罗、哈里·鲍什、埃拉姆·卡罗夫兰尼安、希恩、金西·密尔虹、马丁·里格斯、罗杰·索希尔以及斯巴达克思。[①]

这个人物清单上的每个名字都唤醒了我身上的某种感受。马丁·里格斯（梅尔·吉布森在《致命武器》中饰演的人物）使用一份自杀遗嘱唤起了大家的同情心，形成了强大的感染力。这种感觉与他极端

---

① Philip Marlowe，雷蒙·钱德勒笔下的虚构人物，出现在其多部长篇小说中。Harry Bosch，迈克尔·康纳利笔下的虚构人物，出现于多部小说中。Aram Garoghlanian，威廉·萨洛扬系列短篇小说中的人物。Shane，指吸血鬼希恩。Kinsey Millhone，苏·格拉夫顿笔下系列推理小说中的女英雄。Martin Riggs，《致命武器》的主人公。Roger Thornhill，《西北偏北》的主人公。Spartacus，古罗马时代历史人物。

负责的敬业精神是密切相关的。他是一个生命不息、工作不止的职场狂人，不过，他的工作表现是如此出色，总能从一个胜利走向又一个胜利。

如何利用冲突塑造令人难忘的人物？下面是你的第一条线索：找出在普通人身上往往并不兼备的两种感觉，然后把它们注入主角身上。这个冲突很快就能让人物变得鲜活起来。

在动笔创作之前，即便你什么事情都不做，单凭这个思维训练也能让你在创作方面迈出重要的一步。

凡事从点滴做起，我们还是先做一个练习吧。

假如我们打算写一部悬疑小说，主人公是一个普通人，大家误解他，以为他是一个长期以来没有再作案的连环杀手。这就是你的初始设定。

那么，你想让大家有什么样的感觉呢？我的想法是：应该让大家因为误解这个人物而感觉歉疚。他大约就是像希区柯克的电影《西北偏北》里的主人公罗杰·索希尔那样的一个人。他是真正清白的、成功的，过着快乐的生活。直到有一天，坏蛋误以为他是一个为政府工作的便衣特工。他被坏蛋绑架后折磨得半死，差一点儿丢了性命。后来，他跑到联合国，想找到外交官弄清楚到底是怎么回事，然而，这位外交官遭人暗杀了。

我们不禁为主人公感到遗憾和担忧，随之还有一些同情的感觉，这是因为在危险时刻他拥有正确的态度甚至还略显幽默。

为了向希区柯克致敬，我称他罗杰·希尔。他 30 岁。

职业

人物干什么工作或者从事某种职业，能不能成为制造麻烦的肥沃土壤？

假如主人公是普通百姓，我们能让他从事什么工作？

比如主人公是一个会计师，这个职业怎么样？会计师这个职业只是你拍脑门想出来的，你还需要掂量一下。

在他的会计工作中，我们能在哪些方面找到冲突？我们可以把他想象为一位供职于四大会计师事务所之一的准合伙人。这名会计师的工作时间长得可怕。也许事务所派他负责一家大公司的会计业务，一年到头他都要在这家公司工作，他的一半时间都用在编制账目上。

工作这样辛苦会对他的家庭生活有什么影响？假如他发现公司账目中有一些贪污渎职行为，他必须揭露黑幕，那么会发生什么事情？假如他有一个竞争对手，这位同行正在展开攻势试图压制他的傲气，同时阻止他成为会计师事务所的正式合伙人。这时，又会发生什么情况？

你就应该这样做。做一次“头脑风暴”，各种潜在的冲突马上浮现在你的脑海中。不要让你的想象局限于会计师这个职业本身。

人物背景

让我们再就罗杰的个人经历进一步展开调查研究。

他在什么地方上过学？

罗杰在洛杉矶美丽的郊区长大，他属于上层中产阶级。他在西区的私立中学上过学。

我们可以从中挖掘出什么样的冲突呢？

假如他进入体育界会怎么样？比如他是篮球运动员，不过，因为某种原因教练非常讨厌他。为什么？或许教练一看到罗杰就想起自己那个桀骜不驯的儿子。教练的儿子离家出走，在一次抢劫未遂事件中死于街头。或许罗杰的人生态度也像教练儿子一样，一副天不怕地不怕的架势。这让教练决心打压一下罗杰那种专横跋扈的气焰，让罗杰服服帖帖地顺从教练的意志。大家还记得斯坦利·库布里克的电影《全金属外壳》里的那个军事教官吗？

罗杰上过私立的贵族学校是个事实，而就此展开的人物想象给这个故事的背景增添了几分特别的色彩。

经历了这样的挫折之后，现在罗杰变成了什么样的人？

还有一个个人档案的问题：罗杰的爱情生活是怎样的？

好吧，谈过几次恋爱之后，罗杰跟漂亮的卡特里娜·霍纳坎普订了婚。她是富家女，是罗杰最中意的女人。不过，在结婚典礼之前两个月，她宣布婚事告吹。她又爱上了别人，是个演员。这个演员自我感觉良好，以为自己是仅次于约翰尼·德普的大腕儿。

这件事情对于罗杰的内心世界有什么影响？无论是什么影响，都足以让故事充满冲突。尤其是当他遇到了神秘女郎贝尔·敦康姆的时候。罗杰是否刻意与她保持了距离？或者他是否利用了她？或者爱上了她？或者发生了其他情况？

这回该你接招了，试着回答这些问题吧。

关键在于：你想问多少问题就有多少问题，这个游戏你要不停地玩下去。在玩这个游戏的时候，你每每都能源源不断地找到丰富的情节素材，素材的增加就像桥边的野葛一样漫无边际。

当你结束游戏之后，还可以试试下面的元素。

一种渴望

什么东西是你的主角没有却非常渴望得到的？渴望就是得到某物的欲望，假如某人没有得到这个东西，他就会感觉生活是残缺不全的。

这个渴望可能在故事发生之前就已经存在了。主人公把这个渴望从自己的过往带到故事中来。它的作用是可以让你在小说刚刚开始的时候就能稳步推进。因为这个人物内心已经有了烦恼，这个烦恼的表现形式是未达成的渴望。

人物牵肠挂肚的渴望可以让你引出人物的许多行动，这些行动是不可预测的，从一开始就能勾起大家的兴趣。

有人说，一个人 12 岁时想要成为什么样的人，就是他真正的理想与愿望。对于我来说，情况确实如此。直到今天我的愿望仍然是在洛杉矶道奇棒球队当一名打中外场的队员。这暴露了我的哪些问题？

这个问题我还是留给别人回答好了。

我们还是拿罗杰这个人物来说吧。他在这家会计师事务所的工作可是够辛苦的。这并不是他 12 岁时预想自己要做的那种工作。

把罗杰小时候想要做的事情列一个清单：

> 乘木筏漂流密西西比河（他确实读过《哈克贝利·芬历险记》）；
>
> 成为电影明星；
>
> 住在夏威夷海滩，每天冲浪；
>
> 成为中央情报局的特工；
>
> 参加牛仔竞技表演的全国巡演比赛；
>
> 为全国汽车竞技协会开赛车；
>
> 写一部小说。

这个列表你想拉多长都可以，然后，从中选择一个对你有吸引力的理想工作，仔细琢磨一番。通常我最钟爱在列表中靠后的那些想法。就拿上面这个列表来说，“写一部小说”就成了小说《终极格斗》的主人公热衷的事业。

然后，我要问：为什么 12 岁的罗杰想当一名小说作家？或许因为主人公在上学时总是遭人戏弄。他渴望成为一名大哥大，这样一来，无论何时何地他都可以维护自己的尊严。

你要给读者讲一些与此相关的背景故事：

> 在 12 岁的时候，罗杰第一次被一个小流氓揍了一顿。当时，他正在去上体育课的路上，在楼道里遇到了一个比自己大两岁的孩子，他腋窝下的腋毛都很长了。那个孩子向罗杰索要 1 美元，罗杰说他没有。那个孩子扇了他一个耳光。没等罗杰反应过来，那个孩子把罗杰推进了一个带锁的储物柜里，罗杰蹲到了地上。在他这个年纪的人中间，罗杰的身材确实不算高大，可以说有点瘦小。但是，他内心燃起一股无法平息的怒火。
>
> 他该怎么办？
>
> 他想参加棒球队的击球训练，变成一名深受时尚人群追捧的

棒球运动员。但是，当他问父亲自己是否可以练棒球时，父亲告诉他学生要以学业为重，搞好功课。父亲不愿意掏钱让他参加棒球训练班。所以，罗杰后来一直是个“本分务实”的人。

如此等等。

在这个有关“渴望”的创作过程中，最后一个步骤是想出某种办法让这个“渴望”持续影响着今天的罗杰，从而演变成人物内心冲突的一个不竭源泉。

对于罗杰来说，这个“渴望”的根源在于非正义现象让他义愤填膺。那个小流氓是一个恃强凌弱的小混混，他真想把这个混蛋的脸扇个稀烂。此后，罗杰在生活中没少遇到这样的小流氓，毕竟恶有恶报，惩罚这些坏蛋才能伸张正义。不过，罗杰总是把替天行道的任务留给别人去做。

在这篇小说后面的冲突激化过程中，罗杰身上与日俱增地出现了两种相互撕扯的力量：一方面他要像父亲教导的那样成为“务实”的人；另一方面他越来越渴望主持正义。

不要忽略这块能生成冲突的沃土。有时候你可以运用业余的心理学知识进行人物研究，从而让人物形象更加丰富多彩。

跃然纸上

当你听文学经纪人和编辑谈论那些引人入胜的人物时，经常会听到诸如“栩栩如生”、“跃然纸上”之类的赞语。这就说明，这样的人物要比他们之前读过的人物更为鲜活。即便是家喻户晓的人物类型，随着小说情节的发展也能成功逆袭，令人惊喜连连。

在《修订与自我编辑》一书中，我曾经说过，人物吸引读者眼球的因素有三个方面。我称之为**胆略、机智、绝妙**。简言之：

胆略指的是胆量，力量，勇气。在面对生死攸关的重大选择时，人物需要具备这一性格特征。或许人物一开始并没有多大胆量，不过，作者最好确保人物在读者的心中具备胆子越来越大的潜力，而且人物胆子的膨胀速度要非常迅速。

机智指的是人物要有敏锐的头脑。这种能力让人物经常能够拿自己开玩笑，或者不把自己太当一回事。

绝妙指的是主人公要能像一块磁石一般吸引人，包括其他人物和读者。

在下面的人物当中你们可以得到验证。

胆略：罗伯特·克莱斯所著《爆破天使》中的卡洛尔·斯达基，洛杉矶警察局拆弹队的老警察。

机智：哈兰·科本[①]笔下系列小说中的米隆·波利塔尔。

绝妙：玛格丽特·米切尔的小说《飘》中的斯嘉丽·奥哈拉和瑞特·巴特勒。

当你阅读或者重温自己最喜爱的作品的时候，只要想想这三个特征，就会发现其例证俯拾皆是。

不可预测性是另一个保证人物跃然纸上的因素。正是因为别人无法预知接下来会发生什么事情，所以这几乎可算是必然引发冲突的一个法宝。

想一想电影《月色撩人》中的罗尼·卡马莱利这个人物。我们第一次见到他的时候，他正待在一家面包房的烤箱旁边。洛蕾塔·卡斯托瑞尼与罗尼的哥哥已经订婚，她过来邀请罗尼去参加婚礼。两兄弟之间有点儿恩怨，而洛蕾塔希望能从中调和一下。

虽然她试图像成年人那样理性沟通，然而她得到的回答完全出乎意料：

罗尼

你就要嫁给我哥哥约翰尼了？

洛蕾塔

是的。愿不愿意找个地方，大家坐在一起谈谈……

---

① Harlan Coben（1962— ），美国著名神秘悬疑小说家。

罗尼

我没有生活。

洛蕾塔

什么意思?

罗尼

我没有生活。我哥哥约翰尼把我的生活拿走了。

罗尼对这个问题的回答并不符合我们的预期，接着他粗声粗气地问:“什么是生活呢?”

洛蕾塔只是想跟他谈谈，但是罗尼打断了她。

罗尼

大家都说面包就是生活！而我的工作就是烤面包，面包一个接一个地烤出来，我也累得满身大汗，把面包坯推进热烘烘的烤箱里面然后再取出来。哼，亲爱的，我的生活应该算是很幸福了吧？你不是想让我去参加我哥哥约翰尼的婚礼吗？我自己的婚礼在哪儿呢？克瑞茜，请到厨房给我拿一把大刀来。

克瑞茜

不要这样，罗尼!

罗尼

把刀给我，我要割喉自杀。

这样的谈话已经远非温文尔雅了，不是吗？这是纯粹的冲突，属于歌剧里出现的那种冲突，构成了罗尼的人格冲突。

还有一个令人物跃然纸上的因素就是崇高。当人物按照崇高的理想做事的时候，他一般会陷入麻烦之中。当对立双方就行为的是非曲直相持不下的时候，冲突就出现了。

比如，在电影《杀死一只知更鸟》中，阿提克斯·芬奇为自己的客户汤姆·罗宾逊辩护，而有人要对他的客户用私刑，他必须与这些人展开正面的博弈。在监狱外面，他已经策划妥当，等待双方的交锋。

人物的缺点

对于我们来说，完美无缺的人物无法提起大家的兴趣。我们需要同时看到人物身上的缺点和优点。甚至可以说，人物身上的缺点往往能够提供更多的潜在冲突点。

斯嘉丽·奥哈拉是自私自利的，所以，只要一个男人能帮她达成目标，即便她并不喜欢他，也会毫不犹豫地嫁给他。

斯各特·芬奇并非模范女生。她在学校跟别人打架，而且总是不合时宜地亮明自己的观点。

赋予人物一些缺点，能让人物接近其他有缺点的人。

意志的力量

伟大的人物都具备一个鲜明的特点："强大的意志力"。人物的意志力越是强大，他的吸引力就越大。

为什么会这样？因为我们都相信，或者希望相信，一个人在无拘无束时遵从意志的行为能够取得明显的效果。我们希望相信：我们可以把世界变得更好，或者可以为自己开拓出一片天地，或者通过意志的作用完成别的事情。虽然遭遇过曲折和挫折，但是我们懂得了一些道理（即所谓智慧），今后我们必将再次付诸行动。

所以，那些有意识地实施意志力并且实现特定目标的人物总能与大家产生情感上的共鸣。

目标

我们已经讨论过了，小说成功的最大赌注涉及死亡的威胁，无论是生理上的、职场上的，还是心理上的。

故事的目标可以有下面两种形式：要么想得到某种东西，要么想摆脱某种东西。这里所谓"某种东西"应该是生死攸关的事物。

就拿《亡命天涯》来说吧。这个标题暗示了其首要目标：理查德·金保医生必须摆脱那个想要把自己抓获归案的警察。生理上的死亡已经使他陷入危机，假如他被抓，就会因为谋杀妻子的罪名而被枪决。不过，这里起作用的还有心理上的死亡：他知道杀害妻子的真凶目前还逍遥法外，过着无忧无虑的幸福生活。如果他不能给自己心爱的女人找回正义，即便把他关进死囚牢里，他也无法忍受心理上的重压。

下面，让我们再来看看职场上的死亡。职场上的死亡未必果真如此，只要让人物感觉到这一点就足够了。在电影《沉默的羔羊》中，克拉丽丝·斯泰琳是联邦调查局的新手，弗吉尼亚州匡提克海军基地行为科学部门领导派她侦办一个重案：讯问臭名昭著的连环杀手、城市食人狂魔、精神病专家汉尼拔博士，并且把罪犯本人的一些信息弄清楚。

这是升官晋爵的一个大好机会。对于斯泰琳来说，升官也是至关重要的事情。在他们初次见面的时候，汉尼拔博士就上上下下地打量了她一番，透过直觉知晓了这一事实。汉尼拔从监舍里掌握了下面的情况：

> 你想证明自己的聪明才智，斯泰琳警官。你也是野心勃勃的，不是吗？你拎着名贵的提包，却穿着廉价的鞋子，你知道在我眼里你是什么样的人吗？表面上看，你就是一个土包子。你是个擦洗得干干净净的、积极进取的土包子，还有点儿品位。你的眼睛就像是两块廉价的诞生石[①]，当你追踪什么小小的答案的时候，这块宝石只是表面闪亮。在明察秋毫的眼光背后，你有点小聪明，不是吗？你拼命想着不要成为你母亲那样的普通人。你从小吃得不错，长得挺拔，不过，你的家人不当煤矿工人距离现在还不超过一代人的时间，斯泰琳警官。你们这个家族是西弗吉尼

① 诞生石，与某一特殊月份相关的宝石，按传统由该月出生的人佩戴。

> 亚州的斯泰琳家族还是俄克拉何马州当农民的斯泰琳家族，警官？在女大学生与陆军女兵连之间，你的机会是一半一半，对吧？

汉尼拔不光是把她归了类，还让她明白，既然已经如此直截了当地把这些话说出来，现在他手中的筹码已经提高了。假如她不允许他泄露她的家世，这样的羞辱无疑挫败了她的自信心。也许，对于她在联邦调查局的未来发展来说，这是致命的打击。

至少，当结束了这次与汉尼拔的会面之后，她有了如下的感受：

> 斯泰琳突然感觉空荡荡的，似乎刚刚献过血。她花了比平时要多的时间把纸张放回文件夹，因为她不能确信自己马上就能站起来。斯泰琳完全沉浸于那种让她恶心的失败感之中。

这里，你看到了本书前面一章中提到的职场上的死亡以及心理上的死亡，而且赌注都提高了一截。这就为情感冲突做好了铺垫。

打磨主角的目标

1. 主人公在小说中的首要目标是什么？这一点要弄明白。这个目标应该是始终如一的，人物要么实现目标，要么得到解脱。

2. 小说是如何过渡到死亡的？随便拿一种类型的死亡来说，比如生理上的死亡、职场上的死亡或者心理上的死亡。死亡是首当其冲的要素。

3. 以人物的口吻写一两篇日记（即第一人称叙事），解释为什么这是生死攸关的时刻。补充一些背景故事，说明主人公这个看法的合理性。

4. 把这段话编辑一下，把它变成可以写进小说里的形式。比如，你可以把一部分第一人称叙事的内容写进人物对话中。

5. 在小说第二幕的中点之前，找一个地方把这个材料穿插进去。

这样布局谋篇的理由是你要让人物认识到，并且是清清楚楚地意识到，在小说的中点之前他必须知道关键的赌注是什么。因为过了中点，他就必须全力以赴地行动，绝不能从行动中退缩，在整篇小说的剩余部分，他必须全力以赴才能避免死亡。

对于眼下的人物罗杰·希尔来说，我们要写明他的基本情况。罗杰的主要目标是摆脱法律的制裁。所有人，包括受害人的亲属在内，都认定他就是凶手，他必须摆脱别人对他的无端猜疑。这个赌注显然涉及生理上的死亡。假如受害者的亲属找到他，而且急于报仇雪恨，那么，罗杰在现实生活中就会面临这样的险境。假如司法部门抓到他，那么他就要被执行枪决或者判处终身监禁、不得假释。

但是，假如他真的摆脱了这一困境，又会发生什么情况？假如罗杰东躲西藏、得以年复一年地活下去，又会怎么样？那是不是一种心理上的死亡呢？一个无家可归的人对于自己的过往会毫无感触吗？他再也没有家庭了吗？我想这种可能性应该是有的。

当然，他的职业生涯算是完结了。他再不可能轻易地被一家公司聘用，然后成为这家公司的会计师，从事高薪工作。

对于罗杰来说，这个赌注可真是够高的。

现在，让我们看看罗杰在自己的日记里是如何说出自己的看法的：

> 他们认定人是我杀的，这就是我选择逃亡的原因。你一定要问为什么吧？因为我清楚地知道她那个土包子哥哥早就气得发疯。让我再想一想，他叫什么来着？鲁迪？假如他找到我，一切都完了。我在南希·格蕾丝主持的电视节目上看到过他。我看到他痛不欲生的眼神，还有其中流露出的仇恨。他才不管警察局怎么说，他肯定要让我死得很难看。
>
> 顺便说一句，警察似乎也不管这么多。似乎能把我抓住才正合警方的意思。
>
> 我能逃到哪儿去呢？我这样隐姓埋名还能躲得了多久？

> 这是一种什么样的生活?
>
> 我想念家人。我的兄弟姐妹。我的母亲。
>
> 可是，连他们也都认为我是杀人凶手!

这样，我们就为冲突建立了一个坚实的基础。当你把主人公变成读者想要追随的人，而且这里的赌注是某种意义上的死亡的时候，你的小说就成了最有吸引力的东西。

然后，你要逐步缓慢提升读者的兴趣。这时还需要增添一个要素，这就是一种反作用力。

人物日记

据我所知，以人物的口吻写日记是最有效的创作工具之一。在小说创作的每一阶段，这个工具都派得上用场。这种日记的形式是自由的，内容处于意识流状态，你用人物的口吻说话，谈谈你给人物交代的任务。具体办法就是让人物自说自话，至少连续不停地写出5～10分钟的谈话内容。

在早期，人物日记可以让你“听到”人物以其自身独有的风格说话。你必须做到这一点，才能让笔下的人物形成各自的特色。

在写作过程中，你也可以停下来，问问某个人物对于这个故事有什么想法或者感觉。这样做可以深化人物的情感，有助于冲突的巩固与强化。

针对所有主要人物，你都应该写一写人物日记，并且在小说的创作过程中自由地使用它们。

正面对抗

“LOCK”的第三个字母“C”表示“正面对抗”(confrontation)，是小说的关键所在。主人公与其对立面之间的巨大冲突占据了小说的大量篇幅。

这个对立面往往具体化为另外一个人物。在《悲惨世界》中冉·阿让和警长贾维尔之间形成对立，在《亡命天涯》中理查德·金保医生和山姆·杰拉德警官之间形成对立。《飞越疯人院》中的麦克默菲和护士长拉奇德形成对立。

有时候，对立面的势力要比单个人势力更大，不过，这仍然可以通过一个代表性人物来加以体现。在约翰·格里沙姆的小说《糖衣陷阱》中，主人公的对立面是黑手党，而律师事务所代表着黑手党的利益，对立面就是由律师事务所辗转地体现出来的。不过，当你需要锤子向主人公米契·麦克迪尔的头上砸去时，这个锤子是以一个具体人物的形式体现出来的，这就是那个名叫德瓦沙的执法者。

在《飘》中，斯嘉丽与心理上的死亡做斗争，假如她那种南方人的生活作风消失了，她就输掉了一切。因此，她必须挽救塔拉庄园，由此找到一条回归上流社会的道路。

在这条实现心理诉求的道路上，她遇到了什么抵抗力量？这里出现了许多人物，比如美国内战期间的投机客[①]乔纳斯·威尔克森这个人物。他以为自己可以通过税务手段把塔拉庄园拯救回来。还有那个联邦军队的战士，他也来到塔拉，心里却想着奸杀这里的女人。

当然，瑞特·巴特勒也一直在努力争取斯嘉丽的芳心。

这一切的抗争都包含着斯嘉丽的心理需要，她想恢复自己往日的南方生活方式。

这些因素当然可以成为一种对立面的势力。就像《鲁宾逊漂流记》中的鲁宾逊·克鲁索一样值得尊敬，像那个在树林中迷路的女孩一样清纯（斯蒂芬·金的《爱上汤姆·戈登的那个女孩》）。

然而，大多数时候，你的对立面只是一个人物，他直接与主角势不两立。

对立面人物

对待对立面人物你要认真思考，就像对待主人公一样。这里你可

① 美国内战后为政治或经济上的利益而投奔南方的北方人。

能犯的最大错误就是用单色调的粗线条来勾勒主人公的对手。一个除了坏还是坏的单向度坏蛋是最不能令人信服的。

让我们看看你的两个基本选项。

1. 对立面是坏蛋

假如主人公是一个传统的英雄人物，大体上你想让这个人物把整个社会群体的价值观发扬光大。他所做的一切都是公众一致赞赏的事情。他的目标是崇高的。

这并不是说主人公就是完美的，不过一般来说，他是整个社会群体支持的人。

坏蛋就站在主人公对面和他叫板，因此，往大里说，他是反抗整个社会群体的。我们的立场就是反抗他。我们希望他一败涂地。

但是，我们又不能在洗牌的时候事先做手脚。

昔日的情节剧里有那种邪恶透顶、捻着小胡子的坏蛋，那只是卡通漫画中的丑角。读到这种东西，读者会感觉自己被作者愚弄了。

所以，你必须做到公平合理。

实际上，你必须爱上小说里的坏蛋。

对坏蛋也要公平

我欣赏哈兰·科本在接受《读者文摘》杂志采访时说过的一句话："我喜欢看到区隔善与恶的界限就像棒球赛场上的犯规线那样。这个界限很细，它是用某种像石灰粉那样非常松软的东西划出来的，假如你碰到了这个界限，它就会变得模糊起来，这时合规的似乎成了犯规的，而犯规的又似乎是合规的。我喜欢在这样的地方打比赛。"

这里正好是你与你的坏蛋比拼的地方。为了做到这一点，你要如下布局：

- 针对坏蛋，你要写一个完整的背景故事。从他过去的历史中找到那些可以解释他现在为什么做坏事的理由。
- 找到一个引发同情的因素。假如你可以让读者感觉到同情，就能为其注入一股强大的情感电流。这并不是说你赞成坏蛋的行为，而是说你要强迫自己明白他也并非十恶不赦的恶魔。

- 为坏蛋的立场找到理由。不管这个立场在你看来有多不靠谱，坏蛋都因此坚持自己是正确的。他之所以做坏事是因为他认为自己有权这么做。
- 小说中至少要有一个小情节可以把这个合理的理由说清楚。另外，这也会在读者的情感天平上唤起两种对等的情感，而这正是你需要的。

为什么要爱上坏蛋？

一个真正能够把你逼进冲突地区的问题是：为什么我要爱上坏蛋？我怎么能爱上一个如此不堪的人？

因为这种爱确实很痛苦。仿佛这个坏蛋是你的兄弟、父亲或儿子，或者你的姐妹、母亲、女儿。

2. 与好人的对立

对抗阶段的关键是存在一个反面人物，他有强大的理由跟主角对峙。对峙未必是邪恶的事情。

一个完美的例子是《亡命天涯》中的警长山姆·杰拉德。他并不是坏蛋；恰恰相反，他是一位尽职尽责的好警察，而且工作非常出色。

他只有一项工作：把逃犯捉拿归案。

理查德·金保医生就是一个逃犯。

对于执法的警长杰拉德来说，案件实情是无关紧要的。那是法院的事。杰拉德属于执法部门，从法律上说，金保就是一个越狱的逃犯。

金保只有一次机会恳求杰拉德相信自己是无辜的，他对警长说，“杀我老婆的凶手不是我！”杰拉德的回答却只有一句话：“我才不管你杀没杀你老婆呢！”

在雨果的小说《悲惨世界》中，警长贾维尔不也是这样的人吗？

黏结剂

关于小说中的对抗元素，你最后还要考虑一下冲突发生的场所。有时，这也称为严酷的坩埚考验。我则倾向于称之为黏结剂，这使得对立双方在你死我活的搏斗中互相摆脱不掉。这是一个让双方都不能一走了之的理由。

这是一个关键，因为假如读者感觉人物可以直接抽身退出的话，一切问题也就迎刃而解，那么你就没有理由让大家为古人担忧了。

大家想一想下面的情形：一个女人嫁给了一个有家庭暴力倾向的男人。她一直对这桩不幸的婚姻忍辱负重。最后，她决定要摆脱困境。有一天，她丈夫上班去了，而她收拾了一些东西，开车到了外省，在那儿找到一份工作，开始新生活。

故事的对抗性在哪儿？除了往来的几份离婚法律文书，根本没有对抗性可言。为什么没有？因为这位妻子通过离家出走就解决了烦恼。

所以，当斯蒂芬·金写《玫瑰疯狂者》的时候，他知道自己必须创造一种处境，要让两个人黏在一起不能分开。于是，丈夫变成了一个精神病患者，此外，他的身份还是一名警官。他告诉妻子，假如她想离家出走，他就杀掉她。他知道如何既能把人杀掉又不受法律惩罚，而且无论走到天涯海角，他都能追查到她的下落。

妻子被他当作犯人一样软禁了很多年。她既不能开车出门，也不知道怎么找工作。她是无比脆弱的。

最后当她终于要离家出走的时候，可不是一种“退一步海阔天空”的心境，而是一种“死到临头”的强烈要求——她必须离开丈夫。

那么，有哪些办法可以创造出这样的黏合关系？

1. 一条杀人的理由

假如对立面有强烈的理由必须置主人公于死地，这当然是一个自然而然的关系纽带。在恐怖小说中，可能表现为主人公发现了坏蛋的秘密，正如在电影《糖衣陷阱》中那样：黑手党头目不能允许秘密遭到泄露。于是，年轻的律师米契·麦克迪尔就出现在他们的猎杀名单上面。

心理上的死亡也可以起到这个作用。在贝蒂·戴维斯的电影《扬帆》中，极权主义的母亲想要“杀掉”女儿处于萌芽状态的独立意识，这种意识是因为女儿陷入恋爱而唤起的，她千方百计地要花招要实现自己的独立。

2. 工作职责

当律师接了一个案子，她就有责任见证整个诉讼过程。一个被派去调查谋杀案的侦探不能半路逃脱职责，让案件侦查不了了之。你需要让主人公的工作职责与故事情节紧密联系在一起。

读者知道并且认可工作职责可以充当一种黏结剂。只要确保这个工作对于人物来说是至关重要的就行了。

3. 道德责任

假如女儿遭到绑架，父亲会竭尽全力，干掉无数的坏蛋，把女儿夺回来。斯蒂芬·金的电影《凶火》就是这样的。这是一种道德责任，在这种情况下，没有人会想象做父亲的还畏畏缩缩的。

朋友之间可能存在道德方面的责任。尼尔·西蒙[①]的戏剧《天生冤家》之所以吸引人就是这个原因。菲力克斯这个洁癖男把自己的朋友奥斯卡的幸福生活搞得苦不堪言。大家就此提出了一个最显而易见的问题，即：奥斯卡为什么不干脆把菲力克斯从自己的公寓踢出去？毕竟，公寓是属于奥斯卡的。这种生活中常见的办法没有起到效果。换句话说，为什么这个问题不能通过奥斯卡直截了当地要求菲力克斯离开而得到最终解决？这样一来，两人的对立关系不也就同时消除了吗？

西蒙的回答很精彩。他说，两人是最好的朋友，奥斯卡对朋友有

---

① Neil Simon（1927— ），美国著名戏剧家、编剧，多次获得艾美奖、托尼奖、奥斯卡最佳改编剧本奖。

道义上的责任，因为菲力克斯有自杀倾向。他的老婆离开了他。他的所有朋友都担心菲力克斯会自杀。所以，奥斯卡让菲力克斯搬进自己的公寓，为的是好好看护他，让他快乐起来。

道义上的责任是一剂强大的黏结剂。

4. 实体场所

有时候，场所本身就可以把对抗的双方归拢在一起。

卡萨布兰卡就是这么一个地方。没有合法的证件，人们不能离开卡萨布兰卡，在里克的咖啡厅里，阴谋诡计混成了纠纷的漩涡。

在《闪灵》中，一个因大雪而与世隔绝的旅馆里到处都是幽灵，这是我们找到的又一个例子。

一个人工作了一辈子的城市可能是另外一个例子。比如，一个片警与他工作的辖区有固定的联系。

当你开始认真地布局谋篇的时候，要问问自己下面这个问题：有没有一个显而易见的方法可以让主人公摆脱“死亡搏斗”？

处于对立状态的双方中的任何一方能不能通过退避、搬迁或者轻易做出改变进而解决问题？你要注意封闭所有逃生的通道。只有这样，对抗与悬念才能逐步走上正轨。

已知还是未知？

关于对立面还有一个角度是我们尚未讲到的，即我们是否确切知道对立面是哪个人。在悬疑恐怖小说中，对手往往躲在暗处，主人公并不知情，直到最后的决战时刻，对手才露出真容。

传统上悬疑小说的强项大多是透过细节揭露未知的情况。想一想，一个狡猾的罪犯想要避开赫尔克里·波洛①小小的脑灰质细胞。他先是收集嫌犯的线索，然后找出嫌疑人，由此让真相大白于天下。

① Hercule Poirot，英国著名女侦探小说家、剧作家阿加莎·克里斯蒂笔下的比利时籍侦探，无论是外表还是性格都十分独特，鲜明易辨，被认为是文学史上最杰出、最受欢迎的侦探形象之一。出场作品有《罗杰疑案》、《东方快车谋杀案》、《尼罗河上的惨案》、《ABC谋杀案》等。在最后一案《帷幕》中去世，死讯当时被《纽约时报》以头版发布。

不过，恐怖小说里也可以包括这样的即兴片段：主人公压根儿就不知道危险从哪里来，或者为什么危险单单降临在他的头上。在小说写了很长之后，甚或在小说的结尾处，真相才得以“揭露”。

好莱坞电影往往同时向我们展示对立的两个方面，比如在电影《生死时速》中，镜头来回切换，一会儿是那些坐在“无法减速的公车”上的人们，一会儿是那个由丹尼斯·霍珀饰演的疯狂的炸弹客。从警官和乘客的眼光来看，跟他们打交道的只是一个人的声音。

至于小说中哪些真相需要揭露，你可以有自己的选择。

管弦乐编曲

你要去听音乐会，在你掏钱买票，穿上最好的晚礼服之后，你所期待的并不是坐下来听听双簧管的演奏。

你期待的也不是每个乐器都同步地演奏每一个音符。

你希望听到的是各种乐器协同演奏，以最精准的风格发出令人愉快的音乐，乐器发出美妙的音符与和声效果，所有这些合在一起才称得上是很棒的音乐体验。

这才是名副其实的管弦乐。它综合了不同声部的音色，产生了听众期待的艺术效果。

就小说而言，你要利用笔下的人物把情节上的冲突编写成一曲管弦乐。

一切都从此开始。假如你塑造出来的人物是平庸的、乏味的，那么你就不能制造出促使读者翻页向后读下去的那种冲突。

推理作家珍妮特·伊万诺维奇著有赏金女猎人斯蒂芬妮·普拉姆系列小说，其优点之一或者说是最大优点就在于：作者把人物像管弦乐那样编排出来，这样的编排是为冲突服务的。从这个系列的第一部小说《金钱第一》的第一章开始，故事情节就是冲突不断。一开始，我们遇到了警察乔·莫利，这是个货真价实的坏小子，而且还在变得越来越坏。他的眼睛一会儿像是黑色烈焰，一会儿又变得像是在口中融化的巧克力。

注意，伊万诺维奇在描写乔·莫利这个人物的时候，直接就把冲突植入故事中了。随着故事的推进，斯蒂芬妮自己呈现出了对于人物的爱恨交加之情。在三页篇幅内，作者告诉我们，莫利有一套“专门针对处女”的手段：在一盒美味的巧克力奶油手指蛋糕的背后，他有如何亲近斯蒂芬妮的花招。

然后，三年不到，他就从她的生活中消失了。

直到有天斯蒂芬妮在菜市场的街边看见了莫利。她开着父亲的别克轿车，加大油门，冲上了马路牙子，用车头把莫利撞倒在地。她从车里钻出来，问他有没有骨折什么的。莫利说自己的腿撞折了。她说，“很好。”然后钻回车内，开着车跑掉了。

现在，我们知道作者塑造的人物是如何为冲突服务的了！仅仅通过前面数页的内容，我们就有了一段清晰的人物描写、人物行动以及人物之间的对抗。开车撞人在某种意义上也是一种冲突，不是吗？

但是，伊万诺维奇并未就此止步。即便当斯蒂芬妮必须跟莫利针锋相对的时候，她的生活中还有另外一个坏小子，这人名叫李嘉图·茂索，绰号“敢死队员”。为了让冲突的编排具有管弦乐的效果，伊万诺维奇把“敢死队员”设定成一个古巴裔美国人，这个人以前是特种部队士兵，一头光滑的黑发编成了马尾辫，浅黄色皮肤下的肌肉尤其发达，一副不可一世的样子。

他们初次见面的时候，原本是要建立一种工作关系。“敢死队员”训练斯蒂芬妮的目的是为了追捕逃犯，从而获得赏金。他们联手办的第一个案子就把人物都牵扯进来了，大家能猜得到，就是乔·莫利的案子。

于是，我们有了一个三角冲突，小说一开始这个冲突就建立起来了。

当然，作者在普拉姆系列小说里面还“撒了许多胡椒面”，从而使小说情节变得更加生动活泼。这其中包括几个很棒的支撑人物和次要人物，他们为冲突提供了无穷无尽的潜在可能。普拉姆这个人物本身是一个“拥有匈牙利与意大利血统的蓝眼睛、白皮肤的人”。她遇到的其他角色也需要分派不同的演员来扮演。

比如卢拉，一个非洲裔美国人，她是一个负责文件归档的职员，身材高大，又是部门主管，爱穿紧身的衣服。

还有马祖尔奶奶，这位 70 多岁的老奶奶穿着打扮就像教会施粥赈济处的一名员工。

很多人物都是这样刻画出来的。凭着出色的人物刻画技巧，伊万诺维奇带给我们各种各样的色彩与风格，还带来了潜在的冲突。

配齐一个主人的一群马

在过去的影棚时代，一旦演员签约，人们就说他们被赶进了一个马厩。当然，这个说法不大讨人喜欢，但却非常贴近现实生活。签约的演员对于老板分派他们到哪个电影摄制组并没有多少发言权。他们真有点儿像一棚家养的牲口。

虽然昔日的摄影棚签约时代早已过去，不过，这并不意味着你不能拥有一群自己的牲畜。谁也不会知道！

现在开始配齐你的马群吧。

男演员

把你真正喜欢的电影人物都想一遍。我说的电影人物不光是主要人物，也包括次要人物。饰演这些人物的演员都有哪些人？

由此开始，写出你自己的演员名单。

比如，我一直喜欢老一代演员艾伦·黑尔①。我说的不是他的儿子小艾伦，小艾伦出演过电影《盖里甘岛上的杂技演员》，我说的是老艾伦，他曾经出演过很多经典影片，包括《罗宾汉历险记》和《一夜风流》。

黑尔是一位多才多艺的演员，他总能让自己演的角色意气风发。有时候我希望请他来演出，烘托一下娱乐的气氛。

我可以让他饰演年轻或者年老的角色，但是，他仍然还是艾

① Alan Hale（1892—1950），美国演员，作品有《绅士吉姆》、《侠骨慈航》等。

伦·黑尔。

我最喜欢的男演员一向是斯宾塞·屈塞[1]。他可以表演各种各样跨度很大、年龄悬殊的角色。年轻的屈塞可以演粗暴的罪犯或者牧师、脾气暴躁的渔夫或者疼爱孩子的父亲。所以，我心里会惦记着让他饰演特定的角色。

你要继续写下去，写出自己心目中的演员名单。

虚构人物

你知道吗？其他小说中的虚构人物是你可以直接穿插到自己的小说中来并且为你所用的。

下面这一点不是必须的：给他们足够的变化，这样才能把他们变成你笔下的人物。

比如，你正在阅读一本你最喜欢的作者最近出版的恐怖小说。你确实很喜欢作者塑造的一个人物，这个人物是一个古怪的出租车司机，还有点儿神经兮兮。你喜欢这个人物说话的腔调，喜欢他古怪精灵的地方。

那么，你就直接把这个人物借鉴过来，塑造成能为你所用的人物。

这样做合不合法？算不算剽窃其他作者的人物？

这不仅是合法的，而且还是获取创作素材的最好途径之一。

这并不是剽窃。你不过是观摩别人集体的原创构思，然后把其中自己需要的东西据为己有。

要是你读过的小说里有很棒的人物，千万不要把他们浪费了。你要把他们雇佣下来。

改变他们的性别或者年龄。或者把他们原封不动地拿过来，再给他们编写全新的背景故事。

真实人物

久经沙场的作家都采用过下面这个做法：笔下人物的原型就是现

---

① Spencer Tracy（1900—1967），美国演员，其表演以含蓄自然著称，被誉为“演员中的演员”。奥斯卡历史上第一位连膺的影帝。

实生活中的真实人物。当然，这样做的时候你必须多加小心，不要过于逼真地描摹这些人物肖像，否则就有诽谤的嫌疑了。

如果你从现实生活中拿来一个人物，要考虑采用一些灵活的手段变通一下。首先，你能不能把一个女人变成男人？是的，你可以，这样做往往还能产生很好的效果。这样的人物往往出人意料而且令人耳目一新。或者，你还可以把一个真人的主要性格特点与另外一个人的性格特点拼接起来。

戏弄一下这些现实中人，不过，你也不必因为借鉴了现实生活而感觉羞愧。现实生活本就是供你借鉴用的。

整体组装

有了各种各样的人物和一群演员，你就可以进行试听试演了。

我说这话可是当真的。现在你手上的小说正处于创作中，这时候你应该打电话把全部演员都招呼过来，想象着演员们来到你面前，让他们试演一下各自的角色。

你要把各个不同的场景记在心里，然后，邀请几个演员做一次即兴表演。

创建人物网格

人物网格是你编排剧组演员的有用工具。把主要人物的名字写在表格左侧的一栏里。表格的第一行填写所有你想一览无余的信息，其中一栏是专供填写冲突的。我自己使用下面这样的表格：

表一

主要人物	主导印象	目标	过去的伤疤	秘密	人格类型/标签	与他人的冲突	唤起的情感	演员

表二

次要人物	主导印象	角色	独特标签	与他人的冲突	演员

现在，针对每一组人物，从过去、现在和未来的角度把冲突点找出来。

让我们看看下面这个具体的例子。在玛丽这个人物的冲突一栏中，你可以如下填写：

> 中学时代曾经与肖恩谈过恋爱。如今肖恩仍因两人的分手而痛苦。

因此，当肖恩突然出现在玛丽的世界里时，仍然会有一些剩余的紧张感。（这个网格能让你一目了然地把握这些人物关系。）

然后，还有玛丽和希拉里的关系。她们是朋友，是同在一间办公室工作的同事。她们之间会有什么紧张关系？

> 与希拉里成为朋友已有五年，希拉里有时会惹恼玛丽。这是一个不能忍受玛丽的人，她们之间的关系不佳。

精彩的结尾

米奇·斯皮兰[1]是一位久经考验的畅销小说作家，他曾经注意到，

① Mickey Spillane（1918—2006），美国著名罪案题材小说家，屡屡碰触禁忌题材，引起争议。美国书市因其作品畅销而带动了平装书的流行。其系列作品被维克托·萨维尔（Victor Saville）拍成侦探麦克·汉默的系列影片。

“第一章能让你的一部小说畅销，而最后一章才能保证下一部小说的畅销。”

结尾是小说最具挑战性的部分。结尾需要迎合读者的心思，而且不能让读者预先知道，必须保证读者有欲知详情的迫切愿望。

结尾必须解决冲突，从而让大家把悬着的心放回肚子里。结尾必须把松散的情节扎紧打牢，而且要成为画龙点睛之笔。

你知道哪些是容易做到的吗？插入跌宕曲折的剧情、震撼人心的恐怖情节以及出人意料的奇袭。

困难的地方在于，你必须使用一种读者认可的方式来证明这些是合情合理的。

有很多这样的小说，读者一口气读到了最后一章，得到的只有失望，因为他们找到的答案要么离题万里、要么驴唇不对马嘴。这样的小说压根儿就不值得认真对待。

在动笔创作伊始，你是否必须对结尾胸有成竹？是的。不过，这个结尾未必像大理石雕塑那样牢不可破。

你最好先有一个大致概念，约略知道自己想要如何呈现故事的终极真相。然后，你的创作就要逐渐朝着那个终点推进，同时你要知道，那个终点也是灵活可变的。你甚至可以把终场的氛围详细地勾勒出来。没有人会把你绑定于这个终点上面，但这个终点确实能为你的写作指明方向。

你应该追求的是最后的决战时刻，最后一个冲突的节点，这里的赌注是最高的，而最终的结果仍然悬而未决。

决战可能是内心世界的，也可能是外部世界的，或者两者兼而有之。

在人物的内心世界，他的奋斗目标可能是取得某种身份地位。到底谁才是主角？随着成长，他会不会逐渐实现自己的身份目标？

就拿《卡萨布兰卡》里的里克这个人物来说。大体上他是一个游戏人生的人，还是个酒鬼，他不再关心这个世界。他不在意留在卡萨布兰卡碌碌无为地度过余生，然后枯萎老朽，直至死去。他认为一个长得酷似英格丽·褒曼[①]的女人背叛了他，这件事可不能轻易饶恕。

当这个女人——伊尔莎与其战斗英雄丈夫维克多·拉斯罗一起出现在卡萨布兰卡的时候，里克面临一个选择：要么保持现在的样子，拒绝伊尔莎和拉斯罗伸出的援手；要么成长起来进而摆脱内心的伤痛，从此重新变成一个乐于助人的人。

不过，与此同时，剧情还来了一个急转弯。伊尔莎宣称自己仍然爱着里克，而且希望跟他一起离开。因为里克拥有两本通关证件，这意味着两个人可以逃离卡萨布兰卡。

现在里克拥有了梦中情人，不过，他的内心却展开了一场斗争。这样做到底对不对？

战争也在现实世界中进行着。里克和纳粹少校针对拉斯罗的藏匿，展开了猫捉老鼠的危险游戏。一步走错，里克就要在这场战争中一败涂地，而且失掉性命。

牺牲

结尾的强大逆袭是围绕“牺牲”这一概念进行的。

我们不妨回想一下西方文明的文化传承。

希伯来人的始祖亚伯拉罕被上帝要求牺牲自己的儿子。他要把儿子拿出来献祭，到了最后时刻却被免除了牺牲，而且作为回报，他得到了上帝的承诺。

回顾一下雅典的民主制度和一个名叫欧里庇得斯（希腊悲剧诗人）的戏剧家。他献出了一出名叫《阿尔刻提斯》的戏剧。在这出剧中，国王阿德墨托斯[②]病死之后，阿波罗替他向冥王求情并得到恩准：假如能够找一个替死鬼，他自己就可以免于一死。

---

① Ingrid Bergman（1915—1982），著名的瑞典籍女演员，曾出演《卡萨布兰卡》、《美人计》、《圣女贞德》等电影。

② Admetus，希腊神话中塞萨利（Thessaly）国王，到海外寻找金羊毛的阿尔戈英雄之一，娶珀利阿斯的女儿阿尔刻提斯（Alcestis）为妻。他病死后由阿波罗替其求情，准许他的父母或妻子之中的一个人替他去死。父母虽已年迈，但不愿因此而死，妻子阿尔刻提斯毅然请死以代，显出关系亲疏。大力神赫拉克勒斯是这个国王的好朋友。

除了自己的妻子阿尔刻提斯之外，他找不到别的可以替自己去死的人，出于一世恩爱，妻子愿意替他去死。

于是，她跟着死神去了。

但是，大力神赫拉克勒斯听说这事之后，发誓要与死神大战一场，把阿尔刻提斯从死神手里夺回来。

他确实做到了。

阿尔刻提斯已经付出了终极意义上的牺牲，不过，现在她又复活了。

直到今天，这个主题仍然是非常强大的。

在哈米特的《马耳他之鹰》中，山姆·斯佩德心爱的女人布丽吉德·奥肖内茜已经被他揽入怀中。两个人以心相许。斯佩德知道自己爱上了这个女人。虽说这个女人不但撒谎骗人，而且喜欢幕后捣鬼，不过，斯佩德认为自己或许能帮她改掉那些毛病。自己或许可以信任她，与她和睦相处，相安无事。

但是，斯佩德不得不做出一点牺牲，因为他的好友被人陷害，所以必须有一个人为此“被打倒”。

> 我不在乎谁爱谁，我不会对你落井下石……一个男人的好友被杀了，他总会做点儿什么。你怎么看他都没关系。他是你的同伴，你要为他做点儿什么。

在斯佩德就自己的想法向布丽吉德说明之后，他说：

> “那么，另一面是什么？我们能得到的只是这一事实：可能你爱我，可能我爱你。”
>
> 她低声说，“你知道你爱不爱我。”
>
> “我不知道。你让人发狂。”他渴望地看着她，从头看到脚，然后盯住她的眼睛。“但是，我不知道这意味着什么。有人知道吗?”

在这个牺牲中，斯佩德“赢得了胜利”，因为他维护了自己世界的道德秩序。当一个同伴被杀了，另一个同伴必须“为此做点儿什么”，而他又不想自相残杀。

在梅尔·吉布森[①]的电影《勇敢的心》的结尾，威廉·华莱士死了，而且死得不太光彩。只要他坦白自己叛国通敌的罪行，他就可以结束自己的心理折磨。但是，他没有坦白。他以一死激励了追随者，“赢得了”胜利，显然罗伯特·布鲁斯要像自由人一样继续战斗下去。

大家还记得那位留在卡萨布兰卡的沙龙主人里克吗？他和他的漂亮情人伊尔莎来到机场，她愿意与他一起出走。但是后来，他停下脚步，告诉她说不能这样做，这样做是错误的。我们为此感到遗憾，也许当时不这么觉得，但是很快，我们会觉得遗憾，并且终生不能释怀。

但是，我们永远拥有巴黎。

里克牺牲了自己最需要的东西，重新变回一个正常人。他赢得了内心世界的胜利，也赢得了外部世界的尊重。尽管他杀掉了纳粹少校，但他新交的挚友路易，那个小个子法国上尉，却放他逃跑了。

里克做出了牺牲，作为回报，他重获新生，不再是一具虽生犹死的行尸走肉或酒鬼了。他和路易逃了出去，加入了反法西斯的战斗队伍。

牺牲之所以效果强烈，是因为它不能脱离激烈冲突而独立存在。在公共汽车上给别人让座这样的事情算不上牺牲。但是，假如你甘愿为了某项事业而献出自己的生命，或者为了别人献出生命，那就称得上冲突的最高形式了。

此外，放弃无比珍视的梦想也是一种牺牲。斯嘉丽最后实现了自己的梦想，保住了昔日南方人的尊贵地位，为此她必须牺牲象征自己

---

① Mel Gibson（1956 —　），美国著名演员，1995 年自导自演古装电影《勇敢的心》，描述 13 世纪苏格兰领袖威廉·华莱士的奋斗史。1996 年，该片获 5 项奥斯卡大奖。

梦想的对阿希礼的爱情。尽管她也想夺回瑞特，但是为时已晚。

避免落入意料之中

大家在衡量小说结尾的时候，悬念的弱化程度与结果的可预测程度是成正比的。

换句话说，结局要把读者蒙在鼓里。读者猜不出来的时间越长，效果越好。剧情的安排应该让读者无法预测故事到底将如何收场。当结局揭晓的时候，读者回首前面的情节，还要觉得故事合情合理、滴水不漏才好。

这并非易事。

试一试

1. 写下你想让这个故事如何收场。

2. 想出五个备选的结尾。

3. 选择一个最好的结尾。

4. 另外再选一个结尾，它可以成为结尾部分的“逆转”情节。这个办法有时奏效，有时无效。不过，拥有备选项总是好的。

令人印象深刻的因素

按照下面的要求做，可以让小说的结局给人留下深刻的印象。

1. 针对所有之前提出过而且需要回答的问题，你都要做好跟踪梳理工作。把这些问题列入一个表格，写在一张纸上，或者存储在一个文件中。你也可以直接在文件中加上批注，以便日后随时查看。比如小说里有一个人物死在了主人公的汽车里，背后插着一把刀。为什么？你不知道。你可以简明扼要地加上如下的批注：

> 是谁杀害了这个人？后面需要把这件事情续完。

或者，你也可以利用批注的机会做一下“头脑风暴”：

这人可能是一个想要帮助罗杰的特工。但是，坏蛋发现了这个秘密，他们故意制造了罗杰谋杀此人的假象以便嫁祸于他。或许，这是一个无家可归的人，坏蛋误以为他是罗杰，于是把他杀掉了。或许这人压根儿就不是什么无家可归者，他很可能是罗杰昔日的熟人。这个人是谁呢？我不知道，以后再想办法弄清楚吧。

2. 写出最后一章之后，要看看自己留下的线索还有多少尚未收束作结。反思一下，删掉哪条线索是无关大局的？情节进展需不需要增加这个情节呢？假如确实是无关紧要的，那就把它删掉。

假如有些线索需要解释一下，你可以把这个任务交给某个次要人物来处理。要么之前把这个次要人物写进小说，要么等改稿的时候再增加这个人物，他在小说中的任务就是解说发生的事情。

3. 寻觅最后的回响。这里指的是最后几个段落。你要精心地打磨这几个段落，直到听到的回响刚刚好，情感的氛围也刚刚好。我们可以举一些例子，假如你知道《麦田里的守望者》，你会感觉作者把这个回响拿捏得相当好：

这很好玩儿。永远不要告诉任何人任何事情。假如你这样做了，你就该招来所有人的不满了。

这样一来，你就具备了基本功，可以写出一部充满冲突与悬念的小说了。在动笔之前，你要尽量熟悉这些元素。不光你的读者会因此而感谢你，你的故事也会因此增色不少。

最后，我们还有一个问题需要回答：从时间维度上讲，我们要把这些元素放在小说的哪个阶段？

你要在三幕内完成任务。

封面故事

现在，你已经为充满冲突与悬念的小说奠定了扎实的基础。

尝试为自己的小说写一个封面故事吧。

这件事并没有你想象的那么难。

什么是封面故事？即营销人员印在图书书腰或者封底上的内容梗概，其目的在于吸引消费者的眼球，提高其购买欲望。

撰写封面故事的秘诀如下：它既要包括冲突又要留有悬念。它要激起读者（或者潜在买家）欲知故事详情的欲望。

甚至在刚刚动笔创作小说的时候，你就应该做好这件事。

首先，这件事能给你带来快乐，帮你掌握故事的发展脉络，按部就班地进行小说创作。假如你知道自己的封面故事有一个杀手锏，那么小说的成功就指日可待了。

其次，这个封面故事到后面能帮你解决大多数疑难问题。那时候有了它，你遇到的问题就会迎刃而解。

再次，在创作进程中，随着故事的展开，你还可以调整这个故事梗概。

你要实现的主要目标是捕获那些冲突，从而让小说获得成功。

那么，怎样才能学会写封面故事的方法？

很简单，你要琢磨一下专业作家是如何写的。

看看同类型的小说，然后读一读它们的封面故事，你自然就有了感觉和节奏。

你也可以通过浏览亚马逊网站来完成这个任务，还要读一读网站上的相关评论。

假如你写的小说属于当代悬疑那一类型，你可以找到一本类似的小说，比如罗伯特·克莱斯的《哨兵》。其商品描述可能是这样的：

在卡特里娜飓风之后，德鲁·雷恩和叔叔逃难来到了洛杉机。但是现在，五年之后，他们面临着另外一种危险。乔·派克亲眼看到德鲁的叔叔遭到了一个收保护费的黑帮成员暴打，他出手相助，但这两个人都不愿接受帮助，警局方面也没有人介入。随着暴力升级，派克本人也成为被打击的目标，他和埃尔维斯·科尔得知，原来德鲁和她的叔叔并非表面上那么简单，之前他自以为了解他们的情况，其实这些全是谎言。过去的纠葛让他们昔日的仇家一路追杀而来……派克和科尔成为仇家成功复仇的唯一障碍。

你看清其中的冲突了吗？黑帮，警局，犯罪，家庭背叛，想要报仇雪恨的仇家。

悬念在于：派克成了仇家追杀的目标。他会遭到暗算吗？派克和科尔“挡了仇家的路”。

这就为读者翻页读下去建立了一个坚实的基础。

或许你写的是浪漫故事。那你就要找一本像苏珊·梅·沃伦的《驯服雷夫》那样的小说：

酒店的女继承人凯瑟琳·布瑞肯布里吉想通过运作已故母亲的慈善基金会使自己的生活发生持久的改变。不过，由于她缺乏母亲那种激情和勇气，再加上担心自己经营不善，后来基金会果然搞砸了，担心成了现实。凯瑟琳想要收回这笔资金的尝试也被雷夫·诺波搞砸了。这位雷夫·诺波是两届骑牛比赛世界冠军，正处于运动生涯的巅峰状态。因为刚失去了最好的朋友，恍惚之中开着卡车闯进了布瑞肯布里吉酒店的大堂。当时凯瑟琳正忙着搞善款募捐。这下，雷夫膝盖受伤，名誉扫地，还面临着几起诉讼，于是他回到了自家名为“银扣”的农场，平复休养。凯瑟琳拼命也要挽救这个基金会，她来到“银扣”农场劝说雷夫帮助她重建基金会。几天之后，在蒙大拿州的晴朗阳光下，凯瑟琳发现这里给予的远远超出了自己的预期。她发现自己和雷夫还有更多的可能性。

此外，你还要注意，封面故事也可能把你引向不归路。你把写作计划变成板上钉钉的东西，所以要写出构思好的初稿并不太难。

你还要顺便插上一句话，揭示冲突持续不断的主要原因。

明白了吗？转眼之间你已经变成一名营销天才了。

不错。

再举一例。下面的片断摘自一篇文学性小说。这样的小说想要一开始就提起读者的兴趣恐怕有点儿难，但是，只要努力，就会找到其中的活力所在。下面的梗概描述的是约翰·格里沙姆的文艺小说《上漆的房子》：

> 1952 年 9 月之前，卢克·钱德勒从来没有保守过秘密，但他也从未说过谎。但是，在他七岁这一年漫长而炎热的夏季，两拨流动工人，还有两个非常危险的人，穿越阿肯色三角洲来到钱德勒的棉花农场干活儿。突然间，卢克的世界里开始频频出现神秘事件。一桩凶杀案引起的闲话和质疑让整个小镇沸沸扬扬；一个美丽的年轻女子打破了禁忌；一个没有父亲的婴儿诞生了……在钱德勒家的农场，有人开始偷偷摸摸地在房子光秃秃的墙板上涂鸦。慢慢地，这座破旧的房子沐浴在亮白的色调中。当幼年的卢克好奇地观察周围世界的时候，他解开了秘密，足以打碎人们平静的生活，而且永远地改变自己的家庭和小镇的一切……

现在轮到你来写了。

你拥有了“LOCK”元素，而且知道如何进入这个大门了。

现在写出自己的封面故事梗概，然后构思自己的小说吧。

4

冲突的结构

对于冲突来说，结构是重要的，正如悬索桥是联系大桥两岸之间贸易活动的交通纽带一样。假如没有金门大桥，就不可能有那么多的卡车向旧金山运送肥鹅肝酱饼。

假如你的小说结构不牢靠，小说的紧张感就会消散，永远达不到你需要的那种强大力量。

原因如下：对抗性是小说成功的要素。成功的关键在于势不两立的两股势力要展开你死我活的搏斗。其目的是为了吸引读者关注，你必须让读者把心悬在嗓子眼儿才行。为此，你的组织结构必须恰如其分。结构方面的布局谋篇必须首先做到这一点，否则读者就会把书撂到一边不看了。

结构的组装是第一幕的任务，对抗则是第二幕的内容。

此外，小说的第三幕即结尾部分的高潮必须震撼人心，否则整个小说就会让读者感觉乘兴而来、败兴而归。

结构并非牵制作者的因素；它的任务是要帮助作者写出令人无法释卷的精彩故事。

有些人则认为结构纯粹是一种无谓的镣铐，而且也不是必要的。他们认为，写小说还有别的方法。你只需要开动脑筋，凭空想象出一段接一段的情节就可以了。你只要自由自在地跟着感觉走就好了。

用这种方法写出来的小说可分为两种情况：

1. 最终在不知不觉间，作者还是使用了结构，因为结构既是自然而然的也是根深蒂固的因素，作者根本无法回避；

2. 这些小说根本没有销路。

难道没有例外吗？当然没有。

当你把结构这一要素封杀出局时，当你倾向于一种更有试验性的创作风格时，你只会让读者摸不着头脑。迷惑与冲突往往很难融合在一起。

严格地讲，迷惑根本就是没用的。而且，这会让你陷入窘境，这类小说的忠实读者可能是很小众的。

这可是作者的职责所在。

也许你会大叫，“结构只不过是刻板的俗套罢了！”好吧。把它从你的创作体系中剔除掉好了。现在，你要想一想下面这个问题。

为什么一个方法会变成套路呢？因为它是行之有效的。

厌倦了俗套的东西，你需要尝试的到底是行之有效的东西，还是那些学究们试验的东西？

结构是雷同的套路，悬索桥也是雷同的套路，两者的道理是相通的。你可以随心所欲地设计它。无论你喜欢什么东西，都可以随心所欲地插入情节结构中。你可以自由自在地塑造人物，然后随意地编排一些曲折情节。你可以拥有叙事腔调、风格以及其他的一切。

第一幕： 开局

故事要从哪儿讲起？要从乱子讲起。记住，在第一页，你要设计一些事情，让主人公平淡的日常生活发生不平常的情况。

正如约翰·勒卡雷[①]曾说过的那样，“猫坐在自己的垫子上，故事是不能这样开始的。猫坐在狗垫子上，故事要这样开头才对。”小说的开头要出现混乱，因为乱子就是冲突。

乱子未必是惊天动地的大事。你不必展现汽车追逐的紧张场景，

---

① John le Carré（1931— ），英国著名小说家，以创作谍战小说著称。

也不必从杀手的视角讲述一桩令人毛骨悚然的凶杀案。能在主人公平静如水的生活中激起浪花的事情都可以算是乱子。比如人物正在睡觉，突然发生了下面的情况：

> 再有五分钟直升机就要着陆了，这时乔内森医生被护士叫醒。正好是凌晨1:30。
>
> ——选自斯蒂格·拉赫松的小说《捅马蜂窝的女孩》

或者发生了下面的情况：

> 她听到敲门声，随后又听到狗叫的声音。梦离她远去了，轻轻地躲在关闭的门后面。这是一个好梦，温馨又亲切，她真不情愿自己的梦被打断。她努力不要从梦中醒来。小卧室里面漆黑一团，窗帘后面也没有亮光。她伸手摸索着黄铜的灯架，要把灯打开，心里在想着，什么？什么？
>
> ——选自安妮塔·史瑞夫的小说《飞行员的妻子》

如果你在小说开头就用上了乱子，那么你就把好钢用在了刀刃上，在小说开头的时候，这才是最重要的事情：**要让读者与人物产生共鸣。**

这也是读者阅读小说的原因（参见前面“值得追随的主角”一节）。人物有了麻烦，这样很快就能吊起读者的胃口。

有进无回的关口

为了掌握结构这一要素，我也曾有过多次的试错与摸索。那时候，我是从亚里士多德学起的，后来我也向著名编剧悉德·菲尔德[①]学习。这确实是一个难以回答的问题。在三幕剧结构中，尤其是在电

① Syd Field（1935—2013），美国编剧大师，在南加州大学教授专业的剧本创作课程。

影圈，第一个“情节卖点”绝对是至关重要的。这个节点正好发生在第二幕之前。

结构形式如下图所示：

关口一

在第一个情节卖点，绝大多数作品都要呈现出某种“行动方面的转向”。有人称之为挑起行动欲望的事件，不过这个说法也可以涵盖故事的其他部分。

我一直想弄清楚它为什么是有效的？

后来有一天，我明白了其中的道理，它揭示了三幕剧结构蕴含的古老智慧。想一想你自己的小说结构，把“你死我活的搏斗”放在中间部分，于是问题就来了：**为什么主人公必须加入这场搏斗？**

想一想。这可是生死攸关的时刻！用神话的结构术语来说，主人公已经游离到了“黑暗世界”（dark world），在那里他随时有可能被杀。

如果不是迫不得已，谁愿意到那儿去？

所以，之前必须发生如下的事情：一定有某种理由迫使主人公必须进入第二幕的生死搏斗之中，进入黑暗的世界。如果他可以停留在第一幕，那么他也愿意这么做，因为那里才是人物日常生活的安乐窝。

不过，某种情况发生了，把他推进一扇大门，他没有回头路了。而且最重要的是，当主人公被推进这扇大门之后，身后的大门被“砰”的一声关上了。随后，他被迫加入搏斗，介入冲突，与人对抗，于是麻烦缠身。

你知道这会让读者担心到什么程度吗？

下面的情况并不会让读者替人物担忧：是主人公自己糊里糊涂地

闯进了黑暗世界，而这纯粹是由于他没有留心看路。或者他说，“啊，我原想在黑暗世界中闲逛一会儿，看看这里有什么事情。”

所以说，情节的强大气势取决于下面一点：第一个大门是有进无出的。

让我们看一些例子吧。

在《星球大战》中，在卢克的故乡星球上，他跟着叔叔婶婶一起生活，帮他们干农活。他有一个探险的梦，不过他没有去探险的理由。

直到后来叔叔婶婶被杀、农场被彻底摧毁之后，他的机会才到来。

这件事情把卢克推进了第二幕，他可以与那种引发这场祸事的对立势力作战了。

在《飘》中，斯嘉丽本可以满足于坐在家里，谈情说爱，想方设法让阿希礼娶她为妻。

但是，后来事情有变，迫使她应对各种各样的麻烦事。这个事情就是所谓“美国内战”这样的小事。虽非斯嘉丽所望，不过，战争却是客观的事实。她被推进了大门，随后大门在她身后被紧紧地关上。过去的美好生活一去不复返。

大概在《杀死一只知更鸟》写了五分之一篇幅的时候，斯各特的第一个没有回头路的大门来到了：父亲阿提克斯接了一个案子，他要为黑人汤姆·罗宾逊出庭辩护。因为这件事情，斯各特在学校里备受奚落。一开始她否认有这么回事，不过后来，父亲亲口告诉她确有此事。于是，斯各特必须再次面对别人的不屑与傲慢，她还要察言观色，弄明白自己长大以后要成为什么样的人。

作为经验之谈，第一个关口的出现不应该晚于小说前五分之一的位置。

节奏

你要把第一个关口放在什么地方？这个问题关系到情节的发展动力。

把它安排的位置越接近于开头部分，这部小说的起飞时间就越早。

在迪恩·孔茨的小说《好人》中，蒂莫西·凯瑞尔是典型的平凡男人，正在酒吧里喝啤酒。这时，一个陌生人走了进来，他误以为蒂姆是自己花钱雇来的职业杀手。正是因为这个缘故，他塞给蒂姆1万美元现金，并且给了他一张女人的照片，要求他干掉这个女人。随后，这个故事就起飞了。

这还不是第一道关口，因为在这一时点，蒂姆可以不理睬对方，只要径直走开就行了。他可以把钱捐给慈善事业。他还可以提醒受害者注意人身安全，如此等等。

但是，接下来真正的杀手也进了酒吧，而他误以为蒂姆就是雇自己杀人的雇主。蒂姆提议把钱分给那个人一半，作为他“不杀人”的费用，救那个面临杀身之祸的女人一命。不过，当杀手走出酒吧时，蒂姆就知道齿轮已经转起来了。他被推进了对抗的局面之中，他参加这场搏斗就是要救那个女人一命。

这个关口出现在第二章的结尾处。孔茨的节奏设置往往是疾风骤雨般的快节奏。这样的快节奏与这类独特的叙事风格是完全契合的。

在其他类型的故事中，第一个关口的出现时机稍晚一点儿。只要我们在故事开始的时候制造一个混乱，让人物遇到某种麻烦，接下来就等着瞧吧，好戏要上场了。不过，我们不能等得太久。

用电影结构的行话来说，一部两小时的电影往往把第一个关口安排在电影开始后的半小时之内。也就是说，大约在电影演了四分之一的时候，就要引入第一个关口。

就小说而言，我喜欢它出现得更早一些。但是绝对不能更晚。因为如果那样，故事情节就会变得拖拖拉拉。

关口二

到了某一节点，你的故事必须打住。第二个关口的作用就在于此。第二个关口指的是一件能让主人公介入最后决战的事件，由此问题得以彻底解决。这个事件往往是一个重大的线索或者发现，有了这个信息，故事就可以直接推进到高潮部分。此外，也可能是一个巨大的挫折或者危急事件，它迫使主人公深入挖掘，直到最后在他的努力之下问题得到最终解决。

在《杀死一只知更鸟》中，主要的挫折是显然无罪的汤姆·罗宾逊被判有罪。判决书完全是不公正的，这像晴天霹雳一样击中了斯各特和杰姆的心灵。由此一系列的连锁反应出现，导致鲍伯·尤厄尔想要迫害这两个孩子。

这个挫折大约出现在小说的五分之一处。

在电影《绿野仙踪》中，多萝西被女巫抓获并关进了城堡。当她的三个朋友闯入城堡救她时，双方的最后摊牌变得无法避免。

在《致命武器》中，里格斯（梅尔·吉布森饰）和玛塔夫（丹尼·格洛弗饰）是一对伙伴，他们要端掉一个毒品网络。坏蛋绑架了玛塔夫的女儿，这时候重大的危机就出现了。最后的摊牌是无法回避的。

关于基本结构的知识，这些就是你需要掌握的全部内容。

实际上，了解了自己的“LOCK”元素（参阅第 3 章），还要设计好一个乱子和两个关口，这些往往就是你需要的唯一的创作提纲。

即便对于那些喜欢每天即兴创作（他们称之为凭直觉写作）的人来说，想一想这些因素至少能让其创作走上正轨，而且还能留足自由呼吸的空间，而你珍惜的就是这个空间。

当然，假如你喜欢把写作提纲写得更长更详细，完全是你的自由。你可以在两个关口的前面或者后面把各种场面适当地安排进来。

人物驱动与情节驱动

在由人物驱动的作品中，最重要的是人物内心世界发生的波澜，对此，他既可以灵活应变，也可以像悲剧中的人物那样岿然不动。

在由情节驱动的作品中，关键要看外部事件给这个人物带来了哪些变化。

两者都需要情节。故事里的事件导致人物驱动型故事的主人公与现在的自我、过去的自我、伤痛、秘密之类的东西产生对抗。故事里的事件可以让情节驱动型故事里的主人公保持某种意义上的生命力，要么是生理上的，要么是职场上的。

在情节驱动型故事中，第一个关口是一个事件。由于发生了某件事情，主人公几乎是被迫进入了第二幕。他本不想进入第二幕。没有人想进入充满冲突并且可能死亡的黑暗世界，除非迫不得已。

于是乎，天行者卢克的叔叔和婶婶被杀这件事迫使他卷入了与帝国之间的冲突。多萝西则是被龙卷风吹到了奥兹国，此后被逼无奈的她才不得不寻找回家之路，同时还要与邪恶的女巫斗争，而这个女巫拼命要置她于死地。《亡命天涯》里的理查德·金保医生被投入了死牢，此后一场混乱的接管事件给了他死里逃生的机会，这迫使他必须赶在警长山姆·杰拉德逮捕自己之前抓住杀害妻子的真凶。在电影《虎胆龙威》中，一个恐怖分子在大楼里谋杀了一家公司的总裁，约翰·麦克莱恩由于亲眼目睹作案现场而受到追杀，他必须想办法摆脱坏蛋的魔爪，同时还要引起警方的注意。

这样，关口事件迫使主人公进入第二幕的冲突之中。

人物驱动的情节又是怎样的呢？在这类小说里，情节的触发因素是某种情感，这个情感迫使主人公反思自身，然后冒险改变局面。

比如，在《码头风云》中，特里·马洛伊的身份是本地暴民老板的左膀右臂，他很满意这样的生活。直到后来自己的一个儿时好友被暴民打死，好友的姐姐又搬回特里家附近居住为止。她希望特里能帮她摆平这桩谋杀案，不过，特里告诉她说自己恐怕无能为力，直到后来她的眼泪打动了特里。他并没有从她身边走开，她身上那种姐弟深情终于让他折服。他必须为自己未来的人生道路重新做出抉择，要么成为衣冠禽兽的帮凶，要么站在“其他民众”的一边。

第一个情感提示是在第一个关口节点上出现的。

在由人物驱动的情节中，主人公迫于强大的情感力量而反省自身，假如他有勇气接受改变的话，就要弄明白自己到底要成为什么样的人。在这个洗心革面的改变过程中，主人公迈出的第一步只是一小步，但是它把情节领进了第一个关口，让第二幕的冲突变得无法避免。

没有人能够从“没有回头路的关口”掉头。在第二幕中，人物驱动型故事的主人公必须一战到底，面临重重困难，为此，他不得不反抗自己的既得利益。在故事的结尾，他要么变成一个新人，要么洗心革面的尝试终告失败，从某种意义上说，他的“内心已死”。

在情节驱动型故事中，主人公为了生理上的生存或者职场上的生存而战斗，或者两者兼而有之。

在人物驱动型故事中，第二个关口往往在情感方面具有极其强大的冲击力。这是为什么呢？因为它必须激发人物自身的勇气，进而彻底完成人生的蜕变。

在《码头风云》里，特里的哥哥查理被人杀害这件事情发出了一个警告信号，提醒特里不要出庭作证。当然，这也让特里感觉到撕心裂肺的痛苦。他最初的复仇计划是以暴制暴。但是，牧师找到了他并且让他确信，如果他能出庭作证，他的证言能够取得更大的效果。特里鼓足了勇气，认定活着就要有做人的尊严，而不能像动物那样相互厮杀。

《国王的演讲》的分析

不妨仔细分析一下人物驱动型的电影，就拿曾获得奥斯卡最佳影片奖的《国王的演讲》来说吧。

在这部影片中，阿尔伯特王子是英国王室的一员，他有一个很大的难题：说起话来结结巴巴。由于他将来需要作演讲，这个毛病可不是小事。电影开头就出现一个乱子：他必须到温布利球场发表演讲，听众很多。由于过度紧张，他把演讲搞砸了。我们看到他及妻子伊丽莎白脸上的沮丧之情，对于他来说，这次演讲是一次可怕的经历。

电影一开始，观众就知道这部电影涉及的是心理方面的死亡。大家知道对于阿尔伯特来说，履行王室成员的职责是很重要的。如果他不能履行职责，那么，上自他严厉的父亲、下到普通家庭成员，全家人都不会满意，而且这也会让英国民众失望。当战争的威胁日益迫近的时候，这个问题就变得愈发严重，假如他不能向民众做演讲，他怎么能激励国民呢？

所以，这时“死到临头”的危机感显露无遗。这里说的是心理上的死亡。你也可以说，它同样涉及了“职场上的死亡”。因为主人公履行国王职责的能力受到了严峻考验。

在故事布局方面，你可以设置多种类型的死亡。

记住，对于人物来说，至关重要的问题可能在读者眼里只是一些相对而言鸡毛蒜皮的小事。但是，假如我们把它放到人物的生活中来衡量，它就要有很重的分量。

在人物驱动型故事中，第一个没有回头路的关口提供的推动力往往是情感方面的。这种情感变化发生于人物的内心世界，是这种力量把人物推进大门，逼着他面对第二幕中的对抗局面。

对于阿尔伯特王子来说，对抗的力量是什么？在人物驱动型故事的创作过程中，作者必须洞察人物内心的一切。在这部电影中，口吃的毛病成了他面临的最大障碍，而不是什么人成为他的拦路虎。大家确实都来到了演讲的现场，这让主人公口吃的毛病更严重了。他的兄弟大卫不仅拿他开玩笑，而且还对他表示了某种不屑。坎特伯雷大主教和其他权贵名流也都对他不抱信心。当然，他的父亲真的不情愿看到他这样狼狈，却也不知道该怎么治好他口吃的毛病。

于是，第二幕展现了一系列事件，描述了阿尔伯特与口吃做斗争的种种，说明他想要避免因为口吃而导致的心理上的死亡。赌注在逐渐增加，在最后对决时达到了峰值：英国与德国交战后不久，他要做一次大型演讲。

在电影大约演到四分之一的时候，第一个没有回头路的关口出现了。阿尔伯特听了语言治疗师播放的两人第一次上课时录制的课堂录音。阿尔伯特朗读了哈姆雷特的一段独白，在朗读的时候他戴着耳机，听着莫扎特的音乐。录音内容几近完美，没有丝毫口吃的毛病，这让他大吃一惊。

阿尔伯特的内心被感动了，希望的曙光在他心头升起。他愿意继续接受语言治疗。语言治疗给了他勇气，因为其他一切治疗都对他毫无效果。

在这个过程中，阿尔伯特激起了观众强烈的同情。之前我们看到他是一个会给远离家乡的人们寄送“爱心包裹套餐”的好人。作为父亲，他也确实很有爱心，没有因为自己口吃这个生理缺陷而妨碍他给自己的女儿们讲故事。

因此，这一点还揭示了我们之前讲过的另一个关键因素：读者或者观众必须明确地感觉到自己在主人公身上做了感情投资。为了让他们继续把这个人物的故事看完，他们的确需要某种追加投资的理由。

这个人物之所以让我们既喜欢又充满同情，是因为他既经历过失败又敢于直面困难。如果你的人物也能做到这一点，那么你几乎就没有什么后顾之忧了。接下来的问题就变成了场面如何设计的问题，你要通过场面表明主人公采取了哪些具体的措施，如何积极地克服了阻力。

在英国正式与德国交战的时候，第二个没有回头路的关口出现了。这时，阿尔伯特必须跟自己的口吃毛病展开最后的对决，这是一个至关重要的时刻。赌注已经达到了最高水平。他的演讲要么激励国民的斗志，要么让国民沮丧失望。

你知道在这部电影里，心理上的死亡是怎样呈现出来的吗？注意一下科林·费尔斯的精彩表演我们就能看出来。他脸上的表情让人想起电影《正午》中加里·库柏的精彩表演。这部电影也讲述了一个男人如何面对自己内心恐惧的故事，随着时钟的嘀嗒声，故事进入最后对决的关键时刻，他必须一个人独自面对挑战。

准确地说，面对挑战的几乎只有他一个人。《国王的演讲》还讲述了阿尔伯特王子与语言治疗师莱昂纳尔·罗格之间的友谊。这是第二幕的主要内容。

第二幕的冲突是如何展示出来的？记住，这个故事讲述了两个盟友之间的事情。从这个意义上讲，这部电影还让人联想到好友电影的情感氛围。这样的电影要想成功，关键在于如何表现出两个好友之间相互冲突的地方。在《国王的演讲》中，这种争执不下的情况出现了好几次。阿尔伯特和莱昂纳尔曾经因为两人应该如何称呼对方而争执不下，至于应该采取什么训练方法，他们也有分歧。随着冲突升级，阿尔伯特不想再听从莱昂纳尔的意见了，于是两人道不同不相为谋。还有一次，阿尔伯特发现这一事实：莱昂纳尔没有任何使节的信任状。为此两人还拳脚相向，要拼出个输赢。两人争吵的时候很少。这次冲突是这部电影的结构线索之一。没有了这个冲突，二人就只是两个快乐的好友而已，这可要让观众腻歪了。

当然，阿尔伯特和家人之间也有冲突。他跟那两个质疑他的家人发生了冲突。所以，在全部元素的建构方面，这些都跟情节驱动型故事是一样的。区别只在于这次行动的推动力量不同，这里的动力源在于主人公克服困难的欲望以及成长起来的需要。

故事里有没有人物的发展弧线呢？当然有了。阿尔伯特原本由于恐惧而茫然不知所措，口吃的毛病也让他失去了方向。后来，他找到了勇气，而且有了克服困难的手段。另外，在国家最需要他的紧要关头，他把那种勇气挥发到了极致。

从某种角度看，这部电影也像一部体育电影。一支名不见经传的小球队出人意料地赢得了大赛的胜利。他们刻苦训练，直面挑战，等赛期来到的时候，小球队已经做好准备了。

在《国王的演讲》中，故事渐至高潮时的广播讲话就像是一场重大赛事。有时候，你可能以为他无法胜任，无法圆满完成演讲任务。可是，有了莱昂纳尔的帮助，他不仅完成了演讲，而且大获成功。这正像是一支处于下风的篮球队，在比赛的最后一秒钟由一名小个子球员投篮得分，从而赢得整场比赛一样激动人心。

5

视角与冲突

为小说选择一个视角（POV）可能是你要做的最重要的决策之一。但是，许多作者，甚至那些已有作品出版的作家，面对视角问题也经常一头雾水，一知半解。

掌握好视角问题是所有小说作者必备的技能，因为它跟冲突与悬念的关系密切，是小说成功最需要的东西。

从书本上学习视角知识可能会让你不知所云。有的写作教师自己对于其中的关键区别也不是了然于胸。

所以，还是让我为你把这个问题说清说透吧。

可供你选择的视角有两种：第一人称视角和第三人称视角。

在第一人称的下面还有两个选项：现在时和过去时。在第三人称的下面也有两个选项：有限的第三人称视角和无限的第三人称视角。

下面我要详细解释这些选项。

你或许会想："你怎么把第二人称给落下了呢？"

第二人称视角是这样的：你走进房间，看到了一群人。他们回头打量着你。他们似乎都知道你刚刚做了什么事。你不管他们凝视的目光，径直走到罗伯特面前。你说，"嗨，伙计。"你伸出手来。

是的，有的小说家确实用过第二人称视角。我的建议是你不要跟风这样做。

假如你真的非要这样做，那么请记住这条建议：你坐在自己的书桌前，然后以第二人称视角开始创作。这似乎是你拓展自己的文学风格的好办法。你知道这会减少你的作品出版的机会，而且大多数读者会发现这部小说是令人难以卒读的。但是，你还是决心要把它统统弄明白，然后再用它创作，看看效果如何。你希望自己有个好运气。

全知型视角又是怎么回事？顾名思义，它的意思是知道一切，所以全知型视角有时候也被称为“准上帝视角”。叙事者可以随心所欲地想到哪里就写到哪里，任何时候都可以洞悉任何人物的心灵深处（即便两者同处一个场景之内），或者叙事者可以腾空而起，然后像摄像机一样描述事态。

这种全知的口吻可以评论世间百态，比如他可以发出“这是最好的时代，这是最坏的时代”这样的感慨；或者，作者也可以保留自己的看法，超然物外。既然这个视野源于“上帝之眼”，作者可以灵活自如地把主观看法强加于人物，其主观程度可高可低。

如今，全知型叙事已经很少见了，可是对于某些风格的长篇小说，尤其是长篇史诗性小说来说，这个视角还是一个比较好的选择。它允许作者向读者灌输大篇幅的背景信息。但是，你要记住，如果你不知节制地运用这个视角，那么你的小说就会变得拖沓冗长。对于历史题材的长篇小说来说，作者未必非得使用全知型视角。其实第三人称视角更有亲切感，而且也能取得同样的甚至更好的效果。

有时候你在一个章节的开端也可以使用全知型视角，等写到后面再恢复原来的视角。我说的是下面的意思：

> 村民们早就知道舍伍德的密林是一个有点儿阴森可怖的地方。里面可能躲藏着强盗，他们在那儿等待着没有警惕性的马车夫。从马厩到酒馆，这样的故事流传很广。小心，别被坏人抢劫了，说来说去，故事的主题就是让人们防患未然。
>
> 罗宾·洛士利站在那棵远近闻名的大橡树下，长弓在手。这种感觉很好，而且显得很强大。他心里想，我要把信送给约翰王子。

第一段给读者呈现出广阔的视野，随后又回到了视角人物身上，此后就一直停留在人物身上了。

注意，无论上面的哪一个例子，全知口吻的运用都不能剑走偏锋，就是说你不能极端到画外音的程度，使用19世纪的那种风格。谁会在乎一介作者对于时代有什么看法？把视角交给人物就行了。

当你用全知型视角写作的时候，还可以丝毫不透露人物的内心想法。这样的情况虽属罕见，可是在某种文学类型中，这个做法还是有效的。

你可以把视角当做一架摄像机。它能够捕获观众可以看到的场景。下面这个片断摘自达希尔·哈米特的《马耳他之鹰》：

> 斯佩德一屁股坐进了转椅中，转了小半圈，对着她礼貌地微笑着。他笑不露齿，这让脸上的皱纹都拉长了。
>
> 埃菲·佩雷恩在打字机上轻敲键盘的啪啪声和换行的铃声从关着的门背后隐约传来，偶尔还能听到隔壁办公室里一台电动机器枯燥的震动声。在斯佩德的办公桌上摆放着一个满是烟蒂的黄铜烟灰缸，里面一个被捻扁的烟屁股还在冒烟。

这是摄像机的视野，因为假如我们是在斯佩德的脑子里，那么他就不能看到自己脸上的皱纹拉长的情形。我们也无法捕捉到斯佩德的所思所想。注意，这里还描述了斯佩德办公桌上的香烟，仿佛镜头在逐渐移近被拍摄的对象。

最后一点，在有些文学类型，比如推理小说中，作者越是公然使用自己的声音，效果或许越好。

在道格拉斯·亚当斯的《银河系漫游指南》中，作者的声音就一览无遗。正如作者在这个五部曲之四《再见，谢谢所有鱼》的前言中所说：

> 在银河系西侧旋臂那个并不漂亮的末端，有一片未曾标明的

漩涡星系中的一片未曾标明的漩涡星系，在其深处悬挂着一颗不被人注意的小小的黄色恒星。

距离这颗星球大约 9 800 万英里之外，有一颗更加无足轻重的蓝绿色行星围绕它旋转。在这个小行星上面，猿猴后裔的生命形态神奇而原始，他们仍然认为数字手表是一个非常棒的想法。

同样，乔·哈尔德曼的短篇科幻推理小说《海明威骗局》令人耳目一新，作者在小说的开头对读者作了这样的开场白：

我们的故事开始于佛罗里达最南端旅游区基维斯特的一家破败失修的酒吧，距今也没有多少年。这个酒吧并非海明威喝过酒的那个酒吧，也不是自称海明威曾在此喝酒的那家酒吧，因为那两家酒吧不仅非常奢华，而且游人如织。这家酒吧位于小镇上更加有趣的地方，是一个颇具古巴特色的所在。它既算不上窗明几净，也谈不上灯火辉煌，不过，这里却有冰镇啤酒和上佳的古巴咖啡。它的迷人之处在于其低廉的价格和下里巴人的特色，这让学者与百无聊赖的游客走到了一起。

以第一人称视角创造冲突

第一人称是让人物自己讲述发生的事情。

我到了那家商店。我看到了弗兰克。“你在这儿干什么？”我问。

显然这个视角需要作者透过视角人物的双眼看到发生的一切。主人公汇报的内容只能是她亲眼所见的情形，而不是另一个人物弗兰克的所见或所感。只有无论从弗兰克的角度还是从主人公的角度出发都有相同的内容，才适合向读者汇报。叙事者没有亲眼目睹的内容都是不能描述的，尽管你可以让别的人物向叙事者转述“屏幕之外”发生的事情。

在使用第一人称视角的时候，你可以使用过去时态或者现在时态。[①] 一般采用过去时态，因为故事源于叙事者对于自己过往经历的回忆。

但是，叙事者也可以像下面这样写：

> 我正要走进商店。我见到弗兰克。“你在这儿干什么？”我问。

如果处理得当，这样的语气让读者感觉更加接近现场。史蒂夫·马蒂尼的保罗·曼德里尼系列法律题材惊悚小说中就是这样写的，而且他这种处理办法也很让人欣慰。这个手法在当时算是风格创新，而如今情况不同了，即便你永远不用这个手法也无伤大雅。

第一人称叙事确实能让人感觉非常亲切，这样写出来的故事也令人记忆深刻。不过，为了充分发掘冲突的潜力，你还可以让叙事者的声音更加强大。可以考虑一下视角人物的态度，因为这种态度可以给他惹来麻烦。小说总需要有这样一个人物，他不仅与主人公存在意见分歧，而且讨厌主人公的看法。

所以，只要你从一开始就让人物态度鲜明，就可以营造出一种山雨欲来风满楼的氛围。

比如《麦田里的守望者》的开头，用下面几句话直截了当地告诉读者：这个向我们说话的人对于自己的生活有着独特的看法，他马上就要面对面地跟你说话了：

> 假如你真的想要听这件事情，你很可能第一个想知道的就是

---

① 关于时态的内容主要适用于英语等语言，此处供读者参考阅读。——编者注

> 我在哪儿出生，我的童年有多么糟糕，在父母生我之前他们有多么忙碌，还有大卫·科波菲尔自述的那一大堆废话。但是，假如你们想知道真相的话，我并不想切入那个话题。

珍妮特·伊万诺维奇的主人公斯蒂芬妮·普拉姆有没有一种态度、一种口吻呢？看看小说《击掌相庆》的开头你就能做出判断：

> 当我还是一个小女孩的时候，我经常只给芭比娃娃穿好衣服却不给她穿内裤。表面上看，她的模样依然那么完美无瑕。她穿着塑料高跟鞋显得很优雅，合身的外衣凸显出优美的曲线。但是，在光鲜外表的下面，她却是赤裸的。现在，我是一名保释执法特工，有人叫我逃犯抓捕特工，也有人叫我赏金猎人。不论是死是活，我也要把他们抓捕归案。至少我通过自己的努力做到这一点。作为保释执法特工，我感觉自己有点儿像没穿内裤的芭比娃娃。这个工作需要你保守机密。要求你即使在工作的时候没穿内裤，外面也要穿上许多衣服以便虚张声势。

你也可以选择让多个人物都用第一人称视角叙事。有些作家把视角人物放在章节的开头，然后顺着那个叙事者的口吻一直写下去。

当然，这需要很多技巧，因为每个人的语调都有差别，每个人的视角都是独一无二的。

第三人称视角要注意聚焦

第三人称视角指的是作者通过人物的感知来描述行动。不是“我”看到，而是“她”看到。

我发现第三人称叙事存在的最大问题是：在同一个场景中，作者从头到尾都要使用前后一致的视角。然而作者很容易疏忽大意，把视角突然切换到另一人物身上，或者切换到一个人物看不到的角落里去。目前我正在阅读一个“红得发紫”的惊悚小说新秀的作品，在他的第二部小说里，他就犯了这个错误。作者在一个人物的头脑里巡游，然后突然之间就掉进了第二个人物的头脑里，然后又折返回来。

比如下面这段文字就有这个情况：

> 拉姆西跑过街角，感觉到砖头压在皮肤上的热度。尼克就要跟上来了，他可以听到这个男孩气喘吁吁的声音。我希望他能扛得住，他心里想。
>
> “坚持一下，孩子。你能行的。”拉姆西说。
>
> “我……尽量努力。”尼克说。
>
> 拉姆西放缓脚步，伸出手来。当男孩握住他的手的时候，一股激情在拉姆西的身体里涌起。他无论如何都要保护好这个男孩。
>
> 尼克紧紧地攥住拉姆西的手。尼克想说他现在信得过拉姆西，但是话到嘴边却说不出口。他累得说不出话来，但是他下定决心要让拉姆西知道他能跑得快。
>
> 抬头向前，拉姆西看到两个男人正站在街角那儿看着。

注意，在“尼克想说……”之前，我们是在拉姆西的头脑里面，拉姆西不可能知道尼克心里在想什么。

“头脑切换”现象会削弱冲突，因为这样做的结果是让读者脱离了人物的切身体验，而这个人物才是小说的视角人物。只有全知型的叙事者才能做出类似的视角切换动作，不过，用在这部小说中就不合适了。尽管读者或许不会马上意识到视角发生了切换，可是这样的切换却给读者的阅读体验制造了小小的障碍。

诸如此类的障碍如果多次出现，足以给这次阅读体验之旅蒙上一层阴影。

假如你选择了有限的第三人称叙事，那么从头到尾你都要选择站在某一人物的身边，永远不要从另一人物的视角去看问题。假如处置得当，第三人称叙事也能与第一人称叙事产生同样的现场感。

假如你还允许别的人物占据第三人称视角，就是所谓的“无限的第三人称视角”。在这种情况下，作者显然不能在某一具体人物的视角中停留太久。你需要把亲临现场的感觉扩散到各个环节中去。

但是，你要遵守下面这条规则：一个场景，一个视角。假如需要切换视角，你应该发出相应的信号，比如你可以另起一章，或者留下一段空白。

如何选择视角

这个问题很大程度上取决于你的主观判断，不过，下面这些规则你需要牢记：

1. 不要使用第一人称，除非主人公的声音具有清晰的个性和原创性，而且要有足够鲜明的态度。

2. 第一人称视角有一个误区，即主人公的叙事中有许多风马牛不相及甚至离题万里的内容。这会把冲突分散、淡化。

3. 第一人称便于呈现人物的内心世界，假如你选择这一视角，必须要把人物内心世界的冲突呈现出来。

4. 第三人称几乎可以与第一人称一样制造出身临其境的现场感，只要你的叙事能做到好像人物自己现身说法一样：

> 约翰看到玛丽站在房间的另一头。他惊讶得几乎把葡萄酒杯都掉到地上。她太漂亮了。她确实是一个金发美女。

改写如下：

> 约翰看到玛丽站在房间的另一头。他惊讶得几乎把手里的波尔多葡萄酒杯都掉到地上。她简直是一个希腊仙女，金灿灿的头发，仿佛刚从奥林匹斯山步下凡尘。

5. 假如你是一位刚刚出道的作者，那么下面这条建议对你长期有效：要从第三人称视角学起，保持前后一致。一个场景，一个视角。这条戒律会让你受益良多。

6. 就人物驱动型小说或者所谓文学性小说而言，使用第一人称视角往往更合适，因为它最适合深入挖掘主人公内心世界的冲突。

7. 就情节驱动型小说尤其是惊悚小说而言，第三人称叙事是常见的选择，因为它允许作者在不同视角之间从容切换，同时让读者感觉悬念丛生。

8. 假如你还是犹疑不决，那么可在前三章用第三人称，等回过头来再把它们改写成第一人称。至于哪个视角更能让潜在的读者产生共鸣，可以征集一下读者的反馈意见，然后再作定夺。这个练习绝不会白白浪费你的时间，因为尝试不同的视角能让作者对人物的理解更加深刻。

6

以冲突开头

小说创作每天都给作者带来不同的感觉。有时候，作者文思泉涌、创意迭出，遣词造句可谓信手拈来，不费吹灰之力。有时候，作者仿佛在洛杉矶的拉布雷亚沥青坑[①]里打网球。不管你是否处于“文思泉涌”的状态，也不管小说写到了哪个阶段，下面这个主题总是统领一切的：冲突。

希区柯克说过，一个好的故事就是：“生活，剔除了平庸无聊的生活。”希区柯克的这条公理普遍适用于一切小说的创作。

没有冲突就等于枯燥乏味。没有麻烦就等于示意读者把书放下来。

下面我们讨论一下三幕剧结构的各个要素，了解它们和冲突与悬念有什么关系。

简言之，开头部分应该有一个混乱，而且预示着麻烦即将接踵而至。中间部分应该展现主要的对抗，以及随着故事推进，对抗程度如何逐步升级。最后一幕则随着冲突的节奏展开，在结束冲突之前，对抗程度逐步加强，维系着读者的悬念。

在每一幕中，都有你需要牢记的东西。不必等到希区柯克的幽灵来到你的眼前提醒你，你就要提前删掉其中无聊的内容。

① La Brea Tar Pits，洛杉矶考古景区。

开头

多年来，我看到大多数新人的稿件在开头部分都显得过于安谧和缓，甚至有的稿件在送达之时就已被宣告死亡。造成这一现象的有三大原因：**展示的神话、幸福国的黑洞以及抒情的诱惑。**

展示的神话

展示的神话是指，读者在小说开头就需要知道一大堆背景故事和解释性材料。毕竟，作者把这段时间全用在展现人物背景、故事场景之类的事情上了。作者至少应该让人物先亮亮相，然后随着人物的登场来逐渐补充她的背景信息。

无论如何，作者都会理所当然地认为，读者必须首先了解所有的素材，才能理解故事里发生的事情。但是，这纯粹是个神话。

事实上，读者要在读了很久之后才感觉自己需要了解展示的内容。吸引读者的其实是一个行动中的人物，还有那些搅乱风平浪静的日常生活的浪花。我称之为开头的混乱，这一点我们后面再做详细解释。

现在，请记住下面的规则：先行动，再解释。推迟展示部分。你永远不会因此而犯错。

这并不是说你不能把背景故事或者展示包括进来，但让它出现在小说的第一章中时，要使用最小的剂量。或许在写作过程中，你可以把背景信息逐步糅进“纹理脉络”中，但要小心翼翼避免出错。

下面的方法可以确保让开头部分拥有冲突。你要给读者呈现一个现实的场景。换句话说，这个事情是在纸面上实时发生的，而不是一个笼统的梗概。

另外，你还需要透过一个人物对话场景把其中的冲突凸显出来。在对话场景中，你至少要有两个打着不同算盘的人物，这样一来，场景中自然就具备了潜在的对抗性：

> "你有什么用来开头的想法吗？"
>
> "有关什么的想法？"
>
> "好吧，有关什么都好。就是对于故事开头的想法。"
>
> "对于故事开头的想法？是的，我有些想法。"
>
> 她在等待而他并没有继续说下去。甚至在他抵达唐人街之前，他就决定要这样做了。他要让她不得不费力地问他，他才肯说一句话。

这个开头是麦克尔·康纳利在《最后的郊狼》中用过的。这是直接的冲突。随着场面的继续，我们知道这位洛杉矶警察局的哈里·鲍什警官正在接受一名心理学家就其工作行为进行的心理检查。心理咨询师想知道问题的答案，而哈里却不肯说出答案。

人物各有自己的盘算。

这个场面持续了很长时间，你来我往，折腾了很久。作者康纳利透过对话本身或者叙事的形式，时不时往小说里渗透一点展示的内容：

> 哈里·鲍什看着她沉默不语。他想抽烟，但是不愿意问她是否允许自己抽烟。他永远不会当着她的面承认自己有烟瘾。假如他承认自己抽烟，那么她就可能开始谈论弗洛伊德的口腔依恋理论，或者说他把尼古丁当作精神寄托。相反，他做了一个深呼吸，然后看着桌子对面的那个女人。卡蔓·希诺约斯是个娇小玲珑的女人，她面色和善，待人亲切。鲍什知道她不是坏人。他确实听那些曾经派往唐人街的人说过她的好话。她来找自己也只是例行公事而已，而他的怒火并非是冲着她的。他知道她很聪明，很可能也明白这一点。

有时候，展示是通过对话呈现出来的：

“大家一直都称它为事件。这让我想起过去人们把越南战争称为越南冲突，而不是越南战争。”

“那么你把发生的事称为什么呢?”

“我不知道。但是事件……听起来……我不知道。客观的称呼。医生，你听我说，我们言归正传吧。我可不想出城兜风，知道吗？我的工作是侦办凶杀案。这是我的工作职责。其实我想回到工作岗位上。你知道，那样我的状况也许会好一些。”

“前提是上级批准你。”

值得注意的是，这样开头的场景永远不会陷入停滞，因为它从一开头就具有对抗性，而这有利于抓住读者的眼球。

但是，假如你写的是其他类型的小说，比如规模宏大的历史题材，需要在开头选取一个宽广的视野，那该怎么办呢？听从本能的指挥吧，不过，关键要看你能不能把一些冲突的线索埋在第一页的什么地方。

下面是丹尼斯·勒翰的历史小说《就在这一天》的开头：

因为在这场大战中，国防部对全国棒球协会实施了旅行限制，1918 年的世界系列赛是在 9 月进行的，而且分别在两大主场举行。芝加哥小熊队主办了前三场比赛，后面四场则在波士顿举行。9 月 7 日，在小熊队放弃了第三节比赛之后，两个球队的食宿都安排在中密歇根州立大学，随后他们就踏上了 27 小时的行程。球星贝比·鲁斯喝高了，后来他就偷垒成功了。

勒翰开头的这段话麻痹了大家，让人误以为这部分构建得很忠实，很有纪录片的风格。不过，最后一个神龙见首不见尾的词语成功地打出一个安打，而且最重要的是，这个词是冲突的预兆。这个球星不光喝高了，而且还偷垒？贝比·鲁斯？为什么？偷了谁的垒，那些丢了垒的人会不会还以颜色？

当然，历史小说家可以毫不犹豫地用一个危机四伏的人物开头：

> 大风撕扯着他，让他感觉寒风刺进了五脏六腑。他知道，假如不能在三天之内靠岸，他们就完蛋了。他心里想，这次航行中死去的人太多了，我是一个死亡舰队的领航员。五条船只剩下一条，107 名船员只剩下 28 人，而现在只有 10 个人还能走路，其他人都已是奄奄一息了，连舰队司令也在里面。没有粮食，几乎没有水，哪儿有什么水呢，只有咸水和脏水。
>
> ——选自詹姆斯·克拉韦尔的小说《幕府将军》

以冲突或者冲突的预兆线索开头的方法五花八门。当然还有一些方法让读者对你的小说不屑一顾，敬而远之。下面就是一些失败的例子。

幸福国的黑洞

作者笔下出现一家人享受着天伦之乐或者夫妻和睦、亲情融洽的场景，往往自以为读者会像小说中的人物那样倾情投入美好生活之中。接着，当麻烦出现的时候，读者自然要与这样的好人同喜同悲——既然读者为他们欢喜，当然也要为他们忧心。

不过，事实恰恰相反。读者心想，我干吗要费神看这样的小说？生活多么美好啊！离开了我这个读者，他们一样能够活得很好。

你是否还记得《绿野仙踪》的第一个镜头？并不是多萝西在漂亮温暖的床上醒来，阳光明媚，小鸟歌唱。假如这样美好，她就应该开始歌唱“彩虹之上，有片乐土”这样的歌曲。读者就该疑问，**她有什么好抱怨的呢？**她活得很好。不要再发牢骚了。

事实上，第一个镜头是多萝西沿着马路奔跑，她的脚下是小狗托托，她不时扭头惊恐地张望。然后，她回到农场，想告诉叔叔婶婶以及农场工人有关可怕的女巫古勒克小姐的事情，以及女巫要把小狗托托冰冻起来的计划。可是，没有人愿意听她的！

没错，我们见到的不是一个幸福国里的幸福女孩，而是一个麻烦缠身的女孩。这时，她在歌中唱道，她打算飞上彩虹逃脱困境，此时我们在心理上是站在她这边的。

在新手的稿件中，我看到太多下面这样的文字：

> 珍妮特在给女儿们准备早餐。她在厨房窗户那儿待了一会儿，心里想着自己有阿普丽尔和达科塔这两个女儿是多么幸运。简直完美。她们个个聪明又漂亮。阿普丽尔上三年级，她的文章《魏玛共和国及其对于今日儿童的重要性》最近获得了年级一等奖。
>
> 还有妹妹小达科塔，好得真不知道怎么形容。她四岁就开始阅读普鲁斯特的作品。自己当年胎教时花费无数小时给她读书终于结出了硕果。
>
> 珍妮特满意地长舒一口气，把碗里的有机麦片冲好。
>
> "妈咪，非常感谢你做的早餐，"阿普丽尔说。
>
> "我爱吃麦片粥，"达科塔说。
>
> "我知道你爱吃，"珍妮特说。
>
> "爸爸在哪儿呢？"达科塔问。
>
> "他出差还没有回来，"珍妮特说。她的心思转移到了弗兰克身上。她真不知道自己积了什么德，怎么就嫁了这么好的如意郎君？

照这样写下去。女儿们被她安排妥当准备上学，珍妮特想着自己的生活，然后在这一章结尾的时候传来了敲门声：

> 珍妮特开门。

一个副警长站在门口。他三十岁左右，一脸严肃。

“您是珍妮特·罗宾逊吗？”他问。

“是的。出了什么事？”

“这个是给你的。”副警长拿出一张折了三下的纸。她接了过来。

“祝您快乐，”副警长说完就走了。

珍妮特展开那张纸。她的眼睛瞄到了官方正式的抬头：《离婚申请书》。

对于珍妮特平静的生活来说，这确实是一个混乱。但是，它来得太晚了。对于幸福国里永远幸福的人们，这样的段落写得太长了。读者早已不厌其烦，他们根本就不会读完第一页。

相反，假如换了我，就写成下面这样：

珍妮特望着厨房的窗外，这时警察的巡逻车开到她家门前。出什么事吗？

“我的麦片粥呢！”达科塔嚷嚷着。

“安静点儿，”珍妮特说，“我马上就来。”

第一句话里就有混乱出现了。警车停在家门口，可不是寻常事。这往往会带来坏消息。这样一来，在场面展开的时候，读者就得跟着珍妮特一起担心，想知道警车将给自己带来什么坏消息。

另外，急躁的孩子也能够增强冲突。

没有任何无聊的部分。

抒情的诱惑

大家经常听到编辑和文学经纪人这样告诫：开头就描写天气不是明智的做法。他们普遍都有这样的抱怨。因为作者的天气描写大多只是就事论事，不能给即将到来的麻烦奠定基调。

以抒情文字开头的小说确实不乏佳作。在所谓的纯文学小说中，这种现象屡见不鲜。对于这类小说的作者来说，写作风格与故事情节的重要性平分秋色。同时，对于那些热捧这种小说的忠实读者来说，假如写作风格是令人愉悦的，他们还是能耐着性子读下去的。

关于这个问题我只想告诫一点：要敢于拒绝抒情的诱惑，别想以此证明自己高超的写作水平。或许你是自莎士比亚以来最伟大的作家，不过，永远都要记住，把握故事情节和读者的需要才是你的第一要务。唯一的例外是：假如你的创作目的仅仅限于自娱自乐，可以全然不顾你与读者群体的关系，那么你当然可以想到哪儿就写到哪儿，信马由缰。

你最好折中一下，把创作风格与麻烦的征兆熔于一炉，或者让创作风格与整部小说的情绪氛围交相辉映。

肯·克西[①]的小说《永不让步》的开头很有名，它正好符合了这一要求。这部小说讲述的是伐木业者惊心动魄、充满贪欲的故事。这样的场景设置对于故事情节来说具有特别重要的意义，它的作用在于为即将到来的大冲突提供背景：

> 沿着俄勒冈海岸山脉的西坡……你可以看到：支流歇斯底里地咆哮着，冲撞着，融入了瓦孔达奥茄河……
>
> 最初冲刷岸边的层层波浪一闪而过，犹如疾风穿过红褐色的酸梅和苜蓿、鬼蕨和荨麻，草木躲闪着，疾风剪切着……修剪着树枝的形状，穿透了熊莓和树莓、蓝莓和黑莓，树枝垂落小溪，果实掉入河中。最后，在丘陵地带，疾风穿过落叶松和糖松、皂

---

① Ken Kesey（1935—2001），美国著名小说家，嬉皮时代的催生者与见证人，因《飞越疯人院》而知名，而他最满意的作品是《永不让步》。小说名取自民歌“有时冒出了一个伟大的念头，要跳入河中漂流”。故事讲述了俄勒冈州两个独立谋生的伐木工人的故事，他们信奉“永不让步”的人生准则。

> 荚树皮和银色的云杉，还穿透了由花旗松拼嵌起来的绿蓝相间的斑驳森林，湍急的河水化作了瀑布飞坠五百英尺……流入原野之后，河床逐渐变宽。
>
> 一片金属光泽率先映入你的眼帘，从高速公路透过茂密的丛林望去，这片金属光泽宛如铝质的彩虹，仿佛刚刚从泛着清辉的月亮表面切下的一片铝合金。

我不想阻止你们玩味其中的语言，探索其中的风格。只是读的时候要带着目的去读，而且要明白，创作风格与是否让人佩服毫无关系。把丰富多彩的文字融入到冲突中去，这才是关键。

语气和视角的模糊

文学经纪人克里基特·弗里曼说过："我个人经常抱怨的问题，是粗糙而模糊的视角。"模糊指的是要么不知道故事的视角在谁身上，要么叙事者的声音不甚清晰。让我们逐一研究这些问题。

下面是我经常遇到的开头的错误：

> 在夜幕下，树木仿佛是幽灵的骷髅。远方夜鸟的悲鸣似乎给出了麻烦即将到来的信号。谁也不想在树林中受困。但是，当时就是这样的情况。
>
> 莉斯扯起毛毯围紧身体，说："这地方吓得我毛骨悚然。"

这里的问题是，读者一开始并不知道自己处于哪个人物的头脑中。虽说这段场面描写让大家约略知道人物处于哪种精神状态，不过，这段描写偏离了"当前热门"的视角人物的视野。这就使得故事的开场在读者看来没有身临其境的感觉。一个吸引读者的机会就这样白白浪费掉了。

补救措施很简单。作者一开始就要把读者设定在一个人物的视角之内：

> 莉斯扯起毛毯围紧身体，她说，“这地方吓得我毛骨悚然。”
>
> 树木映衬在夜空下仿佛是幽灵的骷髅。莉斯耳边传来远方夜鸟的悲鸣，似乎预示着麻烦即将到来。她事先显然没预料到会发生受困林中的情况。但是，既然到了这步田地，她也只得想办法解决问题了。

开头略作调整之后，我们就进入了人物的思想世界。由于人物才是深深吸引读者的磁石，所以故事一开头就应该有人物现身。

在故事的开头使用广阔的背景，是不是永恒的真理？假如这样的背景符合小说的需要与氛围，当然是可以的。故事开头的时候可以使用全知型视角，然后再“掉”进某个人物的视角中去。这是一种久经考验的保险策略。

不过，时代与品味都在前进，你要让读者与人物产生共鸣，而且越早越好。

第一人称叙事中也可能出现视角模糊的问题，这是因为人物的声音不够鲜明或者人物的态度含混。

> 鹅卵石形状大门的玻璃嵌板上用死气沉沉的黑色油漆写着：“菲力普·马罗……调查公司”。这扇大门相当破旧，在一条破破烂烂的走廊的尽头，是当年流行的建筑样式，四面瓷砖的浴室奠定了当年流行文化的基础。大门锁着，但是旁边另有一扇门，上面写着同样的文字，却没有锁。请进来吧，这里没有别人，除了我还有一只大绿豆蝇。但是，假如你来自堪萨斯的曼哈顿，就不要进来了。

在雷蒙德·钱德勒的小说《小妹妹》中，马罗独特的叙事方式绝对不会被人弄错。正是这样的腔调才能让读者坐直身体，提高警惕。

当你使用第一人称写作时，开场切不可单调乏味。

信息倾销

我有一个原则：先做事，再解释。

在开场部分谨守这一原则尤其关键，此时你要用故事抓住读者的注意力。你应该把下面的话当作经验之谈：在前 30 页内，每次展示都要简明扼要，篇幅不超过一个段落。

如果展示的篇幅超过一个段落，那么请不要把它写成信息公告，沦为下面这样的纯粹点缀：

> 约瑟夫·杜克斯在麦金利、甘特与卡兹律师事务所工作。这是芝加哥第二大律师事务所。第一大律师事务所就在这家事务所对面的大楼里办公，名叫凯特查姆、科勒姆与斯金内姆律师事务所。长期以来，两家事务所为了争夺在这座城市里的龙头位置而展开激烈的竞争。1954 年，当史蒂夫·麦金利创办这家事务所时，他们代理大型铁路公司的法律业务并且从中获利颇丰。联合太平洋铁路公司是麦金利的第一个大客户，这家公司让这位野心勃勃的律师赚了不少钱，于是他雇用了一个小有名气的年轻建筑师詹姆斯·英戈·弗里德在密歇根的主街上为自己建了一幢办公大楼。当时弗里德刚刚从伊利诺伊技术学院毕业，在传奇设计师密斯·凡德罗的公司工作。麦金利遇到弗里德纯属偶然，两人在密歇根湖畔巧遇了。

这里的问题是作者急急忙忙地向读者提供了太多的信息，而许多都偏离了主题。这一通信息倾销过后，开头那个可怜的约瑟夫·杜克斯早被读者忘到九霄云外了。

太多的背景故事

背景故事是指发生在小说开始之前、必须交代的人物信息。

有时这样的信息是通过闪回提供的，后面我们还要详细论述这个方法。

有人建议说，在开场数章中任何背景故事都不能要，但我以为这样说有点儿矫枉过正了。背景故事有助于我们与主人公之间建立情感联系，在前面数页中，这是我们的头等大事。

所以原则上，背景信息不可过多，但也不能一点儿没有。

假如你确实插入了背景故事，那么你就要让它融入情节发展的脉络之中。正如大家看到一块大理石，鲜红的肉色里面融入了白腻如脂的色彩，纹理交织的效果尤显漂亮。或者，在素食主义者看来，这就像设计精美的布料一样讨人喜欢。

兰博系列电影改编自大卫·莫雷尔的小说《第一滴血》，戏一开场，原则性的冲突就接踵而来——约翰·兰博和麦迪逊警察局局长威尔弗雷德·提索有了矛盾。提索认定兰博是一个流浪汉，并且要把他撵出城市。兰博回到城里想弄口饭吃，结果又被提索赶出城外并且警告不要再回来。

在第 3 章之后，我们才看到一些有趣的背景故事。兰博刚刚在郊外吃完一个汉堡包，顺手把汉堡包的包装袋点着了：

> 从战场回来六个月之后，他仍然有一种破坏的冲动，想把自己吃剩下的东西毁灭干净，以免留下自己活动过的痕迹。
>
> 他摇摇头。想起战场上的事情是一个错误。刹那间，他回想起战争给自己留下的其他习惯：在露天难以入眠，只要有轻微的响声就会惊醒，又需要露天睡觉，因为被关在黑暗洞穴里的记忆挥之不去。
>
> “你最好想想别的事情，”他说出声来，然后才意识到自己这

是在自言自语。“有情况吗？哪个方向？”他望了望公路进入和伸出城市的地方，然后做出决定。他抓住睡袋绳子，把睡袋挎在肩上，又一次步行进入麦迪逊城。

莫雷尔把背景故事控制在一个段落之内。他只挑最重要的细节描写。于是我们知道，兰博是个有过战争创伤的老兵，而且还被敌人俘虏过。

随后，莫雷尔马上回到剧情中去：兰博又掉头向城市进发，因为他的一切麻烦都要在城市里发生。

我们在阳光明媚的西班牙

在电视剧情节设计中，下面的情况是司空见惯的：编剧在每一集开场的时候，通过人物之口顺便描述一下场面的大致情况。为此，两个人物或许正在走路，这时让他们四处张望一下，其中一人说：“啊，我们来到了阳光明媚的西班牙。”

还有许多种变通的做法。

对于短篇喜剧来说这样做是有效的，但在长篇小说中难以奏效。为什么？因为读者明明知道下面这些话根本不是人物之间自然的交谈，而是作者强加给人物的：

“嗨，雷切尔，”汤姆说。“再问你一下，这里是在德洛罗萨大街的哪个方向呢？我发誓，即便有耶路撒冷最好的地图，对我们今年的假期也没有用。”

“噢，汤姆，”雷切尔说，“你刚才还在抱怨这次旅行，我们现在乘的船叫魔法号。”

“别和我提这个。这次乘坐游轮旅行全是你的馊主意。为了庆祝我的45岁生日，去年2月你就给我买好了船票，我又能拿你怎么样？现在，六个月过去了，我还不知道要做什么。我只想找到那个名叫德洛罗萨大街的鬼地方，好给咱们的女儿伊丽莎白发几张照片。”

“她才刚满十六岁。”

“是啊。”

对于短篇喜剧效果不错，但不适合小说。

7

中间部分要流畅

我的很多作品都是在我的办事处写出来的。这些办事处遍布世界各地，每个办事处外面都有一块圆形的绿色标牌。它们有免费的互联网服务以及昂贵的咖啡，但是它们还有别的东西：川流不息的人群。

多年来，在重建之前，我都会到本地的星巴克咖啡厅找一张桌子进行日常工作。桌子要在靠窗的位置，能看到停车场，这让我视野开阔，可以观察到店里的全部情况。

我观察自己遇到的种种人际状况。这些状况是由冲突构成的。

一天，一个衣衫褴褛的女子走了进来，一头浓密的头发似乎好几天都没有梳理了。她没有点咖啡，而是坐在一张桌子旁，开始扯开嗓门儿大喊，"吉米·霍法在哪儿？吉米·霍法在哪儿？"

经理走出来，跟那个女人搭话，我猜经理大概是让她声音低一些。

她又大声问霍法在哪儿，调门提高了几个分贝。随后经理拿起手机，走出店外。那个女人责骂咖啡厅把吉米藏在操作间了。她又骂了几分钟。

这会儿，经理回来了，身后带了一位保安。这个女人对保安说，星巴克咖啡厅把吉米·霍法的尸体藏匿在店铺后面的操作间了。保安把女人送出店外。我见到她的最后一面就是这样。

现在，让我们用戏剧的构思来想一想这个场景。

一个普普通通的早晨，一个安静低调的环境，一个出人意料的人物打断了这一切，她大声喊叫着，把一个神秘事件变得尽人皆知。

这件事打扰了咖啡厅的老主顾，冲突来了。经理本想平息这个女人无休止的责骂，但他失败了，两人之间的冲突加剧。当保安进来时，赌注提高了。而我们处于悬念丛生的状态，迫切希望了解这个女人有着怎样的命运。

对了，我们还没有破解这里的谜团，即吉米·霍法到底在哪儿。

于是，大家就会感觉到震惊、冲突、神秘以及充满悬念。所有这些叠加起来，构成一个效果理想的场景。

在小说的中间部分，你要写出的场景就是这样的。有人幽默地说，中间部分就是要让人“疲于应付”，因为这个部分完全是与麻烦有关的。

迄今为止的进程

你是否还记得电影《阿拉伯的劳伦斯》中有一个场景，劳伦斯（彼得·奥图饰）劝说部落酋长阿里（奥马尔·沙里夫饰）派部落里的阿拉伯士兵从沙漠一侧出发，对亚喀巴发起进攻。大家记得这个场景吗？

为此，他们必须穿越此前从未穿越过的浩瀚的内夫得大沙漠。

就在出发之前，阿里用手指着面前辽阔的荒原，警告他们说，从此以后他们将无处补给饮水。假如骆驼死掉的话，人也就死定了。

沙漠仿佛地狱烈火一样绵绵无绝。有些作者就是这样看待小说的中间部分的。它漫无边际地延伸开去，仿佛一片沙漠，没有丝毫生机，他们也不知道自己是能活着穿越沙漠，还是被晒成肉干。

别怕，你肯定能穿越沙漠。不仅如此，你的骆驼也能活下来，而且途中还有充足的水源等着你。这是因为：你有冲突，它就是你的向导。

如果正确地展开手中的地图，你就能抵达沙漠的另一头，你需要做的就是通过第一个没有回头路的关口。你的所有元素都是强大的。

我们的主人公是值得追随的。死亡处在千钧一发之际。一个更强大的对手正在前方等待主人公，等着成为他的拦路虎。

只要跨到沙漠的另一边，迎接你的就是强大而精彩的结尾。

你应该如何开始呢？你必须向下一个场景进发。然后，再向下下一个场景进发。

但是，这些场景是什么样的？你怎么知道自己该向哪片绿洲进发？

因为你掌握了自己的“LOCK”四要素（主角、目标、对抗、精彩的结尾），你就可以把许多场景有机地编排起来。你永远不必担心转向失误或者在沙尘暴中迷路。

你是通过行动与反应做到的。

行动与反应

小说中有两种基本的节拍：行动与反应。假如你掌握了这个动力机制，你就已经知道创作出充满冲突与张力的场面所需东西的90％了。

回想一下我们给小说下的定义：**记录人物如何应对死到临头的严重威胁。**当这样的生死赌注被逐渐升级，作者要让读者脑海里冒出下面这个问题：为了避免死亡的命运，人物会采取什么行动？

人物势必有所作为才能免于一死。假如他无所作为，等待他的就是死亡。那样的话，人物就只得像没骨气的懦夫那样听天由命了。

所以，小说要有行动的要素；也就是说，记录人物为了避免死亡、实现目标而做的事情。

因此，在《亡命天涯》中，我们看到理查德·金保所做的事情是避免被警方抓获，同时他还要找到杀害妻子的真凶。

在《麦田里的守望者》中，我们看到霍尔顿·考尔菲德为了追求人世间可靠的真实性所做的努力。假如他没有找到，他的内心就会死亡，或许还会自杀。

那么，反应节拍是怎样的呢？有时候，甚或在整个章节中，对于故事中发生的事件，人物都要做出应对，他要有所感触或者反复思考。不过，这些感触和思考必须是有机的整体，并与其总体目标（避免死亡）紧密相关。自然，这些都能增加剧情的张力，因为人物要么保全了性命并赢得了胜利，要么因失败而死亡，这个问题依然是悬而未决的。

行动场景

如今你已有了一些了解，知道如何构建“情节生产的永动机”。围绕这一机制，你大可创造出众多枝枝蔓蔓的场景，数量几乎是无限的。作者的职责就是从中选出最好的场景写进小说中。

每个行动的场景都应该是人物为了解决难题、实现总体目标而采取的具体措施。(参阅第 8 章有关子情节的内容。)

就拿《亡命天涯》为例。理查德·金保面临着难逃一死的困境：假如他被人抓获，因为被判杀妻，死刑是难免的。除非解决这个难题，否则他就死定了。这里还涉及一种心理上的死亡。假如他没能抓住真正的凶手，就没有人能为他的妻子伸张正义。

上一次因为囚犯试图从监狱的囚车上逃跑，但计划不周导致了可怕的车祸，这让金保趁机侥幸逃脱。

至此，情节的永动机提供了作者所需的一切行动素材。金保努力逃脱追捕并且顺藤摸瓜地找出了杀害妻子的真凶。作者只要把金保为此采取的行动设计好就行了。

看一下行动场景的结构。它由下面三个部分构成：**目标、障碍和结果。**

目标

场景的具体目标和故事的总体目标是不同的。总体目标是避免死亡，而具体目标则是人物为此采取的具体行动。

在《亡命天涯》中，金保逃脱之后，受了伤而且还穿着监狱的号服。他必须先包扎伤口，再给自己换一套衣服，然后才能做其他的事情。

这就是一个场景的具体目标。

于是，我们给他出了一些难题。主要的障碍是别人一看见他就要马上报警。

金保找到一家乡村医院。附近有一辆拖车，车上拉的是医院员工的工作服。他偷偷地弄到了一套工作服，而且没被发觉。

现在，他必须进入医院把自己的伤口包扎好，还要把胡子剃光。旁边都是人，他怎样才能做到这一切？

走到医院的后面，他来到货车卸货的地方，在这儿他可以混进工作人员中间。他假设卸了一些东西，然后把东西搬进医院里。

现在他又该怎么办？

他必须找到一个有杀菌剂和绷带的房间。他摸进了一个植物人的病房。（哎哟）

然后，他清洁伤口，做好包扎。

但是，他还需要刮胡子。他在病房内的洗手间找到了剃须刀，准备刮胡子……这时正巧有个护士进来查看病人的情况，护士从水房给病人倒了一杯水。

障碍

金保躲在门后，以免被人发觉。

他需要找点吃的。饥饿构成了生理上的障碍。幸好，植物人的病号饭刚刚送进来，金保狼吞虎咽地填饱了肚子。

他又穿上一件白大褂，然后走出了病房，假装自己是个医生……正在此时，一个警察朝他走了过来，手上还拿着一张金保带胡子的照片。

障碍出现了！

这个警察问他是否看见过一个长相与金保相像的人。金保抖了一下机灵应付了过去。“伙计，我每次照镜子的时候都能看到他的模样。当然，除了胡子之外。”

警察把他放过去了。

至此，这场戏就完了吗？还没有！作者从这场戏中“压榨”出了更多的紧张局面。那个曾经被金保救了一命的狱警躺在轮床上，被人推进了医院。他抬眼一看，正要说“嗨，这个人就是理查德·金保”，金保赶紧用氧气面罩盖在他的脸上，还通知护士检查一下这人的胸骨。护士也不知道这个医生为何只看了一眼就知道了病人的病情。

这还不算完。金保必须离开。救护车似乎是一个好主意。他坐上了那辆刚刚送狱警来医院的救护车。

结果

最后，等到所有场景都结束，这时基本上有两个结果：人物实现了目标；人物没有实现目标。

在这两个结果的范围内还有许多变化的形式。大体上讲，你希望人物最后的处境要比他最初的处境更加糟糕。

为什么呢？因为提心吊胆是我们的老朋友。读者想要为这个人物提心吊胆，而你要帮助读者完成这个愿望。

在《亡命天涯》的这场戏中，金保逃出医院并没有遇到什么太大的障碍，结果算得上成功，不过过程中的麻烦却接踵而至。

首先，医护人员从救护车上推进医院的那个人居然正好是被金保救过的狱警。他躺在轮床上，抬头一看，恰好看到金保。他正要开口说话，却被金保立马用氧气面罩盖在脸上。不过，他也告诉了医护人员狱警受伤的身体部位。

随后，他钻进了救护车，开车扬长而去。

但是，马上有人报了警，把情况通报给警官杰拉德。紧接着，警官跳上一架直升机，开始了又一次大追捕，这是另一个行动场景。

反应节拍

我之所以把这一节称为“反应节拍”，是因为这类场景未必通篇都是人物的反应。

试想，人物在前一场行动中刚刚有了一个结果。这个结果往往是人物遭遇了某种挫折，因为这样的结果最具戏剧性。

于是，人物最初只是在情感方面做出反应。假如坏蛋开枪射击，那么被害人肯定顾不上计算自己的坐标参数。为了保命，他必然先感觉到一种强烈的反抗情绪。

比如，一个女人看到丈夫躺在别的女人怀里，她无法冷静地记下时间，再悠闲自在地喝咖啡。相反，她会变得热血沸腾，怒火中烧，暴跳如雷，甚至瘫软如泥或者精神崩溃。

只有当情绪得到缓和之后，大家才会绞尽脑汁地想一想接下来的对策。

也就是说，我们要花费一些时间，认真思考一下：接下来该怎么办？

当坏蛋在身后紧紧追赶，我是不是要继续向胡同深处跑呢？等一下，这是一个死胡同。这样做绝对不行。那辆垃圾装卸车能不能派上用场？我能跳到车上吗？车上有老鼠，还有垃圾。真叫人恶心。

傻瓜，难道你宁愿被坏蛋打死吗？

所有这些想法可能在几秒钟内浮现在你脑海中，一闪即逝。

最后你终于下定决心。人物必须要采取行动了。

他决定爬上垃圾装卸车，这会引出……下一个行动节拍。

看看效果如何？

从某种意义上说，大家生活中常见的无意识思想混乱状态在这里得到了合乎逻辑的解释。

因此，当一个行动场面结束之后，出现了一个结果，人物的内心则要弄明白：

1. 情感；

2. 分析；

3. 决策。

掌握反应节拍的关键在于，明白它们才是控制小说节奏的关键。

即便你写的小说轰轰烈烈、情节令人血脉贲张，你也要学会控制它。你需要给读者留下一些喘息的空间。

反应节拍就是这样一个机会：它让我们走进人物的内心，并且把故事节奏放缓。

例子：罗杰刚刚摆脱了被坏蛋枪杀的险境，现在他躲进了一幢公寓。公寓的主人是谁？他什么都不知道：

> 谢天谢地，屋里没人。他坐在沙发上，让心跳放慢下来。不可思议！公寓外面确实有人想要杀他。他确实曾与真正的大麻烦擦肩而过，那是他上七年级的时候，校长把他叫到办公室严厉训斥。那次只是一场误会而已。
>
> 杀他？什么人要杀他？为什么？
>
> 他大口吸气，大口呼气。然后又放慢呼吸的节奏。
>
> 行了，他告诉自己。你是一个以目标为导向、不达目的誓不罢休的人。你肯定能在这里想出办法，你总该做点儿什么。
>
> 给警察局打电话报警。为什么不能打电话呢？
>
> 因为你知道警察局是如何办案的。警察局会有人给坏蛋通风报信、走漏风声。然后，等他走在大街上的时候，狙击枪的红点就会瞄准他的后心。
>
> 别的人呢？他的兄弟？
>
> 史蒂夫跟他有过联络。不过罗杰并不想跟这种人打交道。迄今为止，他和史蒂夫已经有五年没联系过了。
>
> 他们的关系从来都不太亲密。他们小时候……

这个场景接下来的内容是对过去的回忆，最后，他还是决定与史蒂夫联系一下，随后有了下一个行动场景。

在行动这枚硬币的另一面，你还可以压缩反应节拍，从而加快剧情的节奏。你可以约略描述一下人物情感，或者进行一次情节分析，甚至完全略去这些，等以后再填写留下的空白。只需写出下面的寥寥数语，你就能从一个行动迅速过渡到下一个行动：

他庆幸，屋里没人。
史蒂夫。他需要联系史蒂夫。

屋里没有一个人。
他给史蒂夫打电话。

场景创作

让我们来写一个充满冲突与紧张的场景。我们需要三个“O”。

目标（Objective）：在这个场景中，罗杰的目标是悄悄地沿着洛杉矶的百老汇大街走到第六街与百老汇大街交会处的那个小商店。那儿有一个人知道这个连环杀手的身份。这肯定是罗杰急需得到的信息。

障碍（Obstacles）：在这个场景中，主要的障碍是商店里的那个人。我们姑且叫他金先生。他不想把这条罗杰急需的信息告诉罗杰。

其他还有什么障碍？在罗杰眼里，这里的环境似乎怪怪的。或许他认为有人正在盯梢。或许因为种种原因，商店的外面正好停着一辆警车。在罗杰进入商店之前或者之后，有可能发生这样的事情。

这些问题还是留待以后再决定吧，因为紧跟着还有一个原因迫使罗杰走出商店的时候多加小心。

结果（Outcome）：在这个场景的结尾，罗杰是否得到了所需的信息？换句话说，他能否实现自己在这个场景里的目标？

结果几乎总是下面这样：你想让这场戏最后以转折、麻烦或者挫折告终。从我们前文论述的读者会为人物提心吊胆的角度来看，这样结尾确实很有意义。另外，你也可以让主人公实现这个场景的目标，不过，目标实现之后又会横生枝节，使得人物的处境更加糟糕。

在这个过程中，我们还不能让罗杰知道连环杀手的身份。我们还要制造更多的悬念。所以，我们知道金先生不愿意泄露天机。他可能还给了罗杰某种警告，或者告诉他一个他不能去的地方。

或许，在罗杰的连续追问之下，金先生马上就被惹火了。

这是我们做的“头脑风暴”。你要把可能的结尾都罗列出来。

也许金先生掏出一把手枪，叫罗杰从自己的商店滚开。

也许金先生拿着枪从商店后面走了出来。

也许正在此时，有一个人要把商店洗劫一空。

假如警车停在商店外，而金先生大声呼叫警察进来抓住这个家伙，情况又会有什么变化？

我可以把可能的结尾依次写出来。创意有一个秘诀：首先想出尽可能多的构思，然后从中选出最好的一个。其中一部分工作就是把那些你不喜欢的想法剔除。

随后我做出决定，抢劫的场面不是我喜欢的，因为这个场面里似乎有太多高概念电影[①]的讨巧之处。虽说偶然的巧合事件往往也能把人物的处境变得更加糟糕，但这恰恰无法让人物得到拯救，所以一般不这样做。

警察一拥而上的场面似乎很不错。我喜欢这个场面。想想看，假如警察知道了他的真实身份并且闻风赶来，罗杰惹的麻烦可就大了。

现在，我已经把上面讲的三个元素集中起来了。接下来，我要找到合适的地点来展开这一场戏。

场景的开头

一般来说，场景的开头有两种设计方法：

1. 先设定地点，然后开始行动。

2. 先从“中间部分”的行动开始，然后按照需要，落实地点的细节。

你的决策要考虑到节奏的问题。第一个选项会使节奏放慢，第二

---

① high-concept，指使用明星演员与导演，情节简单，从业已知名的作品衍生出来的电影制作。

个选项则让情节发展得更加迅速。通过控制文字的篇幅，你可以对节奏作进一步调控。

在写这个场景时我需要加快节奏，因此我不会在地点设定方面花太多的时间。在行动推进的过程中，我会慢慢透露一些细节：

> 罗杰在佩尔兴广场走出了地铁站。他茫然地走了一会儿，分不清东西南北。他可能陷入了迷宫，而他无法走出这个迷宫。

好吧，我们的罗杰来到了一个地方，他也有了一些感觉。记住，情感是把人物与读者联系起来的关键所在。我们匆匆瞥见了罗杰的内心活动，感觉到他迷了路或者走不出迷宫来，这就设定了情感的氛围。

> 终于，他摸清了东西南北，然后朝着百老汇大街走去。阳光被大楼组成的钢筋水泥森林遮挡住了。有的楼破旧，也有的楼簇新，有的楼则需要马上维修。
>
> 他捏住帽檐，把帽子拉得更低一些。他本来可以像亨弗莱·鲍嘉[①]那样。不，他不能那样。他根本不是私家侦探，而且这也不是在拍20世纪40年代的黑白电影。他是一个会计，这才是现实的情况。在这里，只要有一个人认出他来，那么，他的现实世界就会变成生命的终点。

另外，还有其他能实现情感效果的办法。这是第一稿营造氛围所需要做的事情，而你应该这样做。

你可以尝试各种办法，不过，它们必须与这个场景的基调一致。

---

① Humphrey Bogart（1899—1957），旗帜性的美国男演员，扮演刚强、沉默寡言却热心肠的英雄人物。1942年凭借在电影《卡萨布兰卡》中的出色表演获得奥斯卡最佳男演员奖提名；1951年凭借《非洲女王号》荣获奥斯卡奖。1999年，被美国电影学院评为电影诞生一百年以来最伟大的男演员。

因为你知道自己有三个“O”，所以你就能在棒球场上正确的区域打球。

那个小商店里的家伙，再想一想，他姓什么？对了，他姓金。在第六街和百老汇大街交口。假如汤姆逊是对的，金可能是结束罗杰噩梦的关键。

他用了五分钟赶到这个地方，一个夹在咖啡厅风格的餐馆和大声播放着萨尔萨舞曲的廉价服装店中间的小商店。

罗杰看到百老汇大街对面有一黑一白两名便衣在街上巡逻。他转身躲进了服装店。

尽量不要让外人看起来生疑，他心想。但是，还有什么比一个戴着帽子尽量不让别人生疑的男人更让人生疑的呢？

他盯着服装店橱窗里的短袖汗衫不停地看。印着墨西哥足球和西班牙电视节目宝贝的显然十分应季的商品。

当警车开到一个街区以外的时候，罗杰终于躲进了这家小商店。

那个被罗杰认为是金先生的人站在柜台后面，看着摊在面前的一份报纸。他大约50岁，一头浓密的黑发，戴一副黑框眼镜。

他匆匆瞥了罗杰一眼，然后继续低头看报。

“你是金先生吧？”罗杰一边说，一边走近。

那人仰起脸，“嗯？”

“金先生吗？”

那人眼睛眯缝了一下，“你是谁？”

然后，我就进入了这个场景，也有了上面说过的那种障碍。

为什么恐惧是一场戏的精华

据报道，穆罕默德·阿里曾经在乘飞机时遇到一次骚乱事件。机长要求所有乘客都系好安全带。

阿里不配合。一位空姐走过来，礼貌地请阿里先生系紧安全带。阿里说，“超人不需要任何安全带。”空姐的回答也不示弱，她马上说：“超人也根本不需要坐飞机。”

小说中根本没有超人。在恐惧程度的谱表上，没有人能做到雷打不动、无动于衷。

对于未知的恐惧

一条恐惧的线索贯穿《杀死一只知更鸟》始终，即布·拉德利这个未知的幻影：

> 杰姆的裤子要是没好好地穿在身上，我们无论如何都睡不好。每天晚上从后门廊我的帆布小床那里传来的声都比平时大三倍；碎石路上的沙沙声都变成了布·拉德利赶来复仇的脚步声；路过的黑人的笑声都是布·拉德利向我们开枪射击然后追赶我们的狂笑声；昆虫飞着扑打屏风的声音都是布·拉德利用疯狂的手指把绳子扯碎的声音；楝树也似乎有了恶意似的，吊在半空中，阴森森地悬在那儿。

不过，恐惧也可能表现为单纯的忧虑，这是另外一种对于未知或未来的恐惧。

小说《冷血人》是罗伯特·派克创作的杰西·斯通系列小说之一。在这篇小说中，杰西一个人在天堂海滩上，心里惦记着自己想要破获的凶杀案。但是，作者并没有简单地重复这些事实，而是编排了几个令人担忧的线索进去：

> 这座城市的海滩空荡荡的，只有一个身穿粉红色鸭绒服的女人在跑步，同时遛一只杰克·罗素梗小猎犬（Jack Russell terrier)。杰西在那个小亭子下面站了一会儿，看不出这亭子有什么

用处。在他左边 20 英尺处，肯尼思·埃斯利的身体在潮汐的边缘浮动，直到退潮。杰西远望灰蒙蒙的海边，海天融合在一起了。时间似乎拉长了。道格和瓦伦提在 11 月份来到他这里，现在已经是 2 月初了。他们仍然在一起。时间太长了。道格不应该在收容所待那么长时间。我必须找一个人把这只狗带走。

杰西心里担忧的不只是调查需要花费的时间太长，而且被害人的爱犬被人安排到遗弃动物收容所：

2 月的海滩是个寒冷的地方。杰西穿着一件圆口翻领毛衣和羊皮夹克。他把软帽拉下来盖住耳朵，双手插进外衣口袋。我知道是谁杀了你，肯尼思。

杰西“知道”谁是真凶，却没有证据——这全是本能——这当然令他苦恼。他甚至连个搜查证都弄不到。他还“知道”另外几起谋杀案，其中一个案子的被害人是自己的情人艾比·泰勒：

他从小亭子走了下来，跳到了沙地上。他在高潮汐线上方，这条线是由海藻和漂浮的垃圾混合起来的一条粗糙的线。在他前方，那只杰克·罗素梗小猎犬向海边跑去，海水卷上来时它奔向大海，朝着大海大叫，而潮水真正逼近时却吓得直向后面躲闪。它在嘲弄大海。我知道谁在商场里杀害了那个女士，还有谁是在教堂停车场杀了那个男子的凶手，我也知道谁杀害了艾比。杰西在沙滩上吃力地走着，感觉沙子在脚下流走。如今该轮到我了吗？

现在，他的担心升级了，担心自己也成为凶手的目标。这让他更加深刻地反思自己的现实生活：

他已经被他们盯上了。他们要对他反戈一击。这只是开始。要是我跟他们在一起，他们可能会冲过来袭击我，我要反过来抓获他们。他对着自己微笑了一下。或许他们会占上风。他停下来，向海洋深处望了望。高处，唯有一只鲱鱼鸥在海面上慢慢地盘旋，眼睛向下看，寻觅着猎物。海平面上没有鱼儿跳跃。我猜想，假如他们抓住我，我也没有什么好害怕的。

这样的反思还可以写很多，然后在段落结尾我写道：

当杰西回到那个没有用处的小亭子的时候，他稍稍停下脚步，然后又望向大海望。视野所及，看不到一个活物。他是一个人。他吸了口气，站在那儿倾听大海安静的声音，还有他柔和的呼吸声。我认为他们是不会得逞的。

把稿件中人物独自反思自身的部分找出来，然后按照下面说的做：

1. 把人物担忧的要素全列出来。

2. 列出人物在生活中可能遇到的难题。拿杰西・斯通来说，他就想到，即便自己遇害，他也在所不惜。

3. 把这些要素都写进一个长段中，这里人物眼前所见的场景是具有双重目标的，不是孤立存在的。这个场景不是为了让杰西的思考变得茫然才存在的。

4. 改写这一部分。尽量插入一切情感元素。

5. 反复编辑这一段，直到写出的那种氛围符合你的要求。

人物反思的这些段落或许是小说中最强有力的内容。当读者看到人物的内心冲突之后，他们的兴趣立马就会大增。

为什么读者的情感会对此反应强烈？什么时候会发生这样的情况？

这是因为人物的行动打破了一种均衡状态，当他感受到这样的非均衡状态时，读者就会产生反应，尤其当人物期待着变化，结果却遭到挫败的时候。

挫败是小说的一个关键元素。这里所说的挫败并非口头上说“哎，我遇到挫折了”这么简单，这个挫败指的是“结局”意义上的挫折。这个挫折让人物的希望或者期待遇到了反面的力量。

这种力量赋予每个场景发展的动力。

虚构小说不是现实生活

不久之前我参加了一个研讨会，与我切磋的是三位恐怖小说家。在听众问答环节，台下听众给我们递上来的一个问题是这样的：我怎样才能写出很棒的行动场景呢？

这个问题首先由我回答。我对提问者说：人物内心发生的变化才是关键，你可以运用虚构文学的所有创作元素把人物的内心变化直接或者含蓄地呈现出来，这些元素包括人物对话、内心活动、场景描写，还有人物行动。

我建议他读一读迪恩·孔茨的作品，看看他是怎么做的，尤其要读一读 1980 年令他声名鹊起的畅销书《耳语》。在这篇小说中，孔茨有一个行动场景（一次强奸企图），篇幅为 17 页。确实有 17 页这么长！一切都发生在一座房子里，空间很狭小。

参加研讨会的另一位嘉宾不同意我的看法。他的反对是以善意的、专业的方式表达出来的。他说，行动需要“现实主义”。比如当人物开枪的时候，没有人有时间去思考。一切发生得太突然了。假如他们中弹了，疼痛马上就会到来，他们来不及反思任何事情。他们的状态只能是忍受疼痛。

这可是很好的切磋。我舔了舔嘴唇，但是不幸的是，研讨会接近尾声，时间已经到了。我再也没有机会做出回应了。

现在我有机会了。

我会说，首先，一次枪击事件并不能涵盖整个行动的全部。在上面提到的孔茨的小说《耳语》的那个场景中，有人在阻碍主人公的行动。这个场景跟枪支无涉。所以，这个例子还有待商榷。

进一步说，更重要的是：虚构小说不是现实生活！虚构小说是着眼于情感效果的、对现实生活的风格化翻版。

这一点是如此重要，以至于我要再强调一下：**虚构小说是着眼于情感效果的、对现实生活的风格化的翻版。**

现实生活是单调的。现实生活中没有戏剧性。现实生活是无论如何也要回避的。雷·布拉德伯里曾经说过："我们创作时必须一直保持醉态"，"这样现实生活就不会毁灭我们"。

还记得希区柯克的至理名言吧：一个很棒的故事是把无聊部分剔除了的生活。现实生活拥有枯燥的部分，而且部分还很多。虚构小说要想有效果，必须摒弃单调无聊的东西。

恐怖小说家希望读者相信自己是人物的代言人，也是故事情节的体验者。我们要一直使用创作技巧绑定读者的情感。

假如没有情感上的钩子，根本不会有惊悚的效果，无论作品看上去显得多么"现实"都没有用。

让我们看看从《耳语》中节选的两个片断。大名鼎鼎的影视编剧希拉里·托马斯回到家里，发现布鲁诺·弗莱正在家里等她，他们曾有一面之缘，而且他此行的目的也不是玩纸牌：

> 她不安地清了清嗓子："你来干什么？"
>
> "来看你呀。"
>
> "为什么？"
>
> "只想再见你一面。"
>
> "有什么事吗？"
>
> 他仍然在笑。他的外表让人感到紧张，显出一副不可一世的模样。他的笑是那种狼的微笑，是那种当狼饥饿的嘴巴咬住一只被堵截的兔子时才会发出的微笑。

在人物交谈的过程中，孔茨插入了一些描写。就像慢动作，这是写好行动场景的另一个关键。本质上，你要把现实时间的时钟拨慢，从而创造出一种自己需要的感觉和氛围：

> 他向她走近了一步。
>
> 这时她彻底明白他想要干什么了。但是，这是疯狂的，不可思议的。为什么这么一位德高望重的富翁居然不远千里，拿自己的财富、声望和人身自由冒险，只想换得短暂的暴力强奸呢？

这里，孔茨插入了一段人物的思考。在现实时间中，当一个施暴者走近受害者时，受害者不大会有时间思考，更别说深思了。不过，这样的时刻正是虚构小说要强化的部分。孔茨加强了这个场景中的紧张状态。他希望读者一边愤怒地向后翻页，一边还要痛骂这个衣冠禽兽。

但是，为何居然写了 17 页这么长？难道说孔茨疯了吗？此外，他在畅销书史上青史留名，难道说还有其他不为人知的隐情？

实际上，孔茨是一个顶级的专业作家，他对自己所做的一切是确知的，他甚至在小说里还花费了若干笔墨直截了当地说明这一点：

> 猛然间，整个世界变成了一部慢动作电影。每一秒似乎都变成一分钟那样漫长。她看着他靠近，仿佛是噩梦里的禽兽，一切突然变得像糖浆那样黏稠。

朋友们，这就是为了实现情感效果而创作出的风格化了的行动。

电影技术

我们生活在影像时代。电影、电视、视频网站和网络文化塑造了人们信息处理与休闲娱乐的方式。

19世纪的情况可不是这样。那时候，像狄更斯、艾略特这样的小说家必须花费很多笔墨描写地点，建立场景，然后才能把读者拉进故事中来。当时的读者除了阅读小说之外，鲜有其他的休闲娱乐活动，因此读者也有耐心阅读这样的小说。

今天情况就大不相同了。人们的生活节奏在加快。大家尽量快地在头脑里生成图像。从一项工作跳到另一项工作，有时还要同时做两三件事情。日子也过得仿佛电影里的一系列镜头切换。

这么说来，虚构小说可以惟妙惟肖地模仿电影。通过运用诸如剪接、特写、慢动作等拍摄技巧，我们满足了当今读者的需求。我们的技术变成了面向画面想象的翻译软件。

让我们再看看另外一部系列动作片：《威龙猛探》，改编自恐怖小说大师大卫·莫雷尔的作品。一家私人保安公司有一位名叫卡瓦诺的保镖，公司要求他留下来保护杰出的生物化学家丹尼尔·普雷斯科特。有一群非常邪恶的坏蛋想得到普雷斯科特，为此他们不惜大开杀戒。

在这一场景中，卡瓦诺遇到了普雷斯科特，他躲藏在一个仓库中，里面安装了监控摄像头、监视器和电子控制台。还没等卡瓦诺向普雷斯科特介绍情况，一次爆炸就炸飞了他进来时穿戴的金牛座防护服：

> 喇叭里传出的巨响让整个房间都震颤了。监视器幕上，金牛座防护服的大块碎片撞到混凝土墙上，烟雾和火光四射。
>
> 普雷斯科特惊得目瞪口呆。

爆炸结束后不久，莫雷尔才用一个特写镜头让我们看到普雷斯科特的反应。这个“远景镜头”值得大家反复研究：

> 又一次爆炸让房间摇晃起来。在另一个监视器屏幕上，卡瓦诺进入这个建筑的门被炸得向内凹陷，楼梯底部到处是浓烟和火

光。三个人冲了进来，虽说他们头发蓬乱，脸上胡子拉碴，不过眼睛里既没有无家可归者的茫然，也没有毒品瘾君子的绝望。反之，他们的眼睛充满警觉，正如卡瓦诺曾经遇到的枪手那样。

在现实生活中，第二次爆炸不可能给人物留下任何思考的时间。但是，因为虚构小说是为了情感效果而风格化了的现实，莫雷尔恰当地呈现了两处描写：画面首先直观呈现在大家面前，随后作者又拉开距离，让读者看到这场爆炸对于卡瓦诺的行动造成的影响——他看着那些人，看着他们的面部表情（然后给他们的眼睛一个特写）。这个行动对于卡瓦诺的意义在于：

“这儿还有别的逃生通道吗？”

普雷斯科特不停地盯着屏幕，他看到其中一个人用手枪瞄准了电梯门，另两个人的手枪则向上瞄准，随后也挤进了楼梯间。

“普雷斯科特？”卡瓦诺反复地喊，然后举起了武器。

普雷斯科特一直盯着屏幕。

这时，我们又看到了普雷斯科特脸部的特写“镜头”，大家感觉可怕的事情马上就要到来了，仿佛在影片中看到的一样。

希区柯克的电影《群鸟》中也有一个著名的镜头：蒂比·赫德伦饰演的那个人物惊恐地看到一柱火光射穿了溢出的汽油，直奔油罐而去，而油罐必然要爆炸。希区柯克让镜头在火光与赫德伦之间来回切换，镜头没有移动位置，把赫德伦每个不同的表情和头部角度都捕捉到了。对于观众来说，这是纯粹的风格和情感创意。

所以，使用电影中的技术和术语来思考你的行动场景，就能逐步学会在读者身上创造出你想要塑造的那种情感。

动作风格

不过，行动场景和镜头技巧并非只是恐怖小说家的专利。假如你是一个文学爱好者，而纯粹的风格是你的优先选项之一，你也可以像恐怖小说中那样处理现实生活——为了实现情感目标而把现实生活风格化。

在派特·康洛伊的小说《浪潮王子》中，叙事者汤姆·温戈和他的哥哥卢克参加了他们的妹妹在格林威治村教堂举行的一次诗歌朗诵活动：

> 当汤姆的孪生妹妹萨凡娜从门厅走出来的时候，教堂里几乎坐满了人。把她介绍给听众的是一位傲慢的蓄胡子的男人，他身披斗篷，头戴贝雷帽，脚穿皮凉鞋。嘉宾出场表上写着，他是一所纽约中学的发言人，在亨特学院讲授一门名为“诗歌，革命与高潮”的课程。乍一看，我非常厌烦他，但是听到他介绍萨凡娜时那么真心实意而且慷慨激昂，我马上改变了自己的想法。

为什么花这么多时间描述一个次要人物呢？因为行动的实质在于它对于人物的内心有什么影响。康洛伊接下来是这样说的：

> 我一向喜爱妹妹的声音。纯净而明亮，一种不随季节变化的声音，犹如格林城上空的钟声或者大雪落在兰花根上的声音。她的声音是一种使东西变绿的东西，是暴风雨、黑暗和冬天的敌人。每个词的发音她都念得很小心，似乎正在品尝水果。她的诗中的词语是最私密而且最芬芳的果园。

一个女子朗读自己的诗作，即便这样简单的动作场景，都可以通过抒情散文写法塑造出情感的效果。由此，作者康洛伊创造出来的不只是情绪氛围，而且还让人们瞥见了叙事者的灵魂深处。

我要指出的是，运用高雅的格调，作家也可以在恐怖小说、犯罪小说、神秘小说、悬念小说中创作出很棒的行动场景。再一次重申，小说并非只能简单地反映现实的理念，作家还可以为实现自己的目标而把现实生活风格化。

这正是从事作家这一职业有意义的事情。

对于米奇·斯皮兰这个硬汉中的硬汉来说也是如此。在动作片中运用风格元素，这一方面他是先行者之一。这样做的目的在于把节奏放慢，进入人物的内心世界，这才是行动的实质所在。

在斯皮兰的《一夜孤独》中，主人公麦克·哈默拿着冲锋枪去拯救他的美女秘书威尔达，当时她正在房间里遭到一群匪徒的折磨。就在哈默这个二战老兵冲进房间之前，他对自己开始产生质疑：为什么他喜欢杀戮，为什么按照社会的通常标准他的人格是黑暗而扭曲的，而为什么人们还允许他活在这个世界上？

哈默走近了。他看到了坏蛋正在让清白无辜的威尔达遭受更多的痛苦。不过，作者斯皮兰是不是让他马上冲了进去呢？没有！

> 在那个永恒的时刻，我听到大家问了这个问题，而且已经知道了该如何回答！我知道了为什么别人都死了而单单我还活着！我知道了为什么大家容忍我的腐败堕落而且还让我活着，也知道了为什么那个有收割机的家伙不能抓住我，而我却可以破门而入，用我手里的冲锋枪喷出的子弹回答他们，而且同时我的嘶吼直冲云霄！

于是，哈默四处扫射。斯皮兰依然没有把这个场景变成“现实主义”的东西。他还在向我们道出哈默的内心想法：

> 我活着只是要杀掉那个想杀掉我的人渣和那帮小兔崽子。我活着就是要杀人，这样其他人才能活下来。我活着要杀人，是因为我的灵魂正在逐渐变得铁硬，抽干那些杂种的血让我高兴，这些杂种把杀人不眨眼的罪行当成了自己的事业。我活着因为我对此早已看惯，而其他人则做不到。我就是以恶制恶的人，好让其余那些好人和温顺的人活下去，并且世世代代继承

这个地球！

至此，斯皮兰给我们清晰地剖析了哈默内心的变化及行动的本质，之后他才开始描写外部的行动：

> 他们听到我的尖叫声，枪声大作的可怕声音，还有子弹射入坏蛋的骨头和内脏的声音，这就是他们最后听到的声音。他们在逃命的时候倒在了血泊中，感觉到自己的内脏被扯了出来，甩到墙壁上。

最后这段很像一名小作家写出来的一段话。不过当然了，斯皮兰作为著名作家的地位比那些赞美自己的批评家还要高得多。

通过使用情绪激昂的语言、没有进行分段编排的句子以及对人物内心世界的慢动作处理，斯皮兰给我们呈现出来的不只是行动，而且还塑造出了一个经久不衰的人物。

做一做

翻到稿件中的一个行动场景。可以是任何一个主人公为了解决故事中的死亡难题而追求一个目标的场景。

- 把场景重新读一遍。然后创建一个新文件，不停地写上十分钟。只写这个人物的内心想法。自由自在地探索这些想法的方方面面：当前的感觉、人生哲学、自我反思、对于过去的回忆、闪回的瞬间以及作品中呈现出的一切。不要停笔，也不要检查自己写的东西。这是意识流。加油写吧。
- 把这个文件搁在一边，至少间隔一个小时。你也可以等一两天之后再去看它，这取决于你的写作进度表。当你重新读它的时候，把那些因为新鲜感和深刻性而让你耳目一新的语言和词句标记出来。
- 把这些突出标记的内容写进场景中去。你可以把它们融入一个段落，也可以把它们灵活插入整篇小说。关键在于你要让读者进入人物的思想中去。

- 记住，行动越是紧张，读者就越是能够接受这样的风格。要确保这个人物的内心活动与外部的紧张状态相匹配。

场景的类型

在虚构小说中有些特定类型的场景往往反复出现，为强化行动的紧张程度提供了很好的机会。下面的建议可以让你最大限度地用好它们。

追逐场面

除了大量动作片之外，追逐场面在小说中的重要性也毋庸置疑，在惊悚小说中更是家常便饭。不过，假如运用得当，任何风格的作品都可以使用这类场面。

想象一下，因为某种原因，人物驱动型小说的主人公被另一个人追逐，或许人物在回家的路上突然发现有人在暗中跟踪他。

是不是别有所图的陌生人？

或者是不是一个老朋友？

无论是谁，追逐行为都可以用于增强恐惧感。你需要下面四个元素：

1. 被追者；
2. 追击者；
3. 虎口逃生；
4. 人物感受。

我的小说集《小心背后》中有一个短篇，名为《怒路》，下面是其中的一段情节。一个男人和未婚妻一起驾车出行，马路两侧风光旖旎。但是，路上有个皮卡司机是个怪人，当男人冲着皮卡车鸣了喇叭之后，这个怪人认为对方是在故意找茬：

> “翠西娅，我们不能让路。”在后视镜里，约翰看到那个怪物

正在加速，想从左侧超车。左侧就是对方车道。这个当口，对面没有车开过来。

“没门儿，伙计，”约翰一边说着一边加大了油门。他把 9 毫米口径的伯莱特手枪放在两腿之间，随后双手握紧方向盘。在接下来的几秒，两辆车以相同的速度并排行驶。约翰的汽车表现不错，3.5 升直列 6 缸发动机，动力强劲，他把皮卡甩下了半个车身的距离。皮卡还在旁边。

随后约翰看到，前方有一段长长的直路，一辆重型卡车正在迎面驶来。

那个开皮卡的家伙必须重回后面排队，否则他就会被撞死。

但是，那个家伙却加速了。他无论如何也要超车。

约翰也加大油门。

“就让他超过去吧!”翠西娅劝说道。

约翰什么话也没说，他扭过头，看着那个家伙的皮卡和迎面开来的庞然大物。

现在，皮卡几乎与约翰的车并驾齐驱了。

约翰更用力地踩油门。

“让他进来吧!”

大卡车大声地鸣笛，发出了可怕的警告。约翰又扫视了一眼旁边的情况。

皮卡里的那个家伙与约翰对视。他的瞳孔是黑色的，眼睛有点儿斜视，深深地嵌在 20 岁左右的脸庞里，是个光头。看上去他想报复约翰，撞击约翰汽车的尾部。只用了一秒时间，约翰就认定对方有这样的企图。

但是，在千钧一发之际，斜眼儿降低速度，皮卡被甩到了约翰的车后面。

大卡车鸣着喇叭冲过去了。

约翰感觉脊背发凉，就像感冒发烧一样，汗水流淌在脸庞上。他听到翠西娅在轻轻哭泣。

"别哭，"他说。

"嘘。"

"好了。"

"不要说话。"

他把手放在她的左腿上。"宝贝儿，求你了，我需要你和我在一起。"

在后视镜里，约翰看到斜眼儿又靠近了，只剩一辆车身的距离。

翠西娅发出一声可怜的呜咽。然后，她把自己的手搁在他的手上面。

"我相信你，约翰。我发誓我相信你。我只希望什么事也不要发生。"

车开出很远之后，约翰才第一次让自己看看路边起伏的绿色山丘。在暴雨之后，它们总是显得很漂亮。"啥事也没有，宝贝儿。只要你跟我在一起，就不会有事的。"

但是，斜眼儿怎么样了呢？对于此情此景，他又有什么话说？

或许他还要赶上来，两辆车紧紧挨着，并排行驶。

约翰把手从翠西娅的腿上拿回来，然后抓起了手枪。到了这时候，干脆摊牌算了。让那个家伙看看，假如他胆敢继续纠缠，会有什么后果。

当然，约翰从来不会打枪，他并不是真想开枪。他拿起枪，只是为了给对方一点儿颜色看看。这样展示一下也是好的，不过这次展示也真够他为难的。

约翰左手握着方向盘，右手举起枪，用食指把车窗摇下来。

风飕地灌了进来。

"你要干什么？"翠西娅问。

"吓唬他一下。"

"可你的枪口不要冲着别人。"

“假如你受到人身威胁的话，你可以那样做。”

现在斜眼儿已经赶上来了，两辆车几乎并行。

约翰心想，行了。让我试试，看我能不能叫这个斜眼儿睁大他的狗眼。

他在等待着最好的时机，稍微加快了一些速度。

斜眼儿也把副驾驶一侧的车窗摇了下来。当两人肩并肩的时候，斜眼儿开始大声叫骂。约翰微笑了，抬起手枪。

他把枪口对准了斜眼儿。

针对你写的追逐场景，你需要考虑下面的因素：

1. 追击者有没有足够的动力来追赶被追者？这次追逐或许是因为误会造成，不过随后你必须给出理由，说明这个误会是合理的。

2. 视角人物对于这场追逐有什么感觉？无论他站在哪一边，我们都需要知道这次行动会给人物带来什么样的体验。这可以帮助你避免落入俗套，让读者感觉你写的只是“了无新意”的追逐场面。

3. 描写追逐场面是加剧紧张状态的良机。你要运用不同的故事节拍（行动、对话、内心想法、描述）来完成这个任务。

打斗场景

为了让打斗场景在小说中产生应有的效果，你需要三个元素：

1. 打斗者；
2. 封闭的环境；
3. 情感要素。

以下内容摘自我的小说《尝试死亡》：

拉佐猛地挥动棒球棒，好似本垒打之王巴里·邦兹挥拍那样迅猛。球棒冲着我砸了过来。

我低头躲过了。球棒“砰”的一声砸进了门框内侧的木板。慌乱中我跑进露营帐篷里。我撞到了购物推车。我看到拉佐正准备打出下一棒。

我快速转身，猛地绕到了推车的另一边，球棒则“呜”的一声砸在了推车里的商品上面，发出拳头打到枕头上面的声音。这一棒可真够重的。

现在，我可以用推车隔挡巴里·邦兹的球棒了。就像小孩绕着汽车玩追逐游戏一样。但是，游戏总不能一直这样玩下去。

拉佐的眼睛像得了狂犬病的疯狗要咬什么东西似的，直冒凶光。

我需要一件武器。那儿有一些家具：老旧的沙发，破烂的椅子，一个表面磨坏了的古董茶几，不过茶几的四条腿还在。

“现在你去死吧。”拉佐说。

“你不是这么想的。”我说。

“我就是这么想的。”他笑了，我再次想到，他要么喝高了，要么是真的疯了。

“把球棒放下，我们谈谈。”我说。

“你休想扛着脑袋离开这儿。”他说。

他开始在推车的边框上敲打球棒。

哐哐哐。

我后退一步，右脚蹬住推车的一侧，推动推车挤住拉佐的腰部。倘若他没有踩着什么滑倒了或者跌坐在地，我就没有机会抓起那个茶几。

所幸，他跌倒了。于是我抢到茶几。

我面对他举起茶几，犹如一名驯狮员或者老鼠训练员。

他瞪大眼睛，然后又眯了起来。“你什么也没有，白人娃娃。”他笑了。“白胖小子，你不会打架。”我盯着他，一动不动。

“你说什么，小白鬼子?”

沉默。

“你快说话!”

“我不胖。”我说。

我向他发起攻击，把茶几高高地举了起来。

他来了一个侧闪，不过我早有准备，猜出他要往哪边躲。他走到我的左侧，随后把球棒捡了回去。

我向左边一闪，把桌子举得高高的，用桌子的一条腿全力砸向他的右脸颊。

他挥动球棒，不过这一下并没伤到我的痛处。球棒只是掠过我的肩膀，时间太短，只够让短传手站上一垒的垒线。

他发出痛苦的尖叫。

我用桌子推挤他，把他逼到墙脚，接着用桌子把他牢牢困住。

他踢了几脚，几乎把我踢得小便失禁。

我把桌子抽回来，再次向前撞去。一条桌子腿击中了他的右眼窝。

他大叫一声，双手捂住了脸，把球棒扔在地上。

我举起桌子，“砰”的一声砸中他的脑袋。我用的力量减少了四分之一。我可不想让他就这样死掉。

现在还不能让他死。

他身体蜷曲着倒在了地上，就像一个破旧的睡袋。

我捡起球棒，打得他遍地打滚。随后，我用球棒的圆头一端戳他的背部。

“站起来。”

他把手放在身后，揉搓着刚刚被我戳疼的地方。

我踢他的手。他又发出一声尖叫。门廊里说唱音乐快节奏的打击乐帮了我的忙。这让我听不清他在说什么。“站起来，不然我打断你的腿。”我说。

“你以为你是谁，伙计?”

“我是律师。这件事交给我处理了。”

我又戳了他一下。他费力地爬了起来。

“坐那儿别动。”我指着沙发说。

在这个场面中，叙事者是打斗者，他叫泰·布坎南，还有那个被他称作拉佐的人。

他们处于封闭的环境中，即拉佐那间肮脏的住所里。

当拉佐的嚣张气焰被削弱，泰在痛打拉佐时，经历了一个情感过程。

这时候，他内心萌发了一种兽性，甚至有点精神失常。他感觉，吵闹的说唱音乐正合他意，因为这意味着他可以更多地伤害拉佐。

1. 要清楚打斗双方展开搏斗的动机。

2. 清楚地了解打斗发生的环境。很多作者确实会为打斗场面画出地形图，观察地形特点，然后再为各个武打动作画出示意图。这个做法不错。

3. 让我们迅速想象一下视角人物在打斗场景中的情感经历。在打斗的过程中，人物对于发生的情况会有什么感觉?

构建场景

即便是一个为其他场景做“铺垫”的场景也可以取得显著效果，前提是作者在其中注入了冲突。永远不要单单为了提供信息而创作一个场景。

在小说《尝试黑暗》中，我的主人公泰·布坎南是一位经验丰富的民事诉讼律师。他接了职业生涯中第一桩故意杀人案。在法庭上，他遇到了自己的对手，原告律师米契·罗伯兹。两人初次相见的场景是这样的：

他叫米契·罗伯兹。个子跟我一样高，眼睛里露出敌意。法学院的一位朋友告诉我，办理死刑案件的检察官都是这样的。我这位朋友就供职于公诉辩护律师办公室。他说，他们可是严肃认真的。他们真想把嫌疑犯关进死囚牢，放在安装有注射器的轮床上。他们可不是闹着玩儿的。在刑事案件审理过程中，你做的事情是很严肃的，你还不明白吗？

说得好。当罗伯兹向我走来，伸出手与我握手时，我感觉到了他身上那种独步法庭的气场。

“你是布坎南吧？”他问。

“你好。”我说。

他笑了。“在电视上见过你。”在电视上见过我的人有很多。那一次我被指控杀害了一个名叫钱宁·威斯特布鲁克的著名记者。那个事情的印象是不会淡化的。

“我需要一个什么样的外部形象？”我问。

“就像你现在这样。忐忑不安。”

“一旦开庭，我就能平静下来了。”

“你当过民事律师。做过刑事案件的律师吗？”

“做过一些。”

“法庭审判呢？”

“参加过一次。那是一家小公司，一个总会计师造假。”

“刑事案件的诉讼可不一样。凶杀案更是大不一样。死刑案件是完全不同的。你认为自己能够应付得了吗？”

好了，男子汉的游戏已经开场。胸膛砰砰作响。争取找出对己方有利的地方。在我的决策方面这样做是正确的。

“直接叫我‘快手埃迪’就好了。”我说。

“什么？”

“你看过保罗·纽曼主演的电影《江湖浪子》吗？”

“那有什么关系吗？”

“电影里有一个场景，主人公要与一个家伙打台球，不过他之前从来没有打过台球。比赛要求他把球一个一个打落到球袋中。所以，他的经理，由乔治·司各特饰演……”

“啊，知道了，他叫布坎南——”

“——经理说他们要走了，但是，快手埃迪却说，没关系。

不就是一个球桌、几个台球吗，你只是必须先有一点球感就够了，而且对他来说，赢球也是常事呀。”

罗伯兹瞟了我一眼，目光中露出茫然的表情。“现在你想给他做无罪辩护并请求当庭释放吗?”他说。“由于情况特殊，我们可能给他减轻量刑，不过，他可能被判终身监禁。”

“那似乎算是很不错的交易了。”我说。

“也好不到哪儿去。”

“我们来打一场击球落袋并且下赌注的台球比赛吧。”

试一试

1. 通读稿件，找出那些原本只是为给其他情节点或者场景做铺垫的场景。

2. 你是否漏掉了冲突?

3. 列出可能的写法，目的是增加或者强化这个场景中的冲突。

4. 运用对话，为不同的人物创造一个小型的争论或者你来我往的对手戏。

浪漫的场景

浪漫的场景是很好的冲突素材，而且它们也应该如此。假如一个浪漫场景全是由像玫瑰般沁人的愉快情节构成，那么这样的场景是无聊的。其中应该发生一些可以构成紧张状态的事情。

这样的事情可能发生在外部世界，也可能发生在人物的内心世界，不过，它们应该以某种方式产生好事多磨的效果。

外部势力可能是反对两个人恋爱。当罗密欧爬上阳台向朱丽叶求爱的时候，她警告说，“假如他们发现你，他们会杀掉你。”

在这部经典戏剧里，这对恋人从头到尾都笼罩在这样的死亡阴影下。

在内心世界方面，也有许多方法可以让一对有情人担心爱情让他们陷入危险的境地。

在罗宾·李·哈切尔的二战题材小说《胜利俱乐部》中，露西嫁给了理查德，而后理查德动身到前线打仗。她留在家里的这段时间，发现自己被另一个男人霍华德所吸引。这里的内心冲突是明显的。作者这样写：

露西在商店关门之前的几分钟进入商场，她知道这时候顾客应该不会很多。她是对的。

霍华德站在柜台后面，在一个笔记本上写东西。她走近的时候，他抬头看着她。她怀疑他要告诉她这位最后时刻到来的顾客说现在已经是关门时间了。

然而当他看到来人是谁，他睁大了眼睛，然后直起腰来，放下钢笔。

"露西。"

"霍华德。"

在这两个简单的称呼中，有着许多无法言传的感情。在打招呼的时刻，坦白了是非曲直，诱惑与抵抗，渴望与后悔。直到此时，露西才意识到，要是她待得远远的，他就不会追求自己。他需要她，她知道这个，但是他会放手。

转身……

逃避……

抵抗……

啊，那个讨厌的警告声音。她希望那个声音闭嘴。

"我想你。"霍华德的微笑是试探性的。"你还没找到一个更好的地方买东西吗?"

她摇了摇头，"没有。"

"你还好吗?"

寂寞。我寂寞，霍华德，我不想再寂寞下去了。

他解开了罩在外面的工作服，脱下来，然后把它搭在柜台上。"我饿了。你愿意跟我一起吃晚饭吗?"

抵抗……

逃避……

“我刚才打算到克洛伊饭店吃饭，”他说，“但是，如果你愿意，我们两个也可以到别的地方吃饭。”

“克洛伊就很好。”

他盯着她看了很长时间，然后才说，“给我几分钟把东西整理好，然后我们去吃饭。”

理查德……

她点点头。“我等你。”

1. 要让浪漫场面中的所有冲突形式都为你所用。

2. 既要看到内心的障碍，又要看到外部的障碍。用一个表格把每种障碍都列出来，选择一个最能帮你达成目标的障碍。

3. 要使用恐惧的元素。在激情迸发的时刻，每个人物各自担心的是什么事情?

喜剧场景

和任何其他作品类型一样，喜剧同样需要冲突。

实际上，没有了冲突，你连搞笑都做不好。

让我们回顾一下伟大的喜剧作品吧，从《驯悍记》到《天生冤家》。这些喜剧全都涉及下面的情形：人物被抛进冲突的漩涡中，而这个冲突的起因往往是一些鸡毛蒜皮的小事（参阅第 1 章有关《宋飞正传》的讨论）。当然具体情况也可能恰恰相反：极端事件也可以引发冲突。下面的文字摘自道格拉斯・亚当斯的小说《生命、宇宙及一切》：

每天早晨都会听到吓人的大喊，这是亚瑟・邓特每天醒来后突然记起自己身处何方时发出的喊叫。

不光因为洞里寒冷彻骨，也不光因为洞里又潮又臭。关键是这个洞穴位于伊斯灵顿的偏僻山间，公共汽车都有 200 万年没来过这儿了。

说起来，在这儿最糟糕的就是空耗时间，亚瑟·邓特可以作证，太多的时间让人迷失。在空间里迷失至少还可以让你忙碌起来。

他被困在史前星球上，进退无门。造成这个困境的原因是一系列错综复杂的事件。在千奇百怪远超他想象的银河系区域内，他被抛开荡去，虽然现在过于"尘埃落定"，但一想到之前，他仍然感觉心惊肉跳。

现在，他已经有五年没经历过被吹上天的感觉了。

这段叙事是极端"严肃的"，因为它提到了可怜的亚瑟·邓特，他孤独地困在茫茫的银河系，进退无路。

接着，场景随着以人物处境为基础的大自然喜剧逐渐展开。

顺便说一下，这就是一切喜剧创作的关键组成部分。尼尔·西蒙的哥哥丹尼·西蒙得到过尼尔和伍迪·艾伦两人的夸奖，两人称赞他教会了他们如何创作叙事型喜剧。

多年来，丹尼·西蒙在洛杉矶开办一个颇具传奇色彩的喜剧创作培训班。我参加这个培训班的时候，已经是最后几期。一开始他就坚持不懈地教导我们说，喜剧创作可不是搞笑。喜剧需要一个坚实的前提以及人物的自然反应，而且要从中找到幽默的情节。

以这个意义上说，永远不要写某种只是听来好笑的东西。你要让喜剧从场景的冲突中生发出来。

再次重申，冲突是你的朋友。

即便你写的是紧张的行动，喜剧也可以在短暂的迸发中增加必要的调剂。这能增加阅读体验的立体层次感，而且制造出进一步的冲突，从而让读者更深地进入到故事中去。

希区柯克总是在他的电影中使用喜剧因素作为调剂。其中一个例子就是《西北偏北》中的拍卖场面。加里·格兰特[1]为了找到詹姆斯·梅森这个坏蛋，跟踪他到纽约参加一次古董拍卖会。但就在这时候梅森的忠实党羽也出现了，似乎这里遍布他们的眼线。

为了摆脱困境，加里开始出价买一些珠宝，然后自己抬高价格参加竞买。

这让拍卖人和在场的其他人都很失望。

在我的小说《真相大白》中，我的主人公正在追赶一个人：

他们穿着蓝色的工作服，衣服上钉的黄色标牌上印着：志愿者。其中一个人把冰霜似的白发卷了起来。另一个则把头发染成了红色，这种发色在自然界是不存在的。当史蒂夫进来时，她们脸上又惊又喜，好像他就是驿马快信[2]的马匹跑进了要塞。

她们争着要跟他说第一句话。卷毛说，“我可不可以帮——”同时红毛说，“你来这儿找谁——”

她们停下话头，互相对望，一半烦恼，一半快乐，然后，两人回头看着史蒂夫。

随后，两人又你一句我一句说起来。

“我来帮你们说吧，”史蒂夫说。“我要找一位医生，他叫什么——”

“你受伤了吗？”卷毛说。

“我们的应急通道在侧面，你要绕圈子的。”红毛说。

“不，我——”

“啊，但是刚刚有人开枪了。”卷毛说。

“一个有色人种男子。”红毛补充说。

---

① Cary Grant（1904—1986），美国著名英国裔影星，出演过的经典影片有《美人计》、《提贼计》、《西北偏北》等，是著名电影大师希区柯克的御用男主角之一。1999年，被美国电影学会选为百年来最伟大的男演员第二名。

② Pony Express，直译为快马邮递，指1860—1861年间，在密苏里州的圣约瑟夫到加利福尼亚州的萨克拉门托之间用马接力传递邮件的一种快速邮递系统。

“姐们儿，是黑人。他们可不喜欢人家称他们有色人种。”

“我老是忘了这茬儿。”红毛摇了摇头。

史蒂夫说，“我要找一个医生——”

“我们这儿可不管分派医生，”卷毛说。“但是，假如你——”

红毛突然插话进来说：“假如你愿意，我们的街区南边有一幢医院大楼——”

“他没有问医院在哪儿。”卷毛突然说。

“我知道，但是假如他要找医生，先找到医院岂不正好。”

“不是随便哪一个医生都行，”史蒂夫说。“我找的是那位医生，他名叫沃克尔·菲力普斯。”

两个志愿者突然沉默不语了，似乎都不急于回答这个问题。

“他是否仍然在执业呢?”史蒂夫问。

红毛身体向前倾斜，小声说：“他失去了行医执照。”

“可怕的悲剧。”卷毛说，摇摇头。

“他酗酒。”红毛补充说，一只手做了一个酒鬼一饮而尽的动作。

“这是什么时候的事情?”史蒂夫问。

“啊，至少也有十年了吧，”卷毛说。“他的老婆离开了他，你知道吧。”

“啊，不，我不知道这事。”

这两个女人点了点头。

“你能不能告诉我，他还在附近住吗?”

“噢，他搬家了，”红毛说。“搬到特黑恰比去了。”

“我听说他搬到特米丘拉去了。”卷毛说。

“不对，是特黑恰比。”

“他搬到了现在监狱所在的地方。”

“那就是特黑恰比。”

“不对，是特米丘拉。”

“啊，不对。我有个孙女住在特黑恰比。”

"那并不说明——"

"我原来好像还记得。"

"我想问一下，"史蒂夫说。"或许医院那儿有人了解具体的情况吧？"

要想在故事里插入喜剧元素作为调剂：

1. 看看你书中最富戏剧性的时刻。有没有可能在那个戏剧性时刻或者它的前后，插入一点幽默的内容？

2. 看看你的次要人物。你能不能强化他们的怪异特点？记得《哈姆莱特》中的那个掘墓人吧。他具有完整的人格魅力。看看你的次要人物，然后再看看他们之间的冲突，或者他们与主要人物之间的冲突。

3. 不要牵强附会。让喜剧感自然而然地从情境中浮现出来。找到那些鸡毛蒜皮可以被吹得夸大其词的地方。

对谈场景

我知道大家都喜欢坐下来，与朋友们喝喝咖啡或者茶，然后愉快地谈天说地。但是，不要让你的人物落入这个窠臼。在小说中，千万不要让两个人物侃侃而谈。

你需要的是冲突。

我在稿件中不止一次看到下面这类场面：

唐恩走进来，在桌子旁边坐下。"还好吧，艾尔？"他问。

艾尔是一位纽约警察局的退休侦探，他说，"很好。你看上去气色也不错呀。"

"该怎么说呢？"唐恩回道。"谁叫咱基因好。"

"我只有一条高档些的牛仔裤，现在放在衣橱里，可我根本穿不进去。"

唐恩笑了笑，举手示意服务员过来，点了一杯马提尼酒。

“你的那个女朋友还好?”艾尔问。

“梅利莎好得很。我跟你说，我的女友是个好人。”

“多年来我一直这么跟你说。”艾尔提醒他。

“我知道。你说的对，继续。我有没有告诉你她开始做自己的服装生产线了呢?”

“真的吗？那她的事业心还真够强的。”艾尔赞扬道。

“她可真是一块宝。”唐恩赞同地说。

他们又聊起了天气。后来，服务员端着马提尼酒过来了。

唐恩和艾尔碰杯之后喝酒。唐恩喝的是曼哈顿鸡尾酒。

“你见我到底有什么事?”唐恩问。

“我遇到了一个小麻烦，”艾尔说。“我想跟你谈一谈。”

“说吧。洗耳恭听。”

“好吧，这事与我过去一段时间见到的一个女人有关。她突然失踪了，我想让你帮忙找到她。”

“那没问题。”

“太好了。那我们什么时候开始找?”

“现在怎么样?”唐恩说，喝完了他的马提尼酒。

“听起来是个好主意，”艾尔说，他的曼哈顿酒也一饮而尽。

两个朋友站起身来。艾尔把一张20美元的钞票扔在桌子上。“我买单。”他说。

他们走出酒吧，然后走进纽约迷人的傍晚。

这是一个铺垫的场景，也就是说，这两个人的谈话只是为了“让故事滚动发展下去”。两人交换了信息。

但是，写出这样无聊的场景，难道你不该把自己骂个狗血喷头吗?

我建议你改写成下面这样：

唐恩进来，“砰砰”地敲打着桌子。“这么晚了，你还把我约出来，有啥事吗？”他说。“你这个笨蛋。”

艾尔是一位纽约警察局的退休侦探。他说，“上次有个家伙叫我笨蛋，被我直接摔在人行道上了。”

“嚯。”

“点一杯酒，然后闭嘴。”

唐恩招手叫来了服务员，点了一杯马提尼酒。

“很高兴你的女朋友能允许你出来。”艾尔说。

“这会儿别扯梅利莎的事。”唐恩说。

艾尔耸耸肩。

他们沉默不语地坐下，直到服务员过来把马提尼酒递给唐恩。唐恩细饮一口，等着艾尔开口说话。

“我有麻烦了。”艾尔说。

“我知道你有麻烦。”唐恩说。

“别扯淡了，好吧？我可是认真的。”

“我也是认真的啊。”

“我必须找到一个人。”

“谁？”

“一个我过去认识的女人。”

“祝你好运，”唐恩说，“我已经不做那个行当了。”

你了解了对话的意思。你根本无须大费周章就能给这个场景增添冲突，虽说这样做并不能给你赢得文学大奖，但它确实比原来的文字更容易读懂。

注意：我们甚至还能增添更多的冲突。比如服务员回来的时候把酒拿错了，或者酒调得太淡，或者把酒弄洒了。

这样我们心中又多了服务员这个人物，而且他还能闹出一点动静来。或许他是这位纽约警察局侦探的旧日仇敌，或许他对唐恩恨之入骨。

其中的可能性是无穷无尽的。

试一试

1. 通读你的稿件，找出两个以上人物坐着对谈的场景。

2. 把插入冲突的方法列出来。

3. 列出可以给其他人物增添冲突的途径。

4. 至少，给每个人物一个基于恐惧的内心冲突，使得他不能在这场戏中舒舒服服的。

8

子情节、闪回倒叙和背景故事

小说中有三个地方，假如你不小心处理就会导致冲突滞后，即子情节、闪回倒叙和背景故事。我们希望所有这些部分都充实起来，和小说其他部分一起，让读者产生不停翻页的紧张状态。本章将指导你了解具体的做法。

为了冲突而设计的子情节

区分子情节与平行情节是有益的。

子情节涉及与主要情节互动的剧情发展线，而平行情节则独立发展，并且与主要情节在小说的中间部分或者接近结尾的某个地方相互交叉。

下面举例说明。

大家误解了罗杰·希尔。人们怀疑他是连环杀手，他必须小心谨慎以免被捕。同时，他必须搜集证据证明真凶是谁。

在罗杰拒捕期间，畏罪潜逃是主要情节。

但是当罗杰得到了可爱而危险的伊芙·圣安特的帮助之后，会发生什么情况呢？两人之间的距离在逐渐拉近。这个故事的发展方向就是子情节。更具体地说，这是一个浪漫的子情节。

假如我们把视角切换到杀人真凶，当他在追寻下一个受害者时，又会出现什么样的情节呢？

这就是平行情节。杀手和罗杰没有交叉点。其实，罗杰还不知道他是谁。所以，这个情节线可以与主要情节同时并行。

当罗杰沿着线索顺藤摸瓜寻找真凶时，涉及警察局侦探案情的还有一个平行情节，即他的后院起火了。

实际上，我们可以设定一个普遍的规则：假如情节线索涉及主人公和另一个主要人物，这就是一个子情节。假如这个情节不涉及主人公而是发生在另一个视角人物的视野之内，那它就是一个平行情节。

一般来说，子情节可以增加冲突，平行情节则可以增加悬念。我是这样理解的：由于子情节与故事发展的主线发生交叉，增加了故事的复杂程度。至少应该是这样的。子情节可以服务于多重目标，具体见我们下面的讨论。

例如，这个涉及罗杰和伊芙的浪漫子情节让两个人的生活都复杂化了。因为罗杰担心被人发现并告发，所以他不能放松警惕。伊芙必须小心谨慎，以免跟一个杀人越货的坏蛋扯上关系。

这段浪漫爱情将在罗杰身上激发出更多的感受，有可能导致内心冲突。如此等等。

平行情节可以逐渐形成悬念。当我们看见连环杀手做坏事的时候，我们更加担心罗杰的安全。我们担心这个杀手不久就要偷偷追杀罗杰了。从结构的角度来看，我们可以在重要的时刻从情节线索中切换出来（参阅第 16 章），迫使读者继续向后翻页。

在《写出突破之作》中，唐纳德·马斯指出，在成功实施写作计划的过程中有一个最难掌握的秘诀："你要分别为两个一开始风马牛不相及的人物构思出故事线索，然后再把这些独立的情节线索融合在一起。"

由于某种原因，这种结构对于初出茅庐的小说家非常有吸引力。虽说这样做可能获得成功，不过，我还是不止一次发现：大多数小说界的新秀在收拢情节并进行融合时不够迅速。初学者常

> 常感觉需要严格地轮流切换，以便呈现每个情节线的不同场面，而不管这样做是否必要。结果，他们写出了小说稿，但其中的行动场景往往不够紧张激烈。

注意马斯的意思：增加情节线索会减轻作品的张力。

让我们随便拿一个简单的例子来说吧。假如你的小说讲的是一个警探要全力侦破一件凶杀案，这个故事能不能只用一个情节线呢？请记住，人物的塑造手法能把人物变成原创型的人物。在这种情况下，子情节是能为我们所用的。

因此，这个故事的情节主线可能涉及警察局的办案程序、取证、证据分析、询问证人，如此等等。

但是，人物的家庭生活能不能派上用场？我们可以创造下面这样的子情节：这位侦探有一个儿子。在父亲离婚之后，父子俩就在一起生活。他 15 岁了，染上了吸毒的恶习。

这个子情节涉及主人公和另一个主要人物，即主人公的儿子。这个子情节将暴露父亲面临的难题，比如父子间的沟通障碍、负面影响和自尊心方面的问题。

所有好的人物都是有效的。

但是假如子情节中发生的事情从来不“侵入”主要情节，那么你就丧失了增加更多冲突的巨大机会。

子情节入侵的途径可能是多种多样的。诉诸情感就是其中之一。比如，这位做侦探的父亲心情愤怒地上班去了，这可能影响到他对待证人的方法和态度。或许他与证人之间会产生冲突，原因完全是因为家里发生的烦心事把他的生活复杂化了。

子情节也可能通过客观的途径引进来。假如父亲在犯罪现场工作，儿子来找他，接下来会发生什么事？假如侦探的儿子与那个犯罪现场有某种关系，又会怎么样？

或者说，假如这位侦探要抓捕的那个坏蛋把侦探的儿子绑架了，情况又有什么变化？在这个例子中，子情节直接侵入了主要情节，接下来坏蛋会以种种恶行来报复这名侦探。

在学习使用子情节的时候，可以做做下面的练习：

画出两栏。左边一栏标题为“主要情节”。加一个说明标签，然后在下面写几行简短的句子描述主要情节的要点。

右栏的标题为“子情节”，标题下面给子情节写一个恰当的总结。这次不要列出情节要点，而要列出子情节的梗概。现在，从右栏中引出两个箭头指向左栏。在箭头之间留出空白，以便做标注。在一个箭头上方写上标签“情感的”，另一个标签则写“客观的”。

在每个箭头下面，对子情节可以攻入主要情节的可能途径进行“头脑风暴”（即在脑子里让想法像风暴一样爆发）。你列出的图可能是下面这样的：

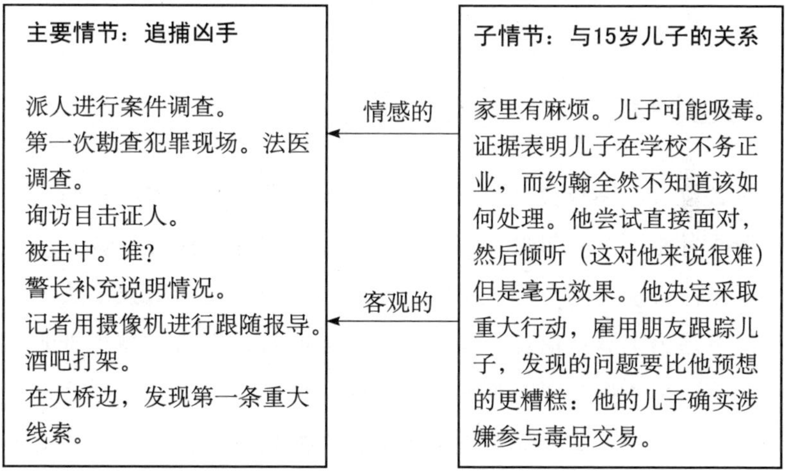

需要多少子情节？

子情节不只是使情节复杂化的因素，而且有其自身存在的理由。无论子情节融入主要情节还是由主要情节中分出，或者两者之间反反复复地互相穿插，都是有理由的。另外，子情节也可能独立发展，到了结尾部分才与主要情节会合。但是，你要认识到它：由于子情节有自身存在的理由，自然就要在小说的篇幅方面占很大的分量。

考虑到这一点，我来进行一次字数统计，然后用下面的公式计算子情节的最大篇幅，由此得知一篇小说最多可以容纳多少个子情节。我们先假设一部小说最少有 6 万字。[①]

6 万字：一个子情节（比如在浪漫爱情类小说中，可以有女主角的情节线和恋爱情节线，两者相互交叉）。

8 万字：两到三个子情节。

10 万字：三到四个子情节。

10 万字以上：五个子情节。

一篇小说的子情节不能超过六个。无论小说篇幅如何，六个子情节都显得太多了，除非你是斯蒂芬·金那样的大腕。假如你要越过这条红线，那么你就是在冒险了。如果子情节数量多于上述建议，那么往往会导致子情节淹没主要情节甚至削弱主要情节。

闪回倒叙

顾名思义，倒叙会打断故事向前发展的势头。因此，它们最好在其自身或者相互之间包含足够的力量，以便维持读者的兴趣。

首先你必须问问自己这个倒叙是否有必要。运用倒叙手法的主要目标是不是为了展示信息？是不是因为你拥有许多与人物相关的背景信息，所以你才拼命要与读者分享这些信息？

不要这样做。除非你的理由足够强大而且令人信服，否则就不要这样做。

你可能有下面这样的理由：

- 要补充对于完全理解人物的生平事迹很有必要的信息。
- 要补充对于理解情节的发展很有必要的信息。
- 要补充对于理解某个场景很有必要的信息。

假如你的理由只是自己有一段相当漂亮的文字想要炫耀一下，那

① 文中此处及下面所指均为英文字数。——编者注

是绝对不可接受的。

当你决定必须插入倒叙的内容之后，可以考虑运用替代手法，而不直接使用倒叙的手法。

比如，你可以使用我称之为“闪回”（flash back）的方法。在一个场景的中间部分，当人物突然有了一个短暂的想法时，你可以让她回顾一下自己人生中的某个重要事件：

> 她开始沿着大街奔跑。她回忆起过去自己是怎么跑的，她在中学田径队时是怎么跑的，那时她的父亲还活着，他经常鼓励她。那时候她喜欢跑步是因为能让父亲高兴。
>
> 人到中年，如今她感觉到了双腿的疲倦。父亲原来雇用的杀手正在向她逼近。

避免倒叙的写法：

> 这个十字架让我回想起了自己的童年。尤其是我第一次听说有关地狱时的情形。那时我才五岁，继父对我非常严厉，有一次他发现我说谎。这谎话也不是什么大事，但是毕竟也是撒谎。我拿了两块饼干，而我说自己只拿了一块。说严重了这就是坏了规矩。但是，这不过是一块小小的饼干而已。
>
> 无论如何，我对他说我只拿了一块，但是当他清点了饼干的数量之后，发现少了一块。我从来没有料到他居然会查饼干的数量！
>
> 正是那个时候，他告诉我有关地狱的事情。说谎的人要到地狱去，而且要永远地遭受烈火的炙烤。我肯定要下地狱了。

相反，你要把这段话变成一个带有冲突的场面：

> 这个十字架让一段回忆涌上心头。当年我五岁，我从罐子里

拿了两块饼干，但是按规定只能拿一块。

我的继父把我叫进了客厅。“今天你吃了几块饼干?”他问。

我的身体微微颤抖，紧张得胳膊上都起了鸡皮疙瘩。

“一块，爸爸。”我回答。

他走近了一步，灰色的眼睛像火一样烧进了我的心里。“几块?”

我努力想重复一遍：“一块”，但是我的喉咙被噎住了。我竖起了一根指头。

他揪住我的耳朵，把我拽到了厨房里。我痛得直叫，但是这没有任何用处。我想他会把我的耳朵直接从头上扯下来。

在厨房，他把我推倒在一个椅子上，“不要动。”

我屏住呼吸，甚至不敢让胸膛起伏。我尽量坚持拒绝妥协，然后才吸了一口气。

这时他已经把饼干都倒在餐桌上……然后开始清点饼干的数量。

厨房的墙壁开始向里压近，仿佛要挤住我了。

当他扭头看我时，我以为他手里会有一个木头勺子。

“孩子，你知道什么是地狱吗?”他问。

我摇摇头。

“你知道火是什么吗?”

我点点头。

“你知道火有多热吗?”

我又点点头。他说“火”的方式让我认为这是世界上最可怕的东西。

“孩子，假如把你的手放在火里，你会喜欢那样吗?”

我摇摇头。

“大声回答我。喜欢吗?”

“不……”

“好吧，你将来要住在火海里了，它要覆盖你的整个身体，你会尖叫连连，但是火根本不会停下来，而且你永远不会死，你只是永远地被烧啊烧。孩子，你想要那样吗？你想吗？”

这是主人公过往生活中的大事。假如不是，就不值得倒叙了。把这个场景一帧一帧地详细给我们呈现出来，而不要只说个大概。

冲突和背景故事

当你揭示人物的背景故事的时候，你制造冲突的机会大增，不仅限于解释而已。你可以通过使用过去时态作为对照的语法形式，让读者感觉到人物内心正在展开的冲突。

不要让我们漏掉了信息和细节。还要把那些细节用威胁的感觉包裹起来。这种威胁感要符合人物当下正在面临的危险。

达到这个目的的办法之一是创造一种感觉，即过去的黑暗面在任何时刻都可以在人物当前的处境中得到重现。

在安·拉莫特的《不完美的鸟》中，伊丽莎白·弗格森正在等待她十几岁的女儿罗茜。伊丽莎白的丈夫詹姆斯气急败坏地说，假如罗茜三分钟之内还不到，他们就要离开了：

“你什么时候变得如此专横跋扈?”其实她知道这个答案。自从伊丽莎白在蹦床上出了事故因而病倒之后，几年来他们一提这件事，他就会变得焦虑不安而且戒备心很强。三年前，在贝韦尤，她与罗茜在邻居家的蹦床上玩，蹦床的一个零件松动，她摔伤了。在前夫安德鲁死后，她自己内心压抑的所有丧亲之痛和重大挫折都源源不断地涌上心头。一个月里她卧床不起，要么头昏眼花，要么不停地哭泣。她开始接受药物治疗，每两天看一次心理医生。多年来她是烟酒不沾的，现在她又开始酗酒。詹姆斯压根儿没想到她连续一周都在深夜灌酒。后来有一天早晨，他发现她酒后醉倒在浴室的地板上。

在这段话里，作者拉莫特让我们迅速而且集中地看到了伊丽莎白的过去。她在蹦床上受伤后的精神崩溃是突然爆发的。我们感觉这事可能还会重演。

而自从在蹦床上摔伤后，她就变成了酒鬼，她的人生貌似平静，实则蒙上了一层阴影。

由此我们看到主人公内心两个脆弱的地方，看到了过去与现在的冲突。这让我们想知道这样的事情会不会再次发生。

这就是悬念的实质，你会记得这个疑问：还会再次发生吗？

有时候过去本身也可能就是现在。这话怎么理解呢？大家想一想肯·格林伍德[1]的经典穿越小说《重播》。它提出了一些引人关注的问题：假如你一遍一遍地重复度过人生而且记得一切，会怎么样？你能纠正错误吗？这个情况会持续多久？

在小说的开头，杰夫·温斯顿死于1988年，他醒来时却回到了1963年，住在大学宿舍里。他的室友进来提醒杰夫说考试要迟到了：

> 马丁站在门口，一手端着可乐，另一只手则拿着一摞课本。马丁·贝利，杰夫的一年级室友，在大学生活以及此后数年中他们都是亲密无间的朋友。
>
> 1981年，离婚后不久，马丁破产了，后来他自杀了。

轰隆！杰夫知道了未来要发生的事情，他会如何在过去对待自己眼前的“现在”呢？这种力量驱使我们继续阅读这部小说，跟随杰夫面对更多的外人、家人还有那些他已经经历过的事件。

还有一个类似的昔日重现的段落。在电影《土拨鼠之日》中，比尔·穆雷反反复复地过同一天的日子。过去本身在这里构成了冲突，正如在格林伍德的小说中那样。

---

① Ken Grimwood（1944—2003），美国奇幻小说大师，创作深受漫画影响。

过去的罪

约翰·哈威是一个擅长罪案题材的作家，他试图同时取悦读者和文学批评家。这不难理解。在《灰与骨》中，退休的侦探督察员弗兰克·埃尔德必须回到侦查现场来解决旧日的案子。但是，过去几年来弗兰克的生活不太顺利。

他的婚姻触礁了。真是糟透了。然而，女儿发生了更加糟糕的事情。负疚感困扰着弗兰克：

> 距离他与乔安妮的婚姻破裂已经过去三年了，他已经从诺丁汉的福斯公司退休，整天垂头丧气。他把家搬到几乎最偏远的西部边陲。他的女儿凯瑟琳被亚当·基奇拐骗走也有一年多了。女儿被拐骗、强奸，而且差点被杀害。凯瑟琳，十六岁。
>
> 弗兰克，女儿噩梦般的悲惨遭遇全是你的错。你差点害了她。是你害了她。不是他。
>
> 乔安妮就是这么数落他的。
>
> 你身在其中，你不能任由事情放任自流。你一向比别人更清楚，那就是原因所在。
>
> 当然，他也做梦。
>
> 但是从来没有一个像凯瑟琳这样的噩梦。
>
> 弗兰克，你会克服这件事情的。你会达成妥协，找到出路。但是凯瑟琳，她永远不会妥协。
>
> 春天，在开庭审判之前，她曾经来看望他，凯瑟琳。
>
> 他们一起谈话，散步，坐下来喝葡萄酒。那天晚上，他被她的尖叫声吵醒。
>
> “这些梦，”她说，“会淡忘的，对吗？我的意思是，随着时间慢慢消失。”
>
> “会的，”埃尔德曾这样回答，“对，我确信它们会消失的。”
>
> 他想保护她，因此他说谎了。

> 现在她拒绝跟他交谈，听到是他的声音就挂断电话。她换了手机号码。当时他没有写信，也不愿意写信。
>
> 全是你的错，弗兰克。

弗兰克的背景故事散发的沉重情感仍然徘徊于现在的生活中，使他的个人生活复杂化了，而且也影响到了他的工作。

过去的秘密

在科妮莉娅·瑞德的小说《黑暗之域》中，玛德琳·戴尔是一位出身老派贵族的社会名流。她相信自己那个彬彬有礼的表弟实际上可能是杀害两个年轻女子的凶手，这桩罪案发生在20多年前，最终不了了之。她要揭开其中的秘密。

但是，这只是玛德琳开始发现案件真相的开始。

另外，艾琳·古奇的小说《秘密的小径与谎言的花园》也是一例。这两部小说都是建立在秘密与谎言的基础上的。秘密与谎言构成了故事情节。

菲力斯·惠特尼是大名鼎鼎的悬疑小说作家。在其1988年出版的经典名著《小说写作指南》中，她提出了明智的忠告：

> 在规划阶段，我要确保所有人物都有自己的秘密，在小说的发展过程中，这些秘密逐渐被揭示出来。这样的秘密将会推动种种出人意料的行动，而且提供我想要提供的意外元素。在我开始写作之前，我总是要研究一下人物深藏内心的那些秘密。我琢磨着，这些秘密以后会对故事中其他人物的生活产生什么样的影响。人物秘密是你在寻找意外元素时可以用到的一个很好的源泉。

试一试

1. 把主要人物和重要的次要人物的名字列出来。

2. 在每个名字旁边，列出他们内心可能隐藏的三到四个秘密。尤其要找到可能对其他人物产生影响的那些秘密。

3. 从每个清单上找到最好的一个，“头脑风暴”一下，它们在小说中会怎样以戏剧性的、出人意料的或者令人震惊的风格揭示故事的真相。

4. 写出三四个秘密被依次揭示出来的场景。看看你能否把其中某些场景写进小说中。

9

内心冲突

最无聊的主人公当属那些完全明确自己在做什么的主人公。他们毫不犹疑，大步前进。他们之所以无聊是因为现实生活中根本没有那样的人。我们都有困惑、疑问和担忧。正是由于这个缘故，内心冲突是在读者与人物之间建立联系的巨大力量。它能把人物人性化，而且让我们产生情感上的共鸣。

定义内心冲突

你可以把人物内心自相矛盾的地方看作是对立双方之间的争论，在人物内心掀起狂风暴雨。正如卡通片里坐在左右两个肩膀上的小天使与小魔鬼一样，善恶双方都意在夺取至高无上的优势地位。

然而，为了保证内心冲突的有效性，你必须赋予每一方均衡的强大力量。

这么说吧：

让我们回到罗杰·希尔。他知道了一些十恶不赦之徒的秘密，这个秘密可能导致整个国家面临灭顶之灾。

罗杰应该如何对待这个秘密呢？

当然，他可以到联邦调查局告发。他可以查阅当地调查局办事处的电话号码，然后马上打电话报警。

这只是你这么想。

为什么罗杰没有这样做呢？

好吧，假如调查局电话通知他到局里回答一些询问，他该怎么办？而且，罗杰买了一张球票，他要去看湖人队的篮球比赛，现在距离比赛开始只有两小时了。

假如他到局里做笔录，那么他看球赛的事肯定要耽误了。也许整场比赛都看不上了！

这算不算内心冲突？也算是，只是这个冲突有点儿勉强。太弱了。因为冲突的强度不足以征服另一方，除非罗杰是一个绝对失败的英雄。你压根儿也不可能把他写成那个熊样。

因此，我们得先把另一面给撑起来，让它更加强大一些。

假设那些坏蛋获悉罗杰发现了自己的机密。他们马上就用手机给他发了下面的信息：“假如你胆敢到执法部门告发我们，我们就杀了你的侄女。你知道，你侄女可是一个前程光明、美丽动人的拉拉队队长。我们现在已经盯上她了……”

这就对了，我们正在讨论的冲突才是真正的内心冲突。双方之间要展开激烈的搏斗。

一方面，有种种理由让罗杰打电话告发此事。他是一个爱国主义者。他热爱祖国。他信仰法律和秩序。他不希望看到有人遭到杀戮。

另一方面，也有原因使得他不去打电话告发坏蛋。在上述情况下，理由是很强大的：假如他要告发，一个亲爱的家人、一个清白无辜的人就要面临死亡的威胁。

冲突的情感

在同一时刻把两个相斥的情感对立起来，这是一种强大的技巧。在约翰·哈威的小说《灰与骨》中，弗兰克·埃尔德就面临着这样的一个时刻。埃尔德是一名退休的督察员。他回到单位协助调查一个自己过去熟悉的凶杀案。复杂的地方在于他十多岁的女儿正陷入堕落的泥淖，而埃尔德无力阻止。她不让他靠近自己，这让他内心备受煎熬。

当埃尔德听说女儿因贩毒遭到逮捕的时候，他的忍耐到了极限。他给前妻打电话：

> “她怎么样了？”
>
> “她没事。我是说，我认为她还好。这很难，弗兰克。你不……”
>
> “我现在已经开车上路了。我只想让你知道这件事。”
>
> “不要这样，弗兰克。”
>
> “那你要我怎样？”
>
> “你知道，她不想跟你说话。”
>
> 埃尔德本想把手机摔到停车场的空地上。可他忍住了，他把手机小心翼翼地装进口袋，强迫自己站在那儿待了一会儿，一动不动，控制住自己的呼吸，然后才伸手拿出车钥匙。

因为埃尔德克制了自己的身体反应，他的怒火得到了缓解。这段内心搏斗的外在表现被写在纸上，这里的动作语言和心理描写都表现了人物内心的怒火。

做一做

1. 在稿子里找到主人公的情感反应最强烈的地方。

2. 现在，弄清楚哪种情感与人物感受到的情感是有冲突的？它源自哪里？

3. 写一段话，主角感受到了与那种强烈情感相对立的情感，两者相互冲突，然后描写一组肢体动作来展现这个冲突。

例子：

> 约翰气炸了。他拿起锤子开始砸家具。每个能让他回想起玛丽的家具都被他使劲砸烂了。

改写成类似下面的文字：

约翰气炸了。他拿起锤子，高高举起，砸向他们两人第一次共同购置的咖啡桌。然后，锤子停在了半空。砸碎它就像是砸烂了那个曾经的美好生活的一部分，毁掉了爱情的回忆——那段使他保持理智清醒的回忆。一提起过去，他的心里就像打翻了五味瓶。然后，他用尽全力把锤子轻轻地放了下来。

冲突中的内心思想

在斯蒂芬·金的《玫瑰疯狂者》中，罗丝·丹尼尔斯嫁给了一个打老婆的男警官。这个警察知道如何打她而不让外人看见伤口。对此她已经隐忍了十四年，因为他挣钱养活她，另外一个原因是她知道即使她离他而去，无论天涯海角他也能把她追回来，那时候她就只得听天由命了。

直到一天早晨，她注意到前一晚她挨打时留下的一片干血迹。这时，罗丝突然想到，如果继续这样下去，早晚有一天他会把她杀了，这个想法使罗丝想到了下面这个问题：假如他不杀你，你该怎么办？假如家庭暴力没完没了，又该怎么办？

然后她的“内心直觉”告诉她，她必须摆脱这个处境：

“这太傻了。”她说。左思右想，纷繁的思绪摇摆得越来越快。床单上的干血迹在她眼里像火苗一样烧得哧哧作响，又好像是感叹号下面的那个圆点。“这太傻了，我该到哪儿去呢？”

到任何一个没有他的地方，这个声音再次响起。但是你必须现在就行动。以免以后……

“以免以后怎么呢？”

这个问题很简单——以免她一会儿又睡着了。

她内心的一部分，习惯性的、母性的部分，让她猛然意识到她怀有这个严重的想法，而且还向她提出一个可怕的强烈要求。离开她十四年的家？离开这个她可以随便拿自己想要的任何东西的地方？离开她的丈夫，即便脾气有点儿暴躁而且抡起拳头就打，可一向也是一个把自己养活得好好的男人？这个想法是荒唐的。她必须忘掉它，马上打消这个想法。

而她本应这么做的，几乎肯定要这样做的——假如不是因为床单上的那片干血迹的话。那只是一片褐色的血迹。

既然看着不舒服，别看它不就行了！

争论又继续写了一页，人物内心的争论更加强烈了：

她突然站起来，力量如此之大以至于小熊维尼椅子的后背都磕到了墙壁上。她在那儿站了一会儿，用力呼吸，睁大眼睛看着那片褐色的血迹，随后，她走向了通向客厅的门。

你要往哪儿去？“精明实惠小姐”在她的头脑里大叫着，这是她内心的一部分，这位小姐似乎完全甘愿忍辱负重，哪怕受伤或者被杀，只要能够继续拥有特权知道袋泡茶在橱柜里的什么地方，沐浴球存放在水槽下面的什么地方就会甘休。等一等，想一想你要到哪儿去呢——

她把这个声音盖了起来，直到这个时刻，她也不知道自己该怎么办。

甚至当罗丝抓起钱包向门口走去的时候，内心那个“精明实惠小姐”的声音也在尖叫着要她停下。不仅如此，她还在为自己的立场辩护：

这肯定是有百害而无一利的！精明实惠小姐尖叫着。假如你拿走属于他的什么东西，这样做的后果肯定很严重，你知道的！

很严重！

“无论如何它也不在那儿了。”她低声说，但是它还在，那是一张浅绿色的商业银行信用卡，上面凸印着他的名字。

你不要拿那个东西！你不敢！

但是，她发现她确实敢，只要想起那个干涸血迹的画面，她就有胆量了。

描写这个场景几乎用了四页的篇幅。在稍逊一筹的作者笔下，这也就是罗丝·丹尼尔斯抓起钱包和银行卡然后大步走出大门。但是金把它变成了一个富有冲突与悬念的场景，这里的冲突完全是一个人物内心的想法。

对立的多种情感在人物塑造中几乎是难以抵抗的。内心的冲突和自相矛盾的感觉是人性固有的东西，在情感方面也是如此。它在我们与人物之间建立了强大的共鸣。

众所周知，生理与情感方面最激烈的情形就是做爱的场景。通过趋势相反的不同情感，安妮塔·史瑞夫呈现出一个令人难忘的时刻。

史瑞夫的小说《他所要的一切》的叙事者尼古拉斯·凡·塔索尔是一位教授，他就职于新英格兰地区的一所不知名的大学。塔索尔最后赢得了自己钟情的爱人，那个被作者讽刺地取名为埃特纳·布里斯①的女人。她曾告诉他，虽说她并不爱他，却同意嫁给他。塔索尔没注意到她的过去，现在两人上了婚床。这个故事创作于 1933 年，故事里回顾了上个世纪初期的事情，所以小说使用了当时的文体：

尽管人们永远不能绝对确定这是怎么回事，人体器官大多因人而异。进入新婚妻子的身体确实很容易，我确定这是因为在我之前更有早行人。即便在我体验到众所周知的、最奇妙的生理愉

---

① Etna Bliss，讽刺的人名，埃特纳是意大利活火山，布里斯的意思是“祝福”，合起来的意思是“火山的祝福”。

悦的时刻，仍有一些困扰我多年的问题浮现在脑海里。这个早行人究竟是谁呢？我默默不语，内心却在叫喊。什么时候？我像所有男人那样战栗，随后翻身躺下……整个晚上我都在拼命地想。然而，这种行为将诞生嫉妒，强烈的、无果的又让人耗尽一切精力的行为。就在刚才，在我眼里，“爱情”这个字眼还是那么的浪漫温存，我对埃特纳也还有着飘然若仙的感觉，而现在这种感觉被一种无以名状的感觉取代了：那是当一件珍爱的物品被人偷走时的那种无助感，当你被别人欺骗时的那种愤怒感。

一部小说或者一部电影必须感动受众的心灵，否则就是作者没有尽力或者不够尽责。故事的首要意义就是情感体验。倘若不是这样，它就是别的东西了。那它只能算是纸面的文字或者屏幕上的图片而已。

要想在故事中注入价值与力量，冲突必须能够打动读者的情感。

来看看下面两个开头：

保罗·奥斯本坐在桌子旁边品尝着红葡萄酒。不知怎的，他不经意一抬头，看见一个自己认识的人。这人是他父亲的旧识。

拿这个开头与阿兰·福尔松的小说《后天》的开头做一比较：

保罗·奥斯本独自坐着，周围是熙熙攘攘的下班人群，烟味儿很浓重，他的眼睛盯着一杯红葡萄酒。他累了，受伤了，也迷惑了。不知怎的，他抬起头来。当他抬头的时候，他惊得像遭到了电击一般，呼吸都停止了。在房间的另一头坐着的那个男人正是杀害父亲的凶手。

两者的区别在于情感方面，一个是直接的，另一个是间接的。福尔松直接把奥斯本的感觉告诉了我们，“他累了，受伤了，也迷惑了”。直截了当地把人物的感情告诉读者未必是抓住情感的最佳手段（参阅下文），不过，在这个例子中，这样做只是一种铺垫而已。至少这段文字让我们注意到了某种情感，这样大家的注意力就有了着落。

“独自”和“电击”这两个词语也贡献了力量。

但是，打动我们的是最后一句话。无须作者再给我们说什么了，我们可以用想象把空白填好。哇！我们很想看看奥斯本会做出什么反应。

情感的展示与叙述

人人都知道下面这条经久耐用的忠告：要展示，不要叙述。这条忠告很有道理，不过，它也需要解释。小说不能从头到尾都用展示的手法，那样的话小说的篇幅就得有两千页了。当行动情节不够强烈时，使用直接叙述的手法就像绘画时使用白描手法一样。

下面这个行动强度量表是我多年前画的：

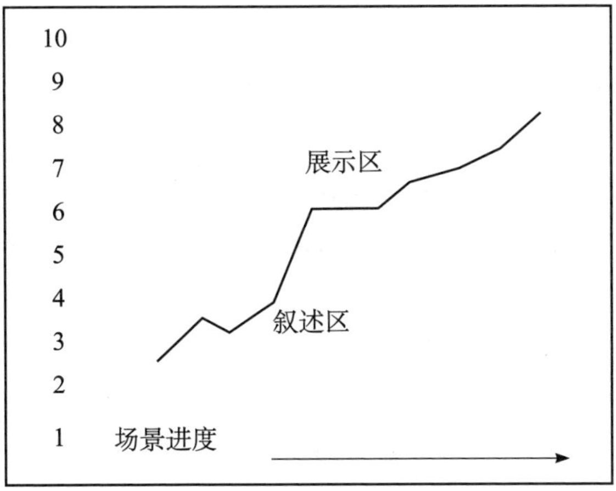

这幅图的意义如下：当场面的紧张程度较低的时候，你可以推卸责任，直接“告诉”读者这里的情感（或者其他）都有什么。这是你个人的选择。假如玛丽进入一个房间，将要与约翰陷入可怕的争论，那么她可以这样做：

玛丽进入公寓时是紧张不安的。

或者你也可以选择下面这样：

玛丽摸出钥匙，打开了公寓的门。她的双手在颤抖。

第二种写法张力更强。假如这正好符合你的需要，那就再好不过了。因此，你要按照强度量表做出相应的选择。

你必须把情感展示出来，这样才能为读者创造出货真价实的情感冲突。但是你不能直接这样写：“约翰对玛丽很愤怒”，因为这句话的情感力度不能很好地传递给读者。

为了在读者心里创造情感，你要把情感在纸面上创造出来。

不要直呼其名，相反，你要把这个情感打造出来。

下面有一个简单的例子：

约翰对玛丽很愤怒。[叙述]

约翰扇了玛丽一记耳光。[展示]

就拿我们正在构思的这部小说来说吧。我们的主人公罗杰需要跟自己的老板谈谈，他一直跟老板合不来。我们可以纯粹通过展示来把它写出来：

在敲哈灵顿的门的时候，罗杰的脉搏加快。他的头脑发热。他回想起上次老板当着大家的面严厉训斥自己时的情形。这段回忆扰乱了罗杰的心，让他不禁颤抖起来。他的拳头张开又收紧。他深深吸了一口气。他的心率开始恢复正常。必须和哈灵顿谈谈，于是他咬紧牙关又敲了敲门，加大了力气，把手指关节都敲疼了。心怦怦直跳。

故事发展到这个关头，我们真的需要这么多的叙述吗？只有在一种条件下你可以使用叙述的写法：运用叙述法比运用展示法更能增加故事的戏剧性，而且那些情感将要成为情节的主要部分。

但是，假如不是这样，就只能如下简单处理：

> 罗杰去敲哈灵顿的门。他压根儿不喜欢老板。但是，他必须跟他谈谈。他又敲了下门。

然后，当他和哈灵顿的对手戏真正开始的时候，我们应该对两人以前的过节有个大概了解。你真正要注意的是那个把这些情感展现无余的场景，还有两个人谈话的具体内容。

扔椅子的练习

想象一下，主人公有一个令人羡慕的家庭，她待在舒适温馨的家里。房间有一个宽大的外飘窗，窗下有一块宽阔的草坪，院子里树木茂盛，天空晴朗。

主人公抄起身后的一把椅子，然后把椅子扔到窗外：

> 她为什么要这样做？
>
> 什么促使她采取这一行动？
>
> 什么情绪强迫她这样做？
>
> 找到那个情感还要说出它的名称。还要说出合理的理由。
>
> 她的背景故事里有什么可以解释她这样做的原因？
>
> 这个情绪能够告诉你的人物什么新东西吗？
>
> 在你的稿子中，你可以把这个高潮的情感时刻放在什么地方？
>
> 当然不一定是一个她果真把椅子扔出窗户的场景——除非确实需要那样强烈的情感。
>
> 还有其他什么场景可以用上情感力度暴跳如雷的程度？

对这些问题的答案开展“头脑风暴”，然后挑出最好的，再想办法把它们插入你的小说中。

记住，除非读者与人物建立联系，并且只有在此之后，冲突与悬念才能把读者牢牢抓住。内心冲突是一种很棒的黏结剂。深入挖掘主角的内心世界，让读者瞥见心理挣扎的瞬间。假如你做到了，我们就会继续读你的小说。

10

对话中的冲突

“那么，给我详细讲讲对话吧。”

“在两页篇幅内吗?”

“嗨，你是作家，你做主。只管给我讲吧。”

“那我们还是以后再谈吧。”

“我们还是现在就谈吧！给我讲讲对话。”

“当然可以。刚才你说的话就有帮助。你说的话增加了冲突。”

“什么意思?”

“通过争论增加冲突。把两个人物弄到一块儿，两人各有盘算。他们的对话中应该揭示出这一点。其实，这就是对话的两个主要目标之一：制造冲突。”

“啊，是吗? 那另一个目标是什么?”

“揭示人物。眼下你说的话也实现了这个目标。读者心里会想，你一定是个相当直率无礼的家伙。”

“去你的!”

“明白了? 你说话跟我不一样。这是另外一个关键。每个人物都应该有其独特的说话方式。”

“这么说来，我算是问对了，你要给我讲的就是这些吗?”

“差不多吧。要避免使用太多的俗语和方言，比如‘侬’和‘唠’，除非它们是绝对必要的。它们太难读了。经常给自己提个醒，这样你的对话就万事大吉了。其他的东西全交给读者去想象就行了。”

“这么说我还是没做对，是吧?”

“冷静一下。”

“我现在已经很冷静了!”

“至少你是一个沉默寡言的人。小说中的对话部分应该是惜墨如金的。”

“假如我有许多话要说，那该怎么办?”

“上帝保佑。不过，假如你必须开金口的话，那就要避免长篇大论。把人物说话的内容揉碎了，把其他人物的话插进来，并且……”

“插话?”

“正是。还要用上一些能体现人物情感的小动作。”

他稍微停了一下，摆弄着手里的左轮手枪。“就像这样的小动作?”

“对。你的悟性很好。”

“嗨，那些洛杉矶道奇队的球员们呢? 另外，外面的天气不是很好吗?”

“等一等。你要避免闲聊。不要想在小说里面简单地复制现实生活。记住，你使用对话的目的是推动故事发展，制造张力，吸引读者的兴趣，揭示人物的性格。”

“假如我的人物喜欢闲聊该怎么办?”

“问得好。假如你假定某个人物是个无聊的人，闲聊也能取得揭示人物的效果，因为这个对话实现了故事的一个目标。”

“谢谢。”他把手枪瞄准我。“现在，把你的钱包交给我。”

“很好! 这就是一波三折、出人意料的情节。它迫使读者继续读你的小说。在一个章节结尾的地方这样做往往效果很好。难道你不这样想吗?”

“我刚才说的话可是当真的，快把钱包给我，伙计!”

“这是另外一个很好的战术，你的回答偏离了对话的轨道。你这样回答我是答非所问。从这个角度出发多琢磨一下。一旦有机会就让人物的答话稍微偏离一下正题。这样做可以让场景增加一些剑拔弩张的气氛。听着，伙计，你为什么乖乖地向我缴枪呢？”

“接着说，让我长长见识吧。”

“嗨！要像逃避瘟疫一样避免陈腐的套话！”

“是不是要说点儿俏皮话？”

“对话中有点幽默总是受欢迎的，只要你不是牵强附会就好。现在，请把枪递给我。”

“枪可以给你，不过，唯一的前提是你要告诉我怎么写才能保证我的对话是有效的。”

“写完以后把它搁在一边，等上几天。然后，把对话部分大声读出来，用单调的语气读出来。或者，你可以找个朋友读给你听。对话从别人嘴里念出来会让你的视角焕然一新。枪？”

“好吧。枪给你。眼下我们做什么？”

“为了结束这段对话，我们要想出一个干脆利落而且有趣的结果。”

“你有主意了？”

“有了。”

“说说看。”

我举起了枪。“把你的钱包给我，伙计。”

先写到这儿吧。虽说有点游戏的意思，但是其中有些内容确实值得大家思考。主旨如下：对话是播种冲突和张力的肥沃土壤。不要把对话浪费了，让对话沦为闲聊或者跑题的内容。有些擅长写对话的作家甚至在写出了很多小说之后，仍然能够保持良好的写作状态，这是因为写作本身就很好玩儿。

在发表第 40 本小说之前（甚至等不到那个时候），你都应该要求自己写的对话是紧凑而充满冲突的。

在对话中制造冲突的最佳工具包括：

1. 管弦乐编曲法；

2. 潜台词；
3. 对立面的盘算；
4. 侧闪；
5. 作为武器的对话；
6. 父母——成人——孩子。

1. 管弦乐编曲法

本书第 3 章提到过管弦乐编曲的概念。记住，伟大的对话早在你写它之前就已经开始了，写作对话的目的是为了让你塑造的不同人物形成鲜明对照。

你要特别注意自己笔下的每个人物说起话来都有哪些特点。作者要在自己的头脑里赋予每个人物独一无二的腔调，这样一来当对话落在纸面上的时候，它们才能释放出更多的冲突。针对每个主要人物，你要做下面的事情：

1. 语音日记。使用这个日记赋予每个人物清晰而鲜明的声音。
2. 用人物的声音陈述他们在故事里存在的理由。

> 我叫山姆·杰拉德，我是一位警官。我为什么要在这个故事里出现？你肯定要问我这个问题吧？我可是个大人物，我的工作很重要。我的任务是把越狱的逃犯捉拿归案。我不管他们犯了什么案子。我不管他们是否自称清白无辜。该死，他们的确可能是清白无辜的！不过，那不是我的职责所在。你不要告诉我说我还得负责鉴别他们是否有罪。我只要抓人。这是我的工作。我喜欢这个工作。我喜欢我的团队。渎职可不是我可以接受的选项。

试着针对所有主要人物做下面的社会背景分析，熟悉个人情况，找出人物与众不同的背景故事元素。下面的“五件大事”尤其要引起注意：

1. 教育背景；
2. 宗教信仰；
3. 政治面目；
4. 工作类型；
5. 经济状况。

2. 潜台词

一个场景应该包括的内容确实要多于其字面内容。字面内容是指人物的言行。不过，在字面内容之下，故事的其他隐含内容会不断地冒出来，露出峥嵘。

你要掌握**故事发生之前的人物关系。**你知道人物的这种关系网，而读者却不知道。现在读者还被蒙在鼓里。但是，人物的言行举止应该蕴含了你所知的人物关系，场景中的这种关系能够制造悬念。

故事里面应该包含背景故事或者发生在当前场景之前的事件。这些事件或者是你在小说前面的章节中写到过的，或者发生在小说所覆盖的时间跨度之前。但是，这些往事影响着当前的事态，这些事件可以制造出表层的冲突。

或许你对于小说的主题已经有了一定的认识。即便还不大清楚，只要想一想主题是什么，一些潜台词的元素就会浮现在脑海里。把小说可能采用的几种主题列出来。

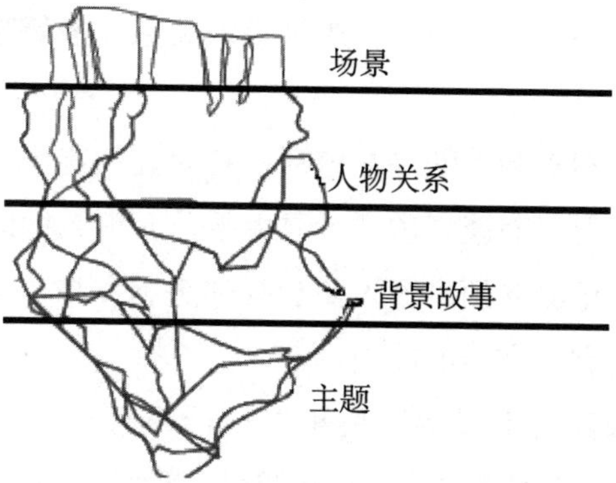

3. 对立面的盘算

作者时时刻刻都要知道每个人物在当前场景中有什么渴望。

假如场景中有一个人物只是白白地浪费篇幅，那么你要么给他找件事情做，要么就让这个人物从这场戏中消失，要么干脆把这场戏完全删掉。

场景需要冲突和张力，即使是微弱的冲突和张力。

在创作一场戏之前，你要注意每个人物到底需要什么。

然后，花一些时间玩味一下人物行动的动机。

列出每个人物的三个可能的动机，然后把它们混合起来做一下搭配，确定哪些动机能构成最棒的冲突。

在同盟者之间创造张力也很重要。

小说的危险陷阱之一是两个朋友或者至少是立场相同的人在相互谈论事情的进展。

问题在于他们之间可能没有任何矛盾。所以，这些谈话大都会变成友人间的闲聊。

这就违反了希区柯克的规则，然而，正是因为这个缘故，我们必须把它处理好。

解决问题的快捷方式是确保从一开始就明确表现出人物之间的紧张关系。

你至少要在一个人物身上制造出紧张关系，最好选择视角人物身上的张力。

假如你让艾利森和大学好友梅利莎相聚在一起喝咖啡，那么请不要让两人坐下来侃侃而谈，仿佛世界太平，万事无忧似的。

你要把故事里的麻烦事置入艾利森的头脑和情感系统里面，让它成为阻碍她与梅利莎交谈的原因。

你要在梅利莎身上设置一些可能恰恰不符合艾利森的需要的东西。比如说，艾利森需要向梅利莎讨教如何面对一桩危机四伏、摇摇欲坠的婚姻。那么，梅利莎则要一直畅谈其妹妹马上就要嫁给一个如意郎君了，并且还滔滔不绝地谈论婚姻的美好前景。

花一点工夫做一次“头脑风暴”，看看两个朋友或者同盟者之间在哪些地方会产生分歧。然后，把这些东西写进人物对话中去。

4. 侧闪

假如你避免给出“直截了当”的回答，那么你就是在对话中创造冲突。“直截了当”的意思是说直接的回应，有时甚至是重复前面说过的话：

> “准备要走了吗，亲爱的?”鲍勃问。
> “一会儿就走，甜心。”西尔维亚说。
>
> “想不想玩儿传接球游戏?”科迪问。
> “好，我们来玩传接球游戏。”贾瑞德说。
>
> “我不喜欢柯林斯在这儿的所作所为。”斯坦说。
> “我也不喜欢，”查尔斯说，“太卑鄙了。”

上述回答本身并没有什么错误。其实在现实生活中，大家也是这样说话的，而且在写小说时有时也这么做。但是，你只需像下面这样稍微“侧闪”一下，就可以随时制造出冲突：

> “准备要走了吗，亲爱的?”鲍勃问。
> “今天我在市中心看见你了。”西尔维亚说。
>
> “想不想玩儿传接球游戏?”科迪问。
> “你下巴上是什么?”贾瑞德说。

“我不喜欢柯林斯在这儿的所作所为。”斯坦说。

“连自己的家都糟践的人，什么家产都不能继承。”查尔斯说。

下面的方法可以让你避免直接回答别人的提问：

- 一个与对话中的提问无关的陈述；
- 用一个提问回答另一个提问；
- 一句需要某种解释的对话。

沉默不语也是可以考虑的：

“准备要走了吗，亲爱的？”鲍勃问。

西尔维亚什么也没说。

或者用一个行动进行回应：

“准备要走了吗，亲爱的？”鲍勃问。

西尔维亚收起了梳妆镜。

5. 作为武器的对话

在有些地方，你可以把对话当作武器使用，把这些地方找出来。这些对话可以激励你的人物勇往直前，追求他们梦想的东西。你心里要牢记，对话也是动作。这是人物为了实现愿望而实施的行为，假如在一场戏中人物什么也不需要，那么他们压根儿就不该出场。

注意，并非所有武器都是爆炸性的。它们也可以是细小而锋利的武器。

经典电影《卡萨布兰卡》中就有一个著名的案例。在一场戏中，纳粹军官斯特劳塞来到卡萨布兰卡，奉命抓捕地下党战士威克多·拉斯罗。根据消息，他会出现在里克·布莱恩的沙龙里。当地法国警察局局长路易·雷诺之所以允许里克经营沙龙，是因为里克对战事的中立态度。他“不想因为任何原因而出头冒险”。

斯特劳塞想亲自出马弄清楚里克到底持什么立场。这是他心里的小算盘。在下面的对话中，看看你能不能找出其他人物都需要什么：

雷诺

（招呼里克）

里克！

（里克停下来，走到他们的桌子旁边。）

雷诺

（继续说）

里克，这位是第三帝国的少校斯特劳塞。

斯特劳塞

你好，里克先生。

里克

你好。

雷诺

你认识第三帝国的顾问赫尔·海因茨。

（里克向斯特劳塞和海因茨点点头。）

斯特劳塞

请跟我们一起坐吧，里克先生。

（里克在餐桌旁边坐了下来。）

雷诺

今天我们很荣幸，里克。斯特劳塞少校就是第三帝国今日享有声誉的原因之一。

斯特劳塞

你开口闭口“第三帝国”，仿佛你还期待有别的帝国似的。

雷诺

少校，就我个人而言，我怎样都无所谓。

甚至在里克加入对话之前，立场就已经设定了。斯特劳塞纠正了雷诺微不足道的观点是为了强调纳粹政权的权威地位。雷诺则让人知道他是墙头草，“怎样都无所谓”。我们后来发现，原来这是因为对于里克的沙龙，他有自己的一番盘算。因为在这儿，他可以赌博赢钱，还可以和生活贫困的年轻女子调情，这些女人的丈夫在卡萨布兰卡城外，他付钱就可以把她们弄到手。正如俗话所说，他可不想坏了好事：

斯特劳塞

（对里克说）

问你几个问题，不介意吧？当然是非官方的问题。

里克

假如你乐意，官方的问题也可以。

斯特劳塞试探性地问了第一句是为了显示了他的关心。里克反驳他的意思是挂出了免战牌，略显强硬地挡回了对方的提问。他要让斯特劳塞明白：自己对于他们没有任何价值。

斯特劳塞

你是什么国籍?

里克

我是个酒鬼。

雷诺

这让里克变成了一个世界公民。

里克的回答是尖锐的，有点像无刃轻剑，剑头很尖，但并未开刃。雷诺马上意识到了这一点，他插了一句话，缓解了一下剑拔弩张的气氛。里克的意图眼下已经很清楚了：面对强硬霸道的提问，不当一个容易被左右的懦夫。雷诺的意图则是要维护里克，保证这家沙龙不被关门!

里克

我出生于纽约，假如这个信息对你有帮助的话。

斯特劳塞

据我所知，你是在占领时期从巴黎搬到这儿的。

里克

这似乎也算不上什么秘密吧。

斯特劳塞

你是一个无法容忍德国人霸占自己心爱的巴黎的人吗?

里克

那可不是我热爱的巴黎。

里克的最后一句回答话中有话。也就是说，巴黎也有一些让他不喜欢的地方。直到后来，我们才知道他不喜欢的东西是什么：

海因茨

那你可以想象我们德国人在伦敦吗？

里克

等你们到那儿的时候，再问我这个问题。

雷诺

嚯！你真有外交手腕。

海因茨，这个没有幽默感、没有个人魅力的盖世太保无意中遇到了一个挑战。里克直接给他打了一个回身球。

斯特劳塞

纽约怎么样？

里克

噢，少校，纽约的某些地段我不建议你们尝试去入侵。

里克这样的回应是难能可贵的。他没有放弃自己的中立立场，同时，还用一点美国式的幽默给予了提问者一记刺拳回击。雷诺又一次尝试打破这个紧张局面：

斯特劳塞

啊哈。你认为谁会赢得这场战争？

里克

我不知道。

雷诺

里克对于一切事情都是完全中立的，而且在女人方面也是如此。

至此，跟这场戏开场时相比，每个人的立场都纹丝没动。最初的快速出击都被接招人化解了，没有造成长期的伤痛。雷诺成功地把里克描绘成了一个不偏不倚的中立派。现在，斯特劳塞最初的质询遭到了挫折，于是他开始炫耀一件重型武器——一份档案：

斯特劳塞

你并非总是如此小心翼翼地保持中立。我们得到了你的完整的档案。

（斯特劳塞从口袋里掏出一个小本子，然后翻到一页。）

斯特劳塞

“理查德·布莱恩，美国国籍。年龄 37 岁。禁止入境美国。”理由有一些含糊。我们知道你在巴黎做过什么事情，布莱恩先生，还知道你为什么离开巴黎。

（里克从斯特劳塞手里拿过档案。）

斯特劳塞

不要害怕，我们不会把它宣扬出去的。

里克

我的眼睛真是棕色的吗？

里克应对这次挑战的手段又是一个讽刺的回答。到此为止，双方打成了平手，虽然纳粹一方有更大的权势：

斯特劳塞

你要原谅我的好奇心，布莱恩先生。问题在于，第三帝国的一个敌人来到了卡萨布兰卡，所以我们不想放过每一个可能对我们有帮助的人。

里克

（看着雷诺）

我对于威克多·拉斯罗是留是走兴趣不大。

斯特劳塞

这么说，你对于这只狐狸没有任何同情心吗？

里克

没有特别的同情。我也理解猎犬的观点。

这个场景后面又继续写了几行。纳粹没能从里克那儿得到什么好处。对抗性出现了，但却没有演变成赤裸裸的公开搏斗。如果走入这样的搏斗中，里克是会失败的。最终，里克和雷诺赢得了这场语言交锋。里克没有给纳粹任何理由把自己的沙龙关掉。雷诺让事情变得足够轻松，所以斯特劳塞没有被激怒，也没有对里克产生足够多的怀疑，以至于要把他的生意取缔。

上面是对话武器的微妙使用。对话与公开的决斗形成了鲜明的对照。米奇·斯皮兰笔下的麦克·哈默从来都不是一个周到圆滑的人。在电影《采花大盗》中，他因为醉酒而被人开车载走之后，对一个自己认识的警察说了下面的话：

我抬头时帕特正递给我一支香烟。“抽吗?”

我摇摇头。

当他说“你离职了?”这句话的时候，声音里没有一丝悔意。

“对。”

我感觉他只是不屑地耸耸肩，“什么时候?”

“当我没有钱的时候。打住，现在不要再说了。”

“你的钱够你喝酒了。”他说话的腔调现在真是刺耳。

有时候你什么东西都不能要，不要任何笑话，不要任何摩擦，什么也不要。就像这人所说的，你永远不需要从任何人那儿得到任何东西。我双手撑在椅子的扶手上，然后硬撑着自己站了起来。我的大腿内侧因为用力而颤抖。

“帕特，我不知道你到底在这儿扯什么鬼话。我也不会指责你。无论如何，我都不理解或赞赏它。老哥们，把手从我背上拿开。”

他的脸上掠过一丝复杂的表情，然后一股怨恨之情又回来了。“我们早就不是哥们了，麦克。”

“好吧。让我们继续当哥们吧。现在，我的衣服到底在哪儿呢?”

他对着我的脸吐了一个烟圈，要不是我必须扶住椅背才能站起来的话，我本应该用皮带抽他。“在垃圾堆，”他说，“那儿也是你要去的地方，但是这一回你是幸运的。”

“你这个狗杂种。”

他又吐了我一脸烟，我被烟呛住了。

“你这个狗杂种。”我说。

想想《卡萨布兰卡》那一场被压制的对谈交锋，麦克·哈默犹如1974年拳王阿里打倒乔·弗雷泽尔那场精彩拳赛一样的谈话，在对话中你拥有无穷无尽的冲突的可能性，突然之间你就发现，原来对话可以充当一个武器。

把对话当作武器使用也是向读者传达信息的好途径。不要通过长篇的展示直接把你要向读者传达的信息告诉读者，而要通过叙述或者对话；你要使用紧张的人际互动。只要对话是有机的，即符合人物自身特点的，它用起来就能无缝地融入剧情之中。我可以举例说明上述观点。

在下面第一个例子中，信息是通过叙述透露出来的：

> 亚瑟·马尔克斯是她的会计。几年前他从奥马哈来到洛杉矶，开了家事务所。他在内布拉斯加惹下了麻烦，因为欺诈行为而遭到制裁，这促使他另寻新址重新开张。

虽说事情照这样发展下去确实很好，但是，这种情况太多就会导致场景缺乏直接的冲突。在同样的情况下，有进取心的小说家会考虑使用对话。不过，有时似乎会出现下面这样的对话：

> 玛丽打开了房门。“嗨，你好，亚瑟，我是来自奥马哈的注册会计师。我能为你做些什么？”
>
> “我离开内布拉斯加之后，成功地搬到了洛杉矶。我想请你帮我引荐一下。”

好吧，或许这段对话不该那么笨拙沉闷。不过，你已经掌握了情况。往往，尤其是在稿件的开头部分，我会看到这种把信息一股脑儿硬塞给读者的情况。

简单有力的解决办法是把这样的对话变成对抗性的。透过冲突，这样的对话同样可以把信息传递出去，而且这才是最好的方案。于是，第一个例子经过改写后变成了下面的样子：

> “你在这儿做什么？”亚瑟问。
>
> “找你来并不是因为我要报税的问题，”玛丽说，“我了解奥马哈。”

“我不明白你说这个是什么意思。”

“真的吗？是西尔斯百货公司的事情吧？做假账的事？”

亚瑟什么也没说。他的脸抽动着。

“你来找我的时候为什么不坦白这些呢？”玛丽问。

“我只想有一个重新做人的机会，”亚瑟说，“难道这有什么不好懂的吗？”

“我们谈的可是我的钱啊。”

“我是清白无辜的！这是真心话。”

一个研讨班上的学生曾交给我一个故事片断。经作者允许摘录如下。一个女人（贝蒂）为了替自己死去的儿子报仇雪恨而埋下了炸弹。现在，她绑架了一名法医专家（凯特，一直与她走得很近），威胁要杀掉她：

贝蒂向下俯视着凯特。当她听人说起儿子之死时，脸上胜利的微笑就变成了怒火中烧。“这关你屁事？”

“假如我儿子因为发现某种发生在自己身上的可怕事情而死，而这个事情我以前不让他知道，就为了保护他，我就要抱怨那个告诉了他的人。”凯特使用了移情策略。她确实因为贝蒂以及她的悲剧故事而感到深深的悲伤。她注意到，贝蒂听到她说的话之后，目不转睛地凝望着自己。

在这个紧张时刻，凯特已经向贝蒂说明了案件的事实，但是这个对话听起来不自然。这一长句塞进了不少信息，但是让人感觉这只是为了读者的便利而不是服务于人物塑造。

我让这个学生回去，把不完全符合人物特点以及情感节奏的对话全部删掉。想想这两个人会说什么话？经过修改之后，变成了下面这

贝蒂俯视着凯特。一听到儿子的死，她脸上胜

了如雷的咆哮。"这关你屁事?"

"确实关我的事。"

"为什么?"

"假如我自己的儿子也那样死了——"

"别提你儿子！他可没死。"

"我也会像你一样保护他的。"

"你什么都不懂。"

"我也不会告诉他。我也会做出同样的选择的。"

"现在你给我闭嘴。你再敢说一个字。"

6. 父母——成人——孩子

要在对话中制造瞬间冲突，有一种很棒的工具，即"父母——成人——孩子"模型。在杰克·比克海姆 1989 年出版的著作《畅销小说创作》中，我第一次读到了这个理念。比克海姆的思想又来源于埃里克·伯恩 1964 年出版的一本心理学通俗读物《人们玩的游戏》。这个学派称为交流分析派。

正如我在《修订与自我编辑》中解释的，这个理论认为我们往往在生活和人际交往中扮演不同的角色。三个主要的角色是父母、成人和孩子。

父母坐在权威的宝座上，他可以"制定法律"。他拥有自然界原始的力量，源于家庭地位或者其他因素，他实施统治然后强力推行他制定的规则。

正如尤尔·伯连纳[①]的《十诫》中法老说过的一句话，"故应这么写。亦应这么做。"

---

① Yul Brynner (1920—1985)，影史上著名的"光头影帝"，出生于俄国。1946 年起开始在百老汇登台，1951 年在百老汇音乐剧《国王与我》中扮演国王，轰动一时。1956 年该剧改编为电影，他被选为主角并荣获当年奥斯卡最佳男主角奖。

成人则是客观的角色，他理性看待事情，因此也是分析情境的最佳人选。“让我们对这个事情有点成人的看法吧，”人们可能在争吵中这样说。

最后，还有孩子。不理性，而且不具备任何真正的权力。那么她会做什么样的事情呢？情绪化的反应。为了让人顺从自己就向别人发火。当然有时成年人也会做这样的事情。我们在私下都见证过这一点。

所以，有益的做法是考虑每个人物在一场戏中希望以什么角色占有一席之地。他们是如何看待自己的？他们的真实角色是什么？他们的真实角色与他们自以为的角色之间存在着哪些差异？

最重要的是：他们要怎么做才能实现在这一场戏中的目标？

回答这些问题可以让你找到塑造人物对话的方法，以便使一场戏自始至终都能扣人心弦而且冲突不断。

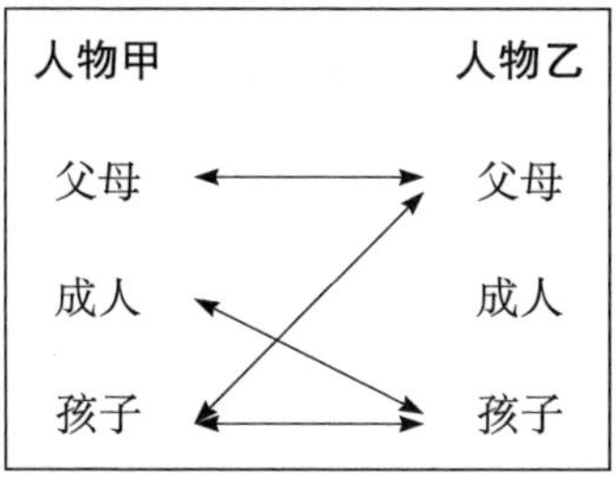

另外，你还要考虑到，人物可以改变他们的角色（尝试新的角色），目的是得偿所愿。这样可以为潜在的冲突提供一个永不枯竭的源泉，而且只需要几个瞬间就可以把冲突建立起来。

做一做

1. 翻看所有的对话，尤其是那些篇幅超过一页以上的对话。

2. 分析一下人物认为自己处于什么样的角色状态。

3. 重新改写这段对话，让每个人物在他们自认为的角色中变得更加果断、自信。你还要注意到，人物可能因为策略的原因而改变自己的角色。比如说，假如父母的角色不起作用，那么人物可能切换到孩子的角色，像孩子那样撅嘴生气，这样卖萌的目的是让自己得偿所愿。

在翻阅稿件的过程中，我看到的大部分对话都显得松散，而且缺乏货真价实的目标。这无形之中就浪费了潜在的冲突。如果你能遵从本章的指导思想，你的对话就会面貌一新，增加无限的神韵和活力，博得文学经纪人和编辑的击节称赞。

11

主题中的冲突

我曾读过一家大型出版公司的编辑所写的长篇博客。别人问她，拒绝一本书的原因到底是什么。她说出了几个要素，然后就是：不突出/没有惊喜/不足以让人手不释卷。“这个理由是最难以明确说出来的，”她写道，“不过，在很多方面，这也是最难跨越的障碍。提出的建议能否让人兴奋起来？销售代表和买家是否急于阅读它，然后禁不住大声谈论它？20 年前，我的第一个老板常常警告我们这些没有经验的编辑助理，投来的稿件中最难引起注意、同时也是最需要避免的那一类稿件，就是那种**技巧熟练、知识渊博、文字优美，而最终却让人容易忘记的稿件**。”

这话说得相当直截，不是吗？

那么，令人过目难忘的小说有什么秘密武器吗？从未知的远古时代开始，作家就开始有意无意地寻找它。

马克·吐温找到了这本秘籍。查尔斯·狄更斯也找到了。

雷蒙德·钱德勒使用过它。麦克尔·康纳利也是如此。

艾茵·兰德得到了它，杰克·凯鲁亚克也一样。这就是为什么他们的《地球战栗》和《在路上》这两本小说现在依然每年能够卖出数万本，而今天距离它们首次出版的时间已经过去 50 多年了。这两本小说，它们之间的差异几乎达到了小说之间差异所能达到的极限。

那么，这个秘密武器是什么呢？

我称之为**主题上的立论**。

我认识的绝大多数作家一听到“主题”这个大词，都吓得直哆嗦。我在作家培训班当教师的时候，称之为“吓人的大词”（这个词让人想起中学生那些完全让人不知所云的文学论文）。

或许语文老师循循善诱想让你说出《红色英勇勋章》的主题，而你最后找到的却是完全错误的，因为你没有一句话里提到“英勇”、“勋章”或者“红色”这些关键词。

你完全没有线索。当老师发表自己关于这一问题的看法时，你心想：我当时完全没有答到点子上。我一定是个笨学生。

所以，轮到你自己写小说的时候，你甚至仍然一想到“主题”这个词就犯怵。你希望只要故事说得过去就好。至于作品的意义，还是让别人挠头去吧。

也许你就像许多作家那样，允许主题自己慢慢地展现出来。最后你总会发现它的。

这样做是完全合理的，不过，现在我的建议是针对改写的，无论你在动笔之初还是在很晚以后才想起主题的事情，这里的建议都是适用的。

如果你能找到自己的小说统贯全篇的主题，并且以自然而然的方式把主题呈现出来，那么无论你写的是哪种文学作品，你写出来的东西读者一定会读得下去。

关键是要知道什么才是你的终极关注，并且知道如何通过“争论”制造冲突。

这样能创造出一篇前后统一的故事，让读者经由阅读体验而马上得到满足。

作为立论的主题

把主题看作一个人物自身的内在争论。这有点儿类似于内心冲突，不过还要再上一个台阶。这是有关生活的争论，即你应该如何看待生活，你的生活应该如何过下去。

让我们举例说明一下吧。

《圣诞颂歌》是关于一个厌世者的故事，他通过三个精灵的魔法而得到救赎。他们给他展示了他的过去、现在和未来，这些恰如其分的场面正好让守财奴把生活观念扭转过来了。

这个故事的主题是什么？一种说法是，活得有价值的人生是对于别人慷慨的人生。

那么，在守财奴的内心又有什么样的争论呢？生活中唯一有意义的东西就是金钱。别人都是不值得信任的阴谋家和骗子，你必须与他们保持安全距离。假如你不抢他们的钱，他们便会趁你疏于防范之机抢走你的钱。假如穷人被骗财而迅速灭绝，那将减轻人口过多的负担，这样的社会变化对我这样的富人更加有利。

如此等等。

“母论点”是贯穿故事始终的。

实际上，要下好这盘棋，作者有一个妙招：在小说第一幕中的某处，让主要人物论证一下反面的论点。

比如在《绿野仙踪》中，多萝西向小狗托托诉说了下面的想法：一定有个无忧无虑的好地方，她想生活在这样的地方。也许，这片乐土只存在于彩虹之上的某个地方。我要为这片乐土高唱一首赞歌。

然而到了电影结尾，她已经懂得，没有哪个地方能像家那样温馨。

在电影《生活多美好》中，乔治最后懂得了什么呢？假如一个人有了朋友，那他就不是失败者；他的朋友都在自己的家乡，然而，家乡正是他一直想要摆脱的地方。所以，在前面许多倒叙闪回的镜头中，我们看到：在一家杂货铺里，年轻的乔治告诉玛丽和维奥莱特自己要离开家乡去闯荡江湖，他想过妻妾成群的生活，或许要娶三四房老婆。

当你完成了小说并且巩固了主题论点之后，你要在前面找到一个地方把反面论点也插进来。这样做能为故事提供一个很棒的发展弧线，可以把主题冲突的平息过程很好地呈现出来。

一个东西

《城市滑头》中的克里曾说过：生活的秘密是“一个东西”。

有些哲学家称之为“终极关照”。

或许，坐在酒吧里买醉的客人会说这个东西正是你甘愿为之牺牲的东西。

无论如何称呼，这个东西或者信仰可以统帅你的生活，并且赋予人生以意义。

即便你不认为人生本身有什么意义，这也是一个观点。你无法回避它。

所以，为什么不在小说中把针对这一问题展开的思想斗争呈现出来呢？

做一做

1. 写一个你可以为之牺牲的东西或者人。

2. 写一则私密的日记，谈谈为什么是这样的。过去发生过什么事情导致你形成了这样的观点？构思出一个情境，让自己面临抉择，而你甘愿为了自己的选择而做出牺牲。在构思的过程中，你被唤醒了什么感觉？

你的小说应该从头到尾不断拨动人们的心弦，唤起这种感觉。

3. 写下别人身上最让你羡慕的五种人格特征。

4. 针对每一特征，写一小段话，谈谈你为什么会选择这个性格特征。据你所知，哪些人是拥有这种品格的榜样？

5. 给自己写讣告。就是这个。在一个有关你的死亡的故事中，写下你想以什么形象出现在这个故事中。不，这绝非什么恐怖行径。这是掌握自身脉动的最佳手段之一。主题论点就是由这样的素材构成的。

把这些东西唤醒的感觉植入人物的身上。注意下面这一点：你的人物不必亦步亦趋地模仿你自己的感觉。不过，他们关心的事物应该与你的终极关照保持一致。永垂不朽、值得回忆的小说都涉及极端的激情。人物可以或多或少地抑制、调整这些极端的情形，但是，它们的运行机制应该蕴藏于表层文字之下。

现在，你要准备好把自己的终极关照写进小说中了。

知道问题所在

一个人不必过于深入地研读哈利·波特系列小说就能意识到，这些小说实际上是用讲故事的手法探讨了善与恶这一终极问题。这个终极问题最后是如何得到解决的？读者、哲学家、神学家和大学教授可以就此展开争论。但是，这个终极问题显然是作者乔安妮·罗琳重点思考的问题。

哈利算不算是一个救世主？或者，他是不是我们所有人的一个替身？他面对的邪恶并非外部的邪恶，而是内心的邪恶，这样说对吗？

这是一部征服外部黑暗势力的伟大史诗。或者，正如苏珊·布鲁克斯·西斯尔思韦特在《华盛顿邮报》上的一篇文章中所说，“哈利·波特的神学”，“一种不可思议的内心挣扎……与朋友和邻居的斗争，而最终是与自己的斗争”？

侦探小说提出的问题都有哪些类型？当然，问题会因具体作者而不同。但是，最好的问题应该是在他们心目中清晰、鲜明的问题。对此，雷蒙德·钱德勒肯定是胸有成竹的。在著名的短文《凶杀案的简单艺术》中，他是这样说的：

> 在每一件可以称为艺术品的东西中，总有一种救赎的性质。假如凶杀案小说属于高级悲剧，或者说是纯粹的悲剧，它既是怜悯和讽刺，也是强者沙哑的大笑。但是，人必须沿着这些肮脏的道路走下去，人自身并非卑鄙无耻之徒，他既没有失去本色人性，也没有害怕的感觉。在这类故事中，侦探必须是这样的人。他是英雄，他是一切。他必须是一个正直完整的人，而且是一个

> 普通人，但也是一个卓越超凡的人。用一句历久弥新的话来说，他必须是一个有荣誉感的人，本能如此，无可避免地如此，根本不用思索，而且当然也不用说出来。他必然是自己的世界中最好的人，而且对任何人的世界都有足够的善心。

你的文笔未必能像钱德勒那样好，他能把自己的主题酣畅淋漓地呈现出来。不过，对于作者来说，这样的尝试肯定是有益的。

你可以试一下。尽量直截了当地写出自己的小说要提出什么样的问题。这个训练甚至能帮你找到可以深入探索的新天地。正如马德琳·勒英格曾说过的："慢慢地，慢慢地，我开始懂得聆听这本书，如同我听祈祷文那样虔诚。"

不要说教

不过，任何东西最后都要经过人物的过滤。人物永远不应该成为作者唯一的喉舌。约翰·加德纳是一位小说家兼写作教师，他曾给出如下的解释：

> 我写小说的时候，我的人物和布景以及诸如此类的内容都要有所选择，因为至少对我来说，它们的意义都涉及古老的、无法回答的哲学问题。当我展开行动部分时，我总是非常关注突然触及的发现，真正的哲学发现。但是与此同时，我也关注、而且最终更加关注下面的问题：对于发现问题的人物以及周遭的人们来说，这些发现会产生什么影响。正是因为这个缘故，我并不是真正的哲学家，而是小说家。

但是，艾茵·兰德怎么样？她的小说充满了长篇对话，最值得一提的是《地球战栗》中约翰·高特的长篇大论。这可行吗？

很多情况下，终极问题是有效的，这是持续增长的销售数字证明了的。这可能告诉我们，终极关照的问题对于大部分读者来说仍然是重要的内容。兰德纯粹是在逐渐改变西方文明的基础（如此而已!），而读者大众中大部分人都喜欢倾听她的话。

假如你希望像兰德那样写出激情昂然的哲学演说，你当然可以做一次短暂的尝试。但是，下面的做法总是不错的：你要让人物真正互动起来，而不要偷偷摸摸地向读者宣传鼓吹。所以，你要保证：

1. 把每个人物都塑造成真正复杂的人物。

2. 为每一个立场提供合理性。即每个人物都必须有一个理由或者动机，促使他们做自己正在做的事。我们可以不喜欢它，但是人物相信自己是正确的。你必须把这一点弄清楚，而且你必须做到公平待人。

于是，当人物之间爆发主题的争论时，就会显得自然而然，而不是牵强附会了。

腔调的重要性

那么，那种在主题方面具有重要意义的激昂演说还有没有空间呢？当然有，前提是你要运用人们所谓的“腔调”对此进行艺术处理。

老师们经常会谈及腔调。经纪人和编辑也经常说自己在寻找它。但是，没有人能够给它下一个确切的定义。下一章我们会更多地探讨这个问题。但是，就目前而言，我们的研究需要把腔调的重要性与主题结合起来。

茱迪·皮考特在安娜的腔调处理方面做得很好。这个人物是小说《姐姐的守护者》中的一位十几岁女孩。她的故事背景非常离奇。人们都知道她捐献过许多器官，捐献的对象是她那个患了白血病的姐姐凯特。这就涉及各种各样的生物伦理学问题。无疑，十三岁的安娜引起人们对下面这类问题的沉思：

你有没有想过，我们大家是如何来到人世间的呢？我的意思是，我们是如何来到这个地球的。请忘记亚当与夏娃载歌载舞的美妙场景吧，我知道这是一大堆废话。我父亲喜欢波尼族印第安人的神话传说，他们说星星的神性造就了世间的芸芸众生：晚星和晨星交配产下了第一个女性。

第一个男孩则是从太阳与月亮那儿来的。人类骑着龙卷风来到了地球。

休谟先生，我的科学老师，教导我们说，混沌间充满了天然气、沸腾泥浆还有碳化物，它们以某种方式固化为一种单细胞的有机体，名为鞭毛虫……在我听来，这更像是一种通过性生活传播的疾病，而不是生物进化链条的开端。但是即便你真的理解到了那一步，从变形虫到猿猴再到一个完整的会思想的人，这个思维跨度也确实够大的。

所有这一切的真正神奇之处在于，无论你相信哪一个解释，要从一个一无所有的混沌状态演化出人类，人的所有神经细胞能够恰当地发出火花、噼啪作响，从而使我们具备了决策能力，这样沧海桑田的巨变确实需要一个极其漫长的岁月。

更神奇的是，人类怎么会变成第二自然，而我们仍然在努力把它也搞乱。

假如在你笔下的系列小说里有这样一个人物：他已经建立了强大的世界观和典型腔调，那么即便没有主题，你也可以动笔写小说。

举例来说，安德鲁·瓦切斯的系列小说中有一个异常残酷的主人公伯克，他热衷于保护那些受到伤害的儿童。假如你伤害了他收养的大家庭里的任何一人，你在这世界上就待不久了。

伯克有没有一种世界观呢？天啊，他也是有世界观的，而且这个世界观还叫得出名字。下面摘自作者最后一部伯克系列小说《另一个生命》的开头：

复仇就像任何其他宗教一样：总是说的多，做的少。而说教部分讲的也是哪些事情不能做。

“复仇是我的事”被理解成“不用你操心”。那些贩卖因果报应的人会劝诱你说：什么也不做，那么你就做了正确的事情。你要反复念诵“因果相连，循环往复”这样的教条，你念经的语调是沉重肃穆的，正是你看漫画书时读到古训时才会使用的那种语调。

你是否已经感觉到伯克也有一种世界观呢？

在尘世间，我们看到的是这枚硬币的另一面。我们不能指望善恶轮回这样的因果报应。不过，下面这条道理是你可以信赖的：只要有人伤害我们中间的一个，我们全都会追杀你。

一个哲学概念可能非常简单，正如麦克尔·康纳利的小说《黄铜判决》中的律师米奇·霍勒。霍勒在小说开始时有这样的反思：

人人都撒谎。

主人公的人生哲学是否稳定？她的世界观是否鲜明？她有没有一种坚定的态度？她应该有。她必须有。

做一次语音日记训练。所谓语音日记就是你用人物的口吻、用第一人称视角写出、形式不限的文本。即便你的小说是用第三人称视角写的，你写语音日记的时候也要学着让人物自己说话。

把这个人物揭示出来，把人物的人生哲学弄清楚。要让人物自己娓娓道来。

然后，你还要思考下面这个问题：人物为什么有这种思想？过去发生了什么事情导致了他有这样的想法？

下面是我以电影《码头风云》中布兰多饰演的人物特里·马洛伊的口吻写的人物日记：

你想知道我的人生哲学吗？先下手为强，在别人对你动手之前，你要先动手。我不管它听起来怎么样。你不懂。人世间，人人为己。好死不如赖活着。只管活着就好。这就是说，你要与真正的强者为伍，这样你的口袋里就会有一些零钱叮当响了。在人世间，你拥有这些足矣。有些人可以为你两肋插刀、鼎力相助，也有些人想伤害你或者你的兄弟。

怎么办？在这样的情况下我又该怎么办？这关你什么事吗？

好吧，假如你只做不说，甭让别人知道就行了。我说这话也是仅此一次，下不为例。当我和弟弟小的时候，我们的老父亲被人杀掉了。甭管到底是怎么回事。我说过，为了目的永远不要在意手段。而他们把我和查理骗到了这个自称“小男子汉之家”的破烂垃圾堆。伙计，那鬼地方也能称得上“家”?！领头那家伙有一挂鞭子，真正的鞭子，不是党鞭[①]，他会把你捆起来然后让你挨鞭子。过去他常常无缘无故叫我吃鞭子。他就是不喜欢我，我也不喜欢他。他喜欢在我身上出气。我不能把他怎么样，因为我知道法律会把我驱逐出境，而我一走查理就孤苦无依了。查理是个聪明人，但我是强悍的，他需要我在身边。但是，孩子，将来终有一天，我要那个家伙被逮捕法办，当我做到的时候，当我做到的时候……

象征主义

认识到小说主题的统一性能够让你运用象征手法来深化阅读

① whip，一般指党鞭职务或担任该职务的人，立法机构（如美国国会或英国议院）的一员，受其政党控制，具有强制执行党纪及敦促担保出勤率的任务。

体验。

最著名的文学象征就是《了不起的盖茨比》中插播的片段，这是一则为埃克尔·博格医生做的广告：

然而，在灰白色的土地之上，地表还漫无边际地漂浮着一层层阴暗的灰尘，过了一段时间之后，你会看到埃克尔·博格的双眼。他的眼睛是蓝色的，而且很大，瞳孔足有铜铃那样大。他的眼睛透过一副宽大的黄色眼镜向外看，眼镜横跨鼻子上方，把鼻子盖住了。显然，这位眼科医生有点儿滑稽，他就那样戴着眼镜，告诉大家他在女王小镇地区执业多年的资深地位，同时把自己隐没于永恒的黑暗中。要是他忘了戴眼镜，那就是他要离开此地的时候了。不过，即便在许多无痕的岁月里久经风吹日晒，他的眼睛也没有受过苦，只是过着暗淡无光的日子而已，同时他还念念不忘地憎恨着，在垃圾场上陷入了深深的思索。

菲茨杰拉德想用这个象征告诉我们什么？显然他要说些什么。一种感觉。这双眼睛很大，而且他在“垃圾场”上陷入“深深的思索”。这里的象征意义是上帝看到整个世界都变成了垃圾堆吗？或者，这段插播直指商业社会的枯萎衰退？

在文学课堂上，大家可以就此展开争论。但是，菲茨杰拉德的用意肯定是传达一些问题意识，直指我们一直在谈论的终极关照。

在追寻主题论点方面花费的时间不应让你在创作活动中分心，也不应让你一遍遍地失望。你也许会说，我写作的目的纯属娱乐。

即便这样，这也是对你内心想法的一种反思。我鼓励你拓宽自己的视野，这样可以实现两个目标：既娱乐别人，也可以抓住更多的读者。他们开始明白，你的书不仅仅是按部就班编排出来的场景而已。

12

为冲突而风格

那种我们称之为“风格”或者“腔调”的东西具有一些捉摸不定的内涵，这是你可以用来抬升冲突的又一工具。这个问题大体上可以归结到语言以及语言的运用方法上面来。我们可以选择运用不同的词语，还可以选择使用长句或短句。当我们把词语写到纸面上的时候，可以调整它们的强弱，让读者的听觉和视觉体验达到最佳状态。

这里所说的意思很简单：你的风格越是清晰独特而且变化莫测，你就拥有的选择越多，而更多的选项意味着你可以有多种途径把冲突安排到每一页中去。

风格是可以培养出来的吗？腔调是可以培训的吗？有人表示怀疑。“不，我以为风格并非有意为之的结果，”杜鲁门·卡波特[①]写道。“正如你不能有意识地培养出眼睛的颜色一样。毕竟，你的风格就是你自身。”

另一方面，也有许多像威廉·萨姆塞特·毛姆[②]这样的著名小说家是通过抄录自己崇拜的作家的段落来训练自己的。这是把别人的话

---

① Truman Capote（1924—1984），美国作家，著有多部经典文学作品。早期著作有短篇小说集《夜树》（1949）、长篇小说《别的声音，别的房间》（1948）和《草竖琴》（1951）。知名作品为中篇小说《蒂凡尼的早餐》（1958）及《冷血》（1965），后者被公认为是大众文化的里程碑。

② William Somerset Maugham（1874—1965），英国小说家、戏剧家。代表作为《人生的枷锁》、《月亮和六便士》等。

灌进自己的脑子里。

我个人的看法是，风格和腔调就像打高尔夫球时的挥杆动作一样。你可以改变它。你可以找到改进它的途径。你可以通过训练或者练习，使自己的肌肉记住这些动作。但是，当你进入比赛状态的时候，就要不假思索了。你只管打好比赛。

没有人给“腔调”一词下过一个完整的定义。不过，我曾听文学经纪人和编辑谈论过这个术语，下面是他们说的部分内容：

- 它是人物、场景和翻页的结合；
- 它是一种独特的风格，犹如一部瑟吉欧·莱昂①的电影；
- 它就是你所是的那个人；
- 它是纸面上的人格；
- 它是某种从最深层的真相中流露出来的东西；
- 它是你作为艺术家的表情。

你弄明白了吗？

行了，你是怎么理解的？你是怎样培养出一种有助于创造冲突的腔调和风格的呢？

看看小说的各个部分，然后把它识别出来。

下面是我的一些建议。

生动的细节

“一处及时、恰当的细节可以省去半页的描述，”莫妮卡·伍德在《读者文摘》系列丛书《描写》一册中如是说。“生动直白的细节可能是在仓促创作第一稿的过程中偶然想到的，或者是有意精心制作出来，或者苦苦思索出来的，然后你要把它插入到人物或者情节需要的特定地方。”

---

① Sergio Leone（1929—1989），意大利导演、演员、编剧。以带有反讽色彩的喜剧感著称，人物诙谐、生动、夸张，剧本高度戏剧化，喜欢戏仿西部片中一些著名的人物、造型和场景。

生动直白的细节是一个独立的、描述性的元素，比如一个手势、一个画面、一个行动，但其中蕴含的意义空间极大。这样的细节可以瞬间照亮一个人物、一个场景或者一个主题。

在托马斯·哈里斯的《沉默的羔羊》中，联邦调查局实习生克拉丽丝·斯泰琳被行为科学研究部门主管杰克·克劳福德派去讯问臭名昭著的杀手汉尼拔·莱克特。

莱克特在监舍里要求查验她的身份证件。斯泰琳拿出塑封的身份证件，上面有一处常见错误。莱克特看得很仔细，然后他说：

> “实习生？卡片上写着‘实习生’。杰克·克劳福德居然派一个实习生来讯问我？”他轻轻地在他小而白的牙齿上敲打着证件卡片，然后贴在鼻子上闻它的气味。

他轻轻地在牙齿上敲打卡片。这是一个生动的细节，让人注意到这排牙齿的用处，仿佛它们是用来吃掉像人口调查员那样的人的。而且，牙齿之小又暴露了一个禽兽的凶残本性，增加了威胁恐怖的气氛。

不过，闻卡片这个动作像是更深刻地击中了要害。它以外在的形式说明：莱克特对于过往的生活充满了渴望。那时候他可以自由地呼吸新鲜空气。

不仅如此，这个动作发出的信号还包括他神奇的判断力。他可以闻味而知人，甚至不必用眼睛仔细打量他们。这是一个标志性事件，即他要从克拉丽丝·斯泰琳那儿夺取某种力量。冲突即将到来。

转眼之间，这件事就变成了一件令人头皮发麻、骇人而危险的事情。

生动的细节还能让我们瞥见人物的内心冲突。在雷蒙德·卡佛[①]

① Raymond Carver（1938—1988），美国著名短篇小说家，小说界简约主义的代表人物。

的短篇小说《请你安静一下好不好?》中，一对夫妇正在厨房里紧张地谈话。妻子不愿意详细回忆多年前一次聚会上发生的事情，因为那次有一个男人带她开车出去兜风，而且两人还接吻了。丈夫对此有下面的反应：

> 他把注意力全都转移到桌布上的一个小小的黑色马车上面。四匹小小的、昂首阔步的白马拉着黑色的马车，那个赶车的人双臂高举，头上戴着高高的礼帽，行李箱则绑在马车上面，一个看着像是煤油灯的东西挂在马车旁边，假如他是在听人说话的话，也是躲在黑色马车里面听的。

在这个画面及其带来的联想中，丈夫内心的思想活动被彻底揭示出来了。作者卡佛根本不需要告诉我们这位丈夫有什么感受。

这就是生动细节的优点。

你怎么才能找到它们呢?

试一试

1. 在你的书中找到一个情感激昂的片断。

2. 把可能的动作、手势或者场景描写中能够反映这个场景的细节列出来。

3. 尽快列出至少 20～25 种可能性。记住，获得好构思的最佳办法是先想出很多主意，然后再选出你想用的那个。

4. 把细节写进一个较长的段落中，然后编辑这个段落，让它变得简洁有力。生动直白的细节如果细致入微，效果就会自然，而这样的效果才是最好的。

变化的节奏

在科妮莉娅·瑞德的小说《黑暗之城》中，玛德琳·戴尔要解决一桩几十年前两个年轻女人遇害的迷案，其中一人的表兄就是嫌疑犯。

这部小说大部分都是完整的段落。不过，下面这个场景却用压缩的形式来写，这是为了强化其中的紧张局势。我把某些细节忽略不谈，主要是为了清除一切干扰因素：

> 我推了推那扇伤痕累累的门，我猜它是锁着的。没有想到，门轴向屋里一转，木门居然很轻易就打开了，随即，我踏进了黑暗之中。
>
> 门在身后关上了。
>
> 什么也看不到。我眨眨眼。
>
> 没有任何声音，只有一种气味。
>
> 这气味浓郁而腐臭。还有一点儿香味。
>
> 在黑暗中，我独自与某种死亡的东西待在一起。
>
> 我返身出门。我不想看，也不想让自己的瞳孔在黑暗中放大。
>
> 但此刻为时已晚。一个人的身形浮现，逐渐清晰起来。
>
> 我看到了墙壁……宽大的酒吧……然后那一团东西慢慢映入眼帘……

精炼过的句子。句子的片断。因为这并不符合作者瑞德一贯的风格，它们的效果更震撼。

运用对话也可以达到相同的效果。下面是小说《红龙》中法医专家威尔·格雷厄姆与汉尼拔·莱克特之间的一段对话：

> “你的双手粗糙，早就不像是警察的手了。只有小孩才会选择那样的剃须液。剃须液的瓶子上面还有一片碎屑，不是吗？”莱克特很少把头抬起来。提问的时候，他一直歪着头，仿佛想用好奇心的麻花钻钻透你的脸庞，探测你的大脑。一段沉默之后，莱克特又说：“你可以满足我的求知欲和虚荣心，然后说服我。

难道你不想这样做吗?”

“我想我不能说服你。你可能被说服也可能无法被说服。无论如何，布鲁姆博士正在研究这个事情，而他是最——”

“你有没有带那个文件呢?”

“带着呢。”

“照片也带了吗?”

“是的。”

“给我看看，我可以考虑一下。”

“不行。”

“你爱做梦吗，威尔?”

“再见，莱克特。”

“你还没有威胁要把我的书也拿走呢。”

格雷厄姆走开了。

“那么，把文件给我看看。我会把我的想法告诉你。”

注意，这个省略了部分内容的对话让人感觉像是一场拳击比赛的攻守博弈。其中也用到了“侧闪”手法，正如我们在第 10 章中讨论过的那样。随着写作的推进，你会慢慢熟悉这些写作工具的。

下面有一个简单的练习。看看你的稿件，找出你认为冲突最激烈的部分。这一部分的文字篇幅是不是很长?为了增加对抗的激烈程度，看看你能否把文字或者对话部分写得再简短一些。

选词

看看罗伯特·克莱斯在《洛杉矶安魂曲》中选择的画面:

那个星期天，太阳浮出地平线，自上而下地烘烤着洛杉矶盆地，把人们推向海边沙滩和公园，或者进入后院的游泳池里去避暑。空气中带着人们因为中暑而听到的嗡嗡耳鸣声，货运列车从沙漠里带来的像骷髅一样干燥的热风吹得人们神经麻木，热风也烤热了山坡，形成一道充满焦油的烟幕，这烟只要“啪”的一声点燃，就能变成火海，足以把汽车烧化。

格伦代尔市上方的佛杜哥山脉在燃烧。一根棕色的烟柱从那儿的山脊上升起，它被西风抓住，然后向南贯穿整个城市，用干燥血液的颜色染红了天空。假如你在伯班克，或者好莱坞日落大道上方的穆赫兰道，你就能看到大型的多引擎轰炸机载着它们火红色的阻燃剂俯冲下来，同时，在现场做新闻报道的直升机也在空中飞来飞去。

注意：中暑的嗡嗡耳鸣声；货运列车；像骷髅一样干燥；烤热了山坡；充满焦油的烟幕；汽车烧化；干燥血液；火红色。

你的选词应该能够符合整个小说以及具体场景的氛围。

你怎样才能找到准确的词汇呢？

斯蒂芬·金说过，任何一个你必须从同义词典中摘出来的词都是错误的用词。

金的警告微言大义。假如你把那些大多数读者甚至自己都不熟悉的词语替换掉，可能听起来感觉更好。否则，干瘪乏味、令人窒息的阅读体验会给你拉响警报的。

人们还说，你必须针对八年级左右的阅读水平写作，这样的书才能有人气。

不过也有例外。假如你了解自己所用的词语，假如它们已经成为你的一部分，那么在恰当的地方使用一点高雅的用语也未尝不可。

你不想让读者抱着词典读书吧。但是，假如上下文需要，让他们做一点脑力劳动也是可以的。

你知道的词语越多，你就越有能力为手边的冲突选择正确的词语。这就是风格的要义：塑造词语达到理想的效果。

下面这些做法可以扩展你的风格范围：

- **读诗：**雷·布拉德伯里建议每天读一点诗歌。它能提升思想境界，唤醒你心中的韵律。你可以选择的诗人是无穷无尽的。下面是针对初学者的阅读书单[①]：比利·柯林斯，罗伯特·W·瑟维斯，劳伦斯·弗林盖蒂，玛雅·安吉罗，西奥多·罗特克，汤姆·克拉克，莎士比亚，刘易斯·卡罗尔，苏斯博士，罗伯斯·弗罗斯特，埃德娜·文森特·默蕾，斯坦利·库尼兹。

- **重写名篇：**新作家可以通过原封不动地抄写他们最喜爱的作家的段落来学习写作技巧。这并不是为了变成前辈大师的复制品，而是弄懂要写出有效果的文章需要什么样的感觉。每个作家榜样都可以展现出某种独特的优势。
- **听音频书：**把文字读给你听是把它们送进你的脑子里的一个有效手段。你甚至不必听完全本的书，除非你想这么做。找出你崇拜的作家的音频文件，然后把其中的场景听上几遍。让文字抑扬顿挫的韵律俘获你的心智，让它们作用于你的创作头脑。
- **读你的小说类型之外的作品：**挑战自我。读一些非虚构的作品，以及那些通常你并不爱看的小说。跳出窠臼，坚持做一做思维的软体操。然后坐下来，尽你所能写出最好的故事。你还会有很多新的做法。你会拥有自己的风格。

① 此书单中列出的均为诗人的名字。感兴趣的读者可以搜索其个人作品。为方便读者查询，现将各诗人的原名罗列如下：Billy Collins，Robert W. Service，Lawrence Ferlinghetti，Maya Angelou，Theodore Roethke，Tom Clark，Shakespeare，Lewis Carroll，Dr. Seuss，Robert Frost，Edna St. Vincent Millay，Stanley Kunitz。

13

为冲突而修订

修订为你提供了难得的机遇，以具体措施为你的小说制造出更多的冲突。

你不停地写呀写，埋头苦干，坚持不懈地写下去，文字和场景逐渐展开了。

在你力所能及的程度内尽快地完成第一稿。

假如你喜欢，你可以修订前一天的写作，把粗糙的内容修改平顺，把冲突梳理清楚，然后再正式开始当天的工作。

当小说写完之后，你要把它搁置一边，等上两三周时间。远离它。写别的作品；休假；聚精会神地做当天的工作或者专心陪伴苦等了你很长时间的朋友或者亲人。

最后，把小说打印出来。我在《修订与自我编辑》一书中提出了一整套的修订策略。修订的目的是为了强化冲突，下面就是你可以做的事。

人物的加工

故事中的人物，尤其是那些主要人物，不应该是消极被动的。对此也可以换一种说法：事情对于人物来说必须是重要的。他们需要采取行动。

即便从次要人物的视角来看，这样的处理也是有意义的。

故事中应该有让人物暂停下来并且加以反思的时间，不过，这些暂停时间应该处于冲突与对抗的语境之内。我们在第 3 章曾探讨过这一问题。而且，沿着这条线的某些时点，人物应该是在过度疲劳的情况下才会反省自身的。

你的人物活跃吗？他们是否在以某种方式积极推进让问题得到解决，以表明他们真的在乎这个冲突？

1. 人物介绍

在修订人物时，你要看看每个主要人物的介绍部分。你在什么时点展现出他们与故事之间利害攸关的关系？什么时候读者才清楚他们在故事中下有赌注？

假如这些内容不是在人物初次露面的前两页内，那么你就把人物介绍转移到这里来。你要试验一下怎样才能引起最初的冲突。

在格雷格·艾尔斯的小说《24 小时》的第 2 章中，作者向我们介绍了威尔与卡伦·詹宁斯这对夫妻。他们的生活马上就要被一群坏蛋给搞砸了。我们看到他们在汽车里，威尔正驱车前往机场，他将要乘飞机独自一人到城外旅行。这次旅行他没有带卡伦和他们 5 岁的女儿艾比同行。这会儿，女儿坐在汽车的后座上。

在技巧不太纯熟的作者手里，这场戏会落入“幸福国的黑洞”（参阅第 6 章）。

但是作者艾尔斯毕竟技高一筹，到了本章第 2 页，夫妇两人就来了一场有关胰岛素的小争论，这种药物是女儿需要的。这番争吵愈演愈烈，争论的焦点引向了威尔的这次旅行，透过对话，读者了解到他的想法：

> 急着争论这个问题没有太大用处，但是他感觉自己应该尝试一下。过去六个月以来关系一直很紧张，这一次是他很长时间以来第一次不带卡伦旅行。从某种意义上说，这似乎有一点儿象征意义。

这么一来，在人物初次出场的一章，我们就看到了一个冲突的小场面，显示这家人的关系有些紧张。场景虽小，但足以把我们的兴趣吸引到这一家三口的冲突中来。我们也看到他们互相关心、互相爱护的情况，即便笼罩着一种紧张的氛围，他们依然是相亲相爱的一家人。

因此，回到全部主要人物的介绍部分，用一件麻烦事开始介绍。然后，你要让读者明白，这个人物对于自己身边的事情投入了很多。

2. 给场景加码

从情感出发，在你的小说中找到情感最强烈的场景。这样的情感强度够不够？作为作者，你是否害怕写出情景闹剧或者“过于滥情”的东西呢？你会不会让情感有所节制？

让这种想法见鬼去吧。渐进地把这个场景的强度提高 10%。看看人物的内心活动、对话以及肢体动作的描写，把它们当作显示更高水平的标志。

举例来说：

> 罗杰攥起拳头。

可能改写成下面两种描写：

> 罗杰攥起拳头。指甲刺破了皮肤。

> 罗杰攥起拳头，指甲刺破了皮肤。他感觉到血流了出来。

哪个太过头了，哪个刚刚好？现在你有了一些选项。再比如下面的对话：

> “你让我想吐。”

可能有下面的选项：

“我想把你从我的嘴里吐出来。”

“我想把你的肝扒出来然后生吃了。”

哪个太过头了，哪个刚刚好？想一想你应该如何做出选择。

3. 管弦乐编曲

确保你的演员表上的人物足够差异化，这样才有冲突的可能性。想办法突出那些差异（参阅第 3 章）。注意以下事项：

- 身上的饰物；
- 言语的特殊习惯；
- 对话（每个人物说话都应该有一种独一无二的“动静”）。

场景的加工

当阅读单个场景时，你的手边要准备一个检查清单。找出下面的内容：

- 那些说话很多却没有冲突或者紧张状态的场景；
- 那些展示部分过多的场景；
- 那些一个人物独自思考的场景；
- 不同人物站在同一立场，却没有冲突发生的场景。

上述领域的每个问题都可以通过运用本书的原则进行“加热”。

使用动作

希区柯克痛恨那些人物唠叨个没完没了的场景。他永远不允许自己出现这样的情况。他总是能把那些有利害关系的事物留在镜头内。

让人物动起来，这是避免话痨式人物的好办法。你要想办法让人物的肢体运动起来，配上他们的具体事务。你是否注意过在《法律与秩序》这部电视连续剧中，警察总要到工作地点去讯问什么人？而且那个人正好在工作。这是为什么？这样做是为了避免场面静止不动，这是明智的选择。工作的人必须工作才行。即使在家的人，也有需要照料的家务事。

要让事物都运动起来，就像乒乓球在球桌上到处滚动一样。

对话

请参阅第 10 章我们有关对话部分的论述，尤其是关于把对话当作武器使用的那一节。

重新检查一遍所有的对话内容，确保你明白每个人物在这个场景中需要什么。让各个人物的需求相互对立起来。

你的人物使用的词语是不是他们可以想到的最尖锐的词语？这要与他们的性格保持一致，但是在场景中要赋予他们强烈的言语行为。这些词语未必直接形成对抗。它们可能是直白的、机智的、令人不悦的、迷人的、紧张不安的，任何话语都行，前提是它们必须服务于人物具体的需求。

确保每个人物在每场戏中都有一个具体的需求，即便根本没有人注意这一点。

剪辑与升华

当你修订稿件的时候，应该总是问自己下面这个关键问题：稿件中有没有任何地方会让一个加班的疲倦的编辑想把稿件放下、不再读下去？

把这个场景删掉。不断删下去，直到没有任何软塌塌的场景为止。

下一步，找出三个场景，把它们升华成精彩的部分。这并不意味着你书中的其他部分可以具有平庸的场景。每个场景都必须自足有效，并为整体贡献力量。每个场景都需要紧张状态以及足够的可读性。

但是，涉及冲突、情感和出乎意料的情况的三个场景，相对于其他场景应该得到拔高。

这三种元素缺一不可：**冲突。情感。意外。**

冲突当然是小说的引擎。你要为冲突的加速做好准备。怎么做呢？

透过情感。确保读者看到对于人物内心来说得失攸关的东西。

最后，给我们某种出人意料的东西，比如无法预期的挫折、曲折、揭秘或者旁生的新枝节。

开头和结尾

为了冲突而修订的最后一个建议是，看看所有的场景开头和结尾。这个策略非常简单，它可以改善阅读体验。

就开头而言，你要从最接近这场戏主要冲突的地方开始写起。那么，你的场景开头能不能从“更远”的地方开始呢？你能否删掉某些句子，甚至于删除整个段落？看看每个场景的开头，感受一下假如删掉这些内容会怎么样。

或者，看看你能否删掉这个场景的最后几句话，甚至最后几个段落。许多时候，你可能已经写到了问题自然解决的时点。但是，如果你把在此之前的内容删掉，就能给读者留下“冲突被悬在了半空”的印象，仿佛挂在了悬崖峭壁上一样（参阅第 16 章）。这样做能提醒读者：欲知后事，请继续读下去。

这总归是一件好事情。

14

冲突的工具

在很多方面，你就像是一个技术娴熟的汽车装配工。

这就对了。你制造出了一堆零乱的稿件（至少有时候你的稿件在自己眼里就是这么回事），而现在你必须把它们塑造成某种模样漂亮而且能真正跑起来的东西。

于是，你就需要使用装配工具。

写作技巧的全部用意也正在此。它们是工具。你越是使用它们，你的技术就越熟练。你接触到的工具越多，你的技术就越全面。

因此，这里为你提供了一些用来制造冲突的工具。使用这些工具，你就能构造出一部有模有样、动力澎湃的小说。

小说日志

我从苏·格拉夫顿[①]那儿慢慢学会了如何用最好的工具让小说的冲突连续不断。这个工具就是小说日志。你需要持之以恒地做这种记录，几乎一日一记。每天在开始写作之前，你都要在这个笔记本里记一些东西。

格拉夫顿说，“我的写作理论之一是这样的：左脑与右脑之间要

---

① Sue Grafton（1940— ），美国侦探小说家、剧本作家。1982 年推出“金西·密尔虹探案系列”，每部作品皆按英文字母的排列顺序命名，其创新手法一直为推理小说迷津津乐道。

不间断地沟通交流。小说日志犹如你的一片试验田，两者可以在此互相配合。”

在开始写作之前，格拉夫顿先在日志里写几句话，聊聊自己生活中发生的事情。她还会把夜深人静时脑子里涌现的想法也记下来。

最后，她才记下目前为止自己的小说写到了什么地方。她会说说自己正在创作的场景或者谈谈自己有什么困惑。

于是，这场“假如……会怎么样?”的游戏就开场了。她记下故事的各种可能性以及诸多可能性各自的优点和缺点。然后，她让这些想法酝酿一两天。这样当她回头检查它们的时候，便可以确定哪些是经得起时间考验的东西。

这个小说日志的想法对按照剧情大纲或不按大纲写作的作家来说都是有效的。

对于没有提纲的人来说，这是千金难求的良方，因为你要小心翼翼地踮脚穿过自己想象力的郁金香花圃。“每天我都跟自己的作品热恋”，在那些按照提纲写作的人扇你耳光之前，你可以说出这句话来回敬他们。

另一方面，按照提纲写作的人几乎像军人那样坚持自己的立场。他们用钢铁框梁和工业钢索构建起坚实牢固的大厦。他们可以坐在自己建起的大厦里嘲笑那些没有提纲就想搞创作的人。但是，不按提纲写作的人则会对此摇头叹息，要知道，在想象的郁金香花丛中你也是可以创造美的。

作为回击，小说日志可以唤起对于场景的深思，从而发现能写进故事里的出人意料的东西，同时，在写小说过程中难免会出现的难题也可以借此轻松找到答案。

这个日志可能成为按照提纲和不按提纲创作的两类作者的和谐共处之地。

针对我们正在写的关于罗杰·希尔的小说，一个不按提纲创作者的日志可能是下面这样的（注意，我是如何从小说的角度而不是生活的角度要求其中有更多冲突的）：

好吧，吉姆，你今天感觉很棒，不是吗？你用球击中了这个家伙，把他淘汰出局了，你是不是感觉很爽快呢？但是，你不快乐。你认为这个麻烦太小，太便宜罗杰这家伙了。你最好想出一些点子来。

好。不要像鹦鹉学舌那样说话。

嗨，该挨踢的是你自己的屁股。瞧，罗杰刚刚从银行出来，没有人认出他来。假如你改变这一情况会怎么样呢？假如这时你让他撞见他最害怕的那个人，他该怎么办呢？或许这个人正是第1章里面我们说到过的那个警察，他又该如何是好呢？

或许他的中学老同学想要把他拦下。正如在《土拨鼠之日》中内德这个人物。这可能是一个幽默小插曲，但同时也令人很紧张，因为罗杰必须摆脱这个困境。

好的，好的。对于这个中学老同学，我们还能不能做点儿别的文章呢？

也许他有另外一个任务，他不能让罗杰知道自己的任务是什么。或许，这次见面压根儿就不是什么偶遇？

我们目前称为内德的那个朋友有没有可能是中央情报局的特工？或者是类似于特工的那种人？

这会不会太容易猜到了？

好吧，吉姆，现在你是这篇小说的作者。请你把它变成不可预测的东西。

把内德变成那种烦人又无能的人，正如电影中的那个家伙。把他塑造成一个表面上搞笑而实则负责缓冲紧张气氛的人物。后面再加上一个令人震惊的场景，原来是他派了一个冷酷的、身手敏捷的刺客前来杀掉主人公。

或许内德娶了一个“普普通通的”女子，而她正是这个武功超群的刺客。

吉姆，请你继续开动脑筋。把这个任务交给苦苦在地下室（作家的潜意识）等待的伙计们吧，今天晚上你就在地下室睡觉好了。

现在，当不按提纲的创作者正在与他们的日记厮混的时候，你们这些按照提纲创作的人可以利用它给你精心设计出来的计划，为小说加入深度和出人意料的元素。你的一则日志可能记有类似下面的东西：

> 行了，吉姆，昨天你写完了罗杰即将离开银行的那场戏。你描绘的画面可真够吓人的，他现在内心已经恐惧万分了。
>
> 顺便说一下，你有没有用好那个时刻？其中对罗杰的情感描写是不是足够？你最好再看一遍，因为你要抓住这个机会拉近读者与罗杰之间的情感距离，让他们之间产生深深的共鸣。现在他已经能让情节顺利地走上正轨了。在罗杰离开银行之前，你还要让读者多等一会儿。
>
> 现在他要到外面去见内德，而内德似乎还是他当年的中学老友。当然，他的真实身份是中央情报局培训出来的杀手，正在谢尔曼·奥克斯这个地方享受着幽静的郊区生活。这场戏中的他全是装模作样的伪装。
>
> 你要怎么写这个虚伪的场面才能让读者买账呢？你让罗杰走出银行，而这时内德认出了他。
>
> 改变一下怎么样？要是你让罗杰首先认出对方来，让他先下手为强行吗？这会不会是内德为了避免嫌疑而提早精心策划的呢？这样做也有利于让读者相信，两人的这次见面纯粹事出偶然，而不是内德精心策划的预谋。
>
> 伙计，你做得不错。我最近跟自己提过这件事吗？

是的，加加油、打打气的谈话是永远不会让人受伤的。

那么，你就这么做吧。写一篇小说日志。无论你通过什么途径取得素材，这个工具都可以帮助你聚精会神地写小说。

以后你会发现，自己不写小说的时候，这个工具也可以刺激你的思维。小说的构思会像奥斯卡颁奖礼现场的相机一样咔嚓咔嚓响个不停。

需要回答的问题

你的手上要准备一张表，把一连串尚未回答的问题列入其中。制作这张表的首要目标是为研究工作提供方便。

不同作家的研究方法是不同的。

有些作家认为，研究工作可以预先做好，把冲突的地方揭示出来，单凭作者面壁虚构是无法把这些东西构思出来的。

另外有些作家则喜欢写呀写呀，当遇到有些地方需要研究时，他们就把难点暂时搁置，等以后再做研究。

不按提纲写作和按照提纲写作是两种创作方法，两者均有各自的优势。

假如你喜欢做研究工作，无论如何也要先研究，再写作。不过，你的研究工作也不能做得太多，你总不能一直抽不出时间写作吧。

假如你喜欢随心所欲地创作，那么你就要在将来需要研究的地方画上记号，然后继续往下写。同时，你也要好好琢磨一下那个标记的地方要写什么内容。

当你举棋不定的时候，悉心处理一下，至少让它表面上看起来像是真实的。

毕竟，你写的是虚构作品。你的职业就是撒谎。

事实上，你最后还是得把它写好，当然你可以先不间断地写下去，等以后再回过头来审视自己所写的内容。

如果你有幸访问一位专家，你提出的问题要敢于打破常规。你可以问他下面这样的问题：

- 什么使你的工作困难？
- 每天你要面对什么冲突？

- 你可以告诉我什么样的“战争故事”？
- 什么人使得你的工作变得复杂？

你要找出这个专业的摩擦点，而不只是常规的部分。

梦

小说中的梦常常被误用。

一种误用的情况是作家把它用作小说的开头。作者以为，噢，我可以写出这个精彩的开头，用它牢牢抓住人心，只要我把各种各样赌注巨大的冲突都用上，开头部分就可以挥毫立就了！读者势必会被全身心地吸引到故事中来，然后我再突然告诉他们：这只是一场梦而已。然而到了那个时候，他们早已上钩了。哥们儿，这是多棒的想法。

不对。

这是偷窃、丑行、欺骗。

不要以梦作为开头。是的，我知道你可能会说有那么一两个作家这样做过，而且他们的小说销售很火爆。当你卖出天量的书之后，猜猜会发生什么事？你同样也可以完成那个销量！据我所知，达夫妮·杜·穆里埃①的《吕贝卡》就是这样的。但是，那个小说是第一人称叙事，而且她事先告诉读者，那是一场梦。同时，她呈现这段梦境的时候使用的是过去时态，正是因为这个原因，我们才原谅了达夫妮，难道不是吗？

警惕不要使用那些反复出现的、有预兆的梦。如果一个人物反复做同一个奇怪的梦，而这个梦里发生了人物无法理解、非常担心的事情，显然这样的梦就有重要的预示意义了。当梦境再现时，读者就会知道，真相大白的一天要到来了。

这个办法貌似可以让读者保持注意力集中，不过，这个办法仿佛

---

① Daphne du Maurier（1907—1989），英国悬疑浪漫女作家。其小说情节比较曲折，人物（特别是女主人公）刻画比较细腻，在渲染神秘气氛的同时，夹杂着宿命论色彩。

是让叙事者（你）自己来写作，而主人公对于前方道路上潜伏的危险却毫不知情。是的，这样你就把视角转给了读者，但是，在一切真相大白的情况下，读者会尊敬你吗？他们可不会尊敬你，原因是这样的梦在恐怖小说和推理小说中使用的次数太多了。我不想说你永远不能那样做，但是，在做之前你最好要三思。

同样用得过滥的还有过去作家们常用的心理暗示梦。这个说法指的是人物不停地做梦，梦到了昔日遭受心理创伤的情境。在这个处境中的某一时点，所有的象征意义都被解释清楚了。希区柯克在 1947 年制作的电影《凄艳断肠花》中就把这个技巧用得很好。不过，当希区柯克在 1964 年的电影《艳贼》中再次运用这一惯伎的时候，这个技巧就已经疲态尽显了。是的，你也可以这样做，但是再次重申，我会考虑其他选项。

使用梦境最好还是适可而止。大体上，一部小说用一场梦足矣。而且，使用梦境的唯一目的是为了给人物当前的情感经历打开一个窗口。这个办法可以让我们进入人物内心，向我们呈现这里的冲突对她产生了什么影响：

在梦中莎拉看到了远方的人影，就在她身后，这个人离她越来越近。天很黑，她看不清他的脸，但是，她还是能知道这是谁的影子。

就是他，他想把她弄到手。

她想逃跑。

她脚下的人行道似乎变成了滚烫的沥青。她想移动脚步，但是脚却被沥青粘住了，根本拔不动。

她想尖叫，但是却发不出声音。

她四周的大楼，她的朋友们在里面上班的那些玻璃幕墙大楼，开始像冰一样融化了。水从她的四周流了过来，渐渐没过了她的膝盖，后来到了齐腰的高度。

那个男人还在那儿，他从水面上走了过来。

梦可以是你工具箱中的一个工具，但不应该是你经常拿出来使用的那一个。

不间断的神秘感

星巴克咖啡厅有个女人，她急于打听吉米·霍法的下落。你还记得那件事吗？

这是一个进行中的神秘事件，没错吧？进行中的神秘事件是一种制造悬念的技巧。问题还没有得到回答，大家都在关注、思考着这个问题。艾茵·兰德的小说《地球战栗》的第一句话就是："约翰·高特是谁？"这个问题让小说中的人物困扰了很长一段时间（我的意思是，相对于小说的篇幅而言，这段时间是够长了）。这是促使我们读下去的原因之一。

其实，甚至一部完整的戏剧都可以完全建立于一个进行中的神秘事件之上。能让我们把《等待戈多》从头看到尾的原因除了这样的谜团之外，还有别的原因吗？

为了让读者不停地揣测后来数页里要发生的事情，你能不能把一个神秘事件写进小说里呢？这件事做起来不难，而且在阅读体验方面还可能大有斩获。

在杜·穆里埃的小说《吕贝卡》中，进行中的神秘事件就是吕贝卡，她是马克西姆·德文特的亡妻，而这本小说未点名的叙事者嫁给了马克西姆·德文特。吕贝卡对于这个男人有什么支配力？她对于那个专横跋扈的丹佛斯夫人有什么支配力？她是否完美到了能让马克西姆永远不再爱上别人？

这个新娘竭尽全力，遭受了很多怀疑和期待，也犯了年轻人会犯的错误，最终把神秘事件的谜团解开了，结果真是令人难以置信。但是，在真相大白之前，这个神秘事件始终支配着这个叙事者，从而也支配了读者。

你可以试着把背景中的某个秘密写进你的故事中。这个秘密可能是主人公或者其他人物的某个事情。但是，这个秘密必须以某种方式保持着神秘感，不用直接解释，却又非常神秘。

非理性

我儿子十岁左右的时候，有一次我们到商场购物，购物后从商场出来到停车场去开车。儿子小心翼翼地打开了车门，麻利地爬到了副驾驶上。

然后突然间，不知从哪儿冒出了一个人，原来他的奔驰轿车停在我们的汽车旁边。

“嗨！”他向我儿子大叫，“你碰了我的车了！”

我迅速转过来，告诉那个家伙稍等一会儿。

“他碰了我的车！”他向我儿子逼进了一步。我走到他面前，平静地对他说：“他并没有碰到你的车。我就在旁边看着呢。你只是误以为他碰到你的车了。”

他并没有冷静下来，又开始冲着我儿子大声叫嚷。

我叫他后退一步。

于是，他不再叫嚷了，转而盯着我。这样僵持了一会儿，我真不知道这个家伙会做出什么事。他一点儿也不理性。这样的人是危险的。

还好，那家伙只是虚张声势地说了一顿气话，然后钻进车里，开车离开了。儿子被吓得紧张起来。不过，我用这件事情教育儿子说，世界上就有这样的人。他们从来不讲道理，只管跟别人吹胡子瞪眼睛。

假如你的小说里也有这样一个人物，会发生什么情况呢？

这样的人未必是暴力的，他们只是蛮不讲理。他们说的话或者做的事跟眼前的现实情况没有任何关系。这让人不知所措，紧张不安。在我的小说《尝试黑暗》中，主人公要到市中心的一家酒店去找一位目击证人：

下午的阳光从窗户射进来，柔和的黄光撒在黑白相间的小鸡牌地板上。在露梁的天花板上，一个古老的、树枝形的装饰灯挂在一条墨绿色的铁链上。在链条连接处，有一片棕色的、潮湿的锈迹。

我走向接待处，这里像银行的出纳窗口那样用树脂玻璃包围着。这时，我听到身后有人说："吉恩·凯利[①]之后再也没有人演过好电影了。"

我转身向后看。原来是一个瘦高的老头，70岁左右，短短的胡子茬，头上包着一个蓝色的围巾，怒气冲冲地盯着我。

"吉恩·凯利之后再也没有人演过好电影了。"他说。

"当然。"我一边说话，一边回身做自己的事情。

那个家伙跑过来站在我面前。"迪斯科·弗瑞迪。"他说。

"什么？"

"迪斯科·弗瑞迪！吉恩·凯利先生！"

他张开双臂把我抱定，摇头晃脑的样子就像中风了一样。他抱起我飞快地旋转了三圈，然后松开双臂，摆出一副"你看我帅呆了吧？"的姿势。

"吉恩·凯利！"他叫道。

大堂里一张椅子上坐着的老先生赶紧鼓掌。

"太可怕了，"我说着，想从他身边绕过去。

他又蹦到我的面前。"迪斯科·弗瑞迪！弗雷德·阿斯泰尔[②]之后再也没有人演过好电影了！"

"噢，我明白了。现在你准备模仿弗雷德·阿斯泰尔。"

迪斯科·弗瑞迪微笑着，他的胳膊开始做同样的旋转动作，

---

① Gene Kelly（1912—1996），美国著名男演员，好莱坞歌舞片时代的顶梁柱之一。

② Fred Astaire（1899—1987），美国著名男演员，舞者，编舞，歌手。1950年获奥斯卡终身成就奖。

他一共转了三圈，然后又像之前那样完成了动作。他所模仿的似乎并非人们已知的任何著名舞蹈家的动作。

“弗雷德·阿斯泰尔!”他说。

“这简直太棒了,”我说,“你模仿的是唐纳德·奥康纳[①]的动作吗?”

“迪斯科·弗瑞迪!”他大声叫嚷着。

“宝拉·阿巴杜[②]?”

我再一次想从他身边绕过去。迪斯科·弗瑞迪的动作太敏捷了。他伸出手来。

“你想让我为观赏你跳舞而付费吗?”我问。

“迪斯科·弗瑞迪。”迪斯科·弗瑞迪说。

“你必须给他钱。”椅子上的老先生说。

迪斯科·弗瑞迪有一点儿不理性，不是吗？在读者眼里，他确实起到了爆炸性的效果，而且读者也在想：他到底是在模仿什么舞蹈呢？妙处是，这个人物后来还真让我派上了用场。丝毫没有浪费。

一个带枪的家伙

这是雷蒙德·钱德勒的想法。他说，假如你写着写着，感觉故事的发展枯燥乏味，那么，你直接写一个带枪的家伙出现了就行了。

说一下这样做的理由。

这是个很棒的诀窍（是的，大家也可以称它为“行业的窍门”。假如你打算在耶鲁大学谋一个教授职位，你可以称之为“先进的文学特技”），因为它能够立即引发冲突，马上为你的故事增添活力。

当然，这个人未必真的非带枪不可。他可以是带来任何东西

① Donald O’ Connor（1925—　），美国歌舞喜剧演员，与吉恩·凯利并称歌舞片的大脑和心脏。

② Paula Abdul（1962—　），美国舞蹈编导，曾为杰克逊兄弟编舞。

的人：

- 一位出其不意的来客；
- 一个来自过去的人；
- 一通使人心烦意乱的电话；
- 一次意外事故；
- 一个传票递送员；
- 一个警察；
- 一个修女；
- 一个冒牌艺术家；
- 一只动物；
- 杰拉尔多·瑞弗拉①；
- 一则新闻；
- 一个死亡事件；
- 一个突然袭击（“你被解雇了！”或者“你要娶我吗？”）。

如此等等。这些由你决定。你可以试试这些材料，看看会发生什么情况。至于为什么要这样做，等以后你就明白了。

现在只管继续构思出麻烦，麻烦，麻烦。先把情况弄得雪上加霜，然后，再逐步增加故事的热闹程度。

让冲突上演吧。

---

① Geraldo Rivera（1943— ），美国福克斯电视台记者，节目主持人，1991年出版的自传《揭露我自己》是其代表作。

第二部分

悬念

15

接下来会发生什么

我这辈子最棒的听故事、讲故事的经历是在中学时代。那时候，我有个朋友经营一家电影俱乐部，有一次他安排放映希区柯克的《惊魂记》。之前我还没有看过这部电影，也没有从电视或者其他地方看过。

为了放映这部电影，他专门预订了当天晚上的学校礼堂。

礼堂里挤满了人。

场灯慢慢熄灭，礼堂里，人们因为满心期待而兴奋得不得了。

有些观众已经看过这部片子，所以他们知道什么时候你要尖叫。

当珍妮特·利[①]第一次来到贝茨汽车旅馆的时候，他们就发出了尖叫声。

当然，当她洗过那次声名狼藉的淋浴之后，整个礼堂里都充满了尖叫声，甚至连我这样第一次看的观众也跟着尖叫了。我连自己的喊声都听不到了。不过，电影里有一个地方把我牢牢吸引住，以至于除了自己的脉搏之外我感觉不到任何别的东西了。我被希区柯克设置的悬念牢牢抓住。我仿佛在做梦。

当马丁·鲍尔瑟姆向房子走去时，观众的尖叫声异常强烈。当维拉·迈尔斯也走向那座房子的时候，尖叫声简直把墙壁上的灰泥都震

① Janet Leigh（1927—2004），美国著名女演员，1961年凭借希区柯克的《惊魂记》获奥斯卡最佳女配角奖。

碎了。一直到电影落幕，礼堂里的尖叫声都没有停下来。

现在我要强调一下，那是我第一次看《惊魂记》这部电影。我不是在电视上看的，更不是一个人独自陶醉，而是在晚上，在拥挤的影院里看的。如果当时外面雷电交加，那效果就更好了。

大家应该追求这样的观影感受。悬念未必是那种让人惊叫连连的，而是那种能把观众牢牢抓住、令人无法释怀的悬念。

这样的悬念促使读者不停地追问：后来怎么样了？

这就是悬念。每一部小说都需要它。

在一次访谈中，畅销书作家桑德拉·布朗认为：

> 悬念是另一个必备要素。未必是那种令人不胜嘘唏的悬念。每部小说都应该有悬念。正是悬念这个要素让读者不断翻页读下去。我在下意识里做着这种尝试：如果可能，在小说第一页就给读者提出一个问题，但不给出问题的答案，直到最后几页才说出答案。随着小说的展开，新的问题出现了，然后这些问题陆续得到回答。但是，那个高于一切的主要问题是经过初步构思后酝酿出来的统贯整个小说的问题，这个问题的答案要留待最后时刻才会给出。

悬念给小说制造了一种吸引人的、捉摸不定的感觉。读者不知道后事如何，而这能促使读者继续读下去，直到找到答案为止。当然，每一部恐怖小说都渗透着这样的感觉。对于人物驱动型小说或者纯文学小说来说，这种感觉同样是不可或缺的。因为除非读者能体验到那种迷人的不确定性，否则这个故事读起来就会是拖沓而费力的。

悬念拖延了问题最终得到解决的时间。“悬念”（suspense）一词源于法语，原意是“悬着的原因”。你要让答案悬着，读者不停地想要找到答案，而这个悬着的东西最后得到了解决。

读者对这个悬着的问题的情感参与度越高，他们对于人物的担忧就越多，那么悬念的力度也就越强。

一个人物可能在寻找自己的睡衣。睡衣在哪儿呢？尽管这个问题悬而未决，但是也不太可能在读者的心中唤起太多的担忧。

当然，除非他的睡衣里放着一张重要的纸条，上面写着这个神秘问题的答案，而在他睡觉的时候，一个洗衣店员工把他的睡衣取走了。

目标是这样的：在一个赌注很高的情节中，读者必须知道整个包袱是如何抖出来的，这样读者与人物才能发生情感联系，而你要让读者在整部小说内都保持如此才行。

在这一节，我们把悬念单独拿出来，从各个角度考量它。

神秘与悬念之间的区别

神秘与悬念都是虚构文学的强大工具。区分两者可以帮助你更好地评判自己的创作策略。开始的时候你要弄清下面的事情：

神秘 ＝ 谁做的？
悬念 ＝ 它还会再次发生吗？

神秘就像一个树篱迷宫，你要从一个线索走到下一个线索。
悬念就像《星球大战》中的垃圾粉碎机，贯穿整部小说。

神秘是要把事情“弄个水落石出”。
悬念是要把答案“安全地存放好”。

神秘是一个谜语。
悬念是一个噩梦。

神秘问的是：主人公接下来会有什么发现？
悬念问的是：主人公接下来会有什么遭遇？

这里有许多交叉的地方。一部恐怖小说可以有一个核心的神秘事件，比如《达·芬奇密码》。而神秘事件可以有很多悬念，比如《夜长梦多》。灵活地处理这两个要素，就可以打造出悦人的阅读体验。

悬念的头绪

在第 4 章中，我提到了旧金山的金门大桥。你知道那些从桥塔上垂下的巨型钢索吧？那些超强载荷力的钢索其实是由许多更细的钢索制成的，它们一股一股地绞在一起。

用这个比喻来思考悬念可谓是个好办法。许多股钢索缠在一起才拉起了整个桥面。

我喜欢用下面的方式来思考悬念。

宏观的悬念

既然悬念要求作者不能轻易说出问题的答案，那么你的小说从头到尾都必须有意地保持悬念。读者必须翻页读下去，因为他们需要弄清楚后面发生的事情。假如你为故事设定了恰当的赌注，主人公的生命悬于一线，那么，最大的问题是：**这个人物能否克服一切危险而活下来？**

没有宏观的悬念，你在每个单独场景中做的任何事情都不重要。读者根本不会在意。

你可能已经写好了文学史上最好的追逐场景，但是假如小说没有让人意识到主人公面对的麻烦是异常棘手的，那么精彩的追逐场景也没有什么了不起。

在《速度》中，迪恩·孔茨为平凡的男主人公比利·韦尔斯设下了一个错综复杂的两难局面。完成酒吧招待的工作之后，他从酒吧出来走向自己的汽车，这时他看到了下面这张字条：

> 假如你不把这张字条交给警察并让他们参与进来，我就会杀掉纳帕县某地的一位可爱的金发美女教师。

假如你把这张字条交给警察，那么我就要杀掉一个从事慈善事业的老太太。

你有六小时做出选择。如何选择是你自己的事。

这个恶作剧是不是太令人恶心了？比利感觉紧张不安，他把这张字条交给了一位当警察的朋友。朋友说这是恶作剧，别管它好了。比利也想忘掉这件事情，但是当六小时期限到来的时候，比利急于知道到底有没有人被杀害了？

我们也想知道。但是，孔茨没有给出答案。比利第二天又来酒吧上班了，当他做日常工作的时候，我们不禁想知道凶杀案到底有没有发生。

现在，孔茨让我们无限期待，他无意之中就绑架了我们，让我们跟着小说一起前进，因为他已经建立了一个非常有效的悬念。

你要明确地构思出一个宏观悬念的句子，这关系到主人公在整个故事中的全部赌注的总和。你能写出这样的句子吗？假如你已经完成任务，而且把死亡当作最大的赌注，那么你就应该能做到。

斯嘉丽在美国内战之后还活着吗？她能拯救自己的家庭吗？最终，她能找到真爱吗？（玛格丽特·米切尔的《飘》）

大卫·贝克医生能找到他那个大家以为已经死去八年之久的老婆吗？（哈兰·科本的《沉默猎杀》）

阿尔伯特王子能否克服口吃的毛病，并且团结国民抵抗纳粹的战争威胁吗？（《国王的演讲》，编剧：大卫·塞德勒）

现在，针对你的小说试一试，并且把这个宏观悬念的句子搁在手边，让它时刻提醒你。

场景悬念

每个场景都应该有悬念，假如你能把悬念建立在人物的担心与恐惧的基础之上，则每个场景都能有悬念。场景中有些问题尚待解决，也就是结果没有揭晓。人物进入一场戏都是抱着某种目标而来的，而且，这个目标又与他在整个小说中的总体目标有关。他在这场戏中遇到了障碍，于是我们就想知道经过这场戏之后，他能否成功地克服障碍。

在由查尔斯·韦布的小说改编的电影《毕业生》中，本杰明·布拉道克曾经打电话让罗宾逊夫人到酒店与自己见面。他已经做出了影响命运的决定，接受她的建议，献出他自己。

在酒店的一场戏中，本杰明的目的是在神不知鬼不觉的情况下与罗宾逊夫人见面。但是他遇到了障碍。前台服务员对他产生了怀疑，问他是否来这儿“找一夜情”。本被吓呆了。“参加单身聚会吗?”那个服务员又问。这时，本的心情放松了一点儿。但是，只是片刻而已。

后来，他找那个服务员给自己开了一个房间，这时服务员的疑心更重了，因为本只带了一件行李，那就是一把牙刷。

这时本的内心障碍清晰起来了，他担心的是他是否会暴露，即与一个年龄大的女子大逆不道地幽会，而且这个女人还是父亲的合作伙伴。

在《飘》中，有一个从亚特兰大的火灾逃跑的可怕场景。悬念源于下面这个问题：斯嘉丽能否与有孕在身的梅兰妮一起从那儿逃脱?她们能否在暴民把她的马匹夺走之前逃脱？她能在大火烧死她之前逃脱吗？在这场戏中，悬念是很重要的，因为我们知道在整个故事中斯嘉丽的赌注是什么。这个赌注是她的世界在分崩离析，而家中只有她一个人似乎还有能力拯救这个家庭。

超级悬念

当人物和读者都不知道与人物对抗的势力是什么的时候，这样的悬念就是超级悬念。

读者与主人公一起成为故事的一部分，渴望弄清楚当前正在发生的事情。用第一人称视角写作时，你当然不能让主人公知道结局是什么。

在杜·穆里埃的《吕贝卡》中，叙事者随着故事的发展讲述这个故事，没有马上就让我们知道她所知道的东西，读者被剥夺了这一优势。因为吕贝卡正是那个讲故事的人，她可以直接站出来说："吕贝卡的应对办法是这样的……"但是这样做还有什么好玩儿的呢？

把这个例子与20世纪70年代畅销书之一《爱情故事》做一个对比。《爱情故事》开始时是用第一人称叙事，小说里的人物直接告诉读者说这是一个已经死去的女孩的故事。

这样做是不是淡化了超级悬念？不是，它只是转移了焦点。这个女孩是怎么死的？我们首先看到的是一个爱情故事，然后才会谈到死亡。

不过，你也可以用第三人称视角来完成这一任务，只是这样就会变成近距离的视角，而且人物的视野也大受局限。大家从头到尾都追随一个主要人物，此时切不可从另外一个视角向读者透露任何其他的信息。

假如你确实使用的是多重视角，为了便于向读者提供消息，你可以一直把主人公蒙在鼓里，让他自己慢慢弄清楚到底是谁在与他对抗。

段落悬念

为了悬念目的而设计的最小单位是段落。把任何一个段落都当成有可能藏匿信息或者可以提升紧张程度的段落。举例来说：

> 罗杰转过街角来到了斯布灵大街。阳光明媚，天气晴朗，他能看到远处的市政厅。那是座塔楼，仿佛戴着金字塔形状的帽子，这让他想起了什么。对了，就是那个东西。他曾经见到克兰德尔的汽车引擎盖上的装饰品就是这个模样。那天晚上他在沙滩上见到过。它有什么意义呢？克兰德尔一直待在那里啊！

也许对于你来说，这个悬念可有可无。不过经过反思你决定把这个悬念进一步展开：

> 罗杰转过街角来到了斯布灵大街。乌云密布，天气灰暗，他勉强能看到远处的市政厅。那个金字塔形状的帽子，在杂乱的背景中依稀可见，这让他想起了什么。是什么东西呢？什么东西呢？就在某个角落里。把它勾住，拉近些。是那个东西。某个重要的东西。但是，他没有回想起来。

对话交流也可以由段落构成，它可以为悬念和紧张状态的展开提供更多的机会。我们将在第 18 章讨论这个问题。

每部小说、每种小说类型都可以提供无穷无尽的悬念空间。你牢记这一点，就可以制造各种悬念。它们很快就会变成你的第二天性，而你可以熟练地运用它们。这样你的作品就能成为让读者不断翻页读下去的东西了。

16

悬崖挂壁

“悬崖挂壁”（cliff-hangers）的说法来源于很久之前在剧院放映的系列影片。回到无声电影时代，直到整个 20 世纪 50 年代，观看电影都是社交生活中的一件大事。那时候已不是在外面看露天电影，而是要到当地电影院里面看电影。那一周影院放映什么电影你就看什么电影。

大多数情况下影院都同时放映两部片子。一个是正片，一个是副片。副片是时间较短、成本低廉的电影。在正片放映之前，影院还放映其他小片，比如卡通片或者新闻片。

影院很在意能否吸引你下周还来这里看电影。每周都是如此。因此，电影制片厂就供应系列影片。在某种程度上，这样做的风险是很高的，这些影片要在正片之间每周分集播映。

在这些分集电影中，最著名的或许就是无声系列电影《宝琳历险记》。主演是女演员珀尔·怀特，这些影片后来被制作成了名叫“忧伤少女”的系列影片。形形色色、卑鄙无耻的男人想把她弄死，宝琳随时都可能成为他们的牺牲品。在每一集的结尾，宝琳都会有性命危险，所以，观众必须在下一周回来接着看。

有一个危险的场景就是宝琳挂在悬崖峭壁上，眼睛俯视着下面深深的峡谷。

于是，“悬崖挂壁”这个词被我们定义为任何尚未解决的危险，无论这样的危险源于外部环境还是人物的内心世界。它往往位于一场戏的结尾处，在一部小说的结尾处则几乎永远不可能出现这样的场景。由于读者在人物身上投入感情过多，所以如果一部书的结尾处出现这样的危险局面，就会让读者扫兴了。

“悬崖挂壁”这个文学概念至少可以回溯至查尔斯·狄更斯，他写了许多系列小说。的确只有这样做，才会有更多的读者愿意花时间阅读这些分集作品，出版社也可以赢得更多的读者。狄更斯的工作就是吊起读者接着看下一集的胃口，办法就是在本集的结尾处创造出迫使读者继续读下去的需求。分集影片这个想法在斯蒂芬·金最初发行《绿里奇迹》时也得到了广泛模仿。

“悬崖挂壁”的价值被昔日那些低俗恐怖小说时代的作家们传承了下来。那时候，读者对于“中短篇小说”的需求真可谓无穷无尽，小说杂志里登载的全是篇幅两三万字的作品，这些杂志用廉价的、软绵绵的纸张来印刷。美国人把它们狼吞虎咽地消费一空，许多好作家都牢牢抓住了在那些娱乐载体上发表作品的机会。

作家德怀特·斯温就是其中一位。后来他有许多年都在俄克拉何马大学讲授商业小说创作技巧。在他的经典大作《畅销书写作技巧》[①]中，斯温引述了一家低俗杂志编辑写给他的一封信：

> 这类风格是伯勒斯常用的。你知道，选择一组人物，用一章来描写他们的行动，在这一章结尾让他们处于孤立无援的境地；然后选择另外一组人物，从困境中解救他们，在这一章结束时让他们遇到更大的麻烦；然后回到第一组人物，把他们从死亡的边缘拉回来，让他们继续行动，在这一章结尾再一次让他们看起来在劫难逃；然后去解救第二组人物……依此类推。不要给读者喘息的机会，让他们紧张得要跳起来。要有情节、机智的对白和有性格的人物，不要陈腐和平庸。我要节奏和冲突！要让我喘不过气来，伙计！

---

① 本书已由中国人民大学出版社于 2013 年引进并翻译出版。——编者注

这就是“悬崖挂壁”的价值所在。

这是否意味着每部小说都必须不断描写那些让人物的生命不断经受考验的危险场面？当然不是。

不过，这确实表明，当你写到一个章节的结尾时，需要有点什么内容才能迫使读者继续读下去。

使用悬崖挂壁要注意把这个技巧“隐藏”在读者的视野之外。你不能让读者停止阅读，然后心里开始犯嘀咕，“嗨，这个作家想要我！”

怎样才能把“悬崖挂壁”的技巧隐藏起来呢？

1. 让读者与主人公及其生死攸关的奋斗形成全面的情感联系。这样，你的读者就会一心关注人物而不会注意到你的伎俩。

2. 变化一下悬崖挂壁的类型和强度。

下面让我们看看悬崖挂壁的不同类型吧。

具体的“悬崖挂壁”

在具体的悬崖挂壁中，我们可以看到字面描述出的危险环境。具体的悬崖挂壁包括三个基本类型：

- 一件坏事发生了。
- 一件坏事即将发生。
- 一件坏事可能马上就要发生。

坏事发生了

在一场戏的结尾，你可以写人物遇到了某件坏事。假如你在这里停笔，读者就会想知道这件事情到底有多么糟糕。那要他们继续读下去才能发现。

或者，在有些情况下，结尾可以是坏到了极点的事情：人物的死亡。假如是这样，那么你想让读者继续读下去，找出杀害她的凶手，或者她遭遇不测的原因，或者她的死亡将会引起哪些后果。

就拿雷蒙德·钱德勒的《再见吾爱》中的一个场景来说，在这场戏中，私家侦探菲力普·马罗被两个彪形大汉开车送到一个僻静的地方。他们告诉马罗下车：

我开始下车，脚放在汽车踏板上，然后身体前倾，还有一点儿头昏眼花。

后座上有人突然动了一下，我可以感觉到，却没有看清。一个黑暗的深潭在我脚下出现，远比最黑的夜色更加深邃。

我跳了下去。深不见底。

马罗已经被砸得失去了意识。这是一件坏事。

或者约翰·路茨和大卫·奥古斯特合著的《最后数秒》的序幕。威尔·哈伯，一位纽约警察局的拆弹专家，被派去一所中学拆除一颗炸弹，同行的还有他的搭档吉米·费伊。序幕结束时写道：

耳朵里一声巨响，哈伯摔倒在地板上。

震惊之余，他眼睛盯着墙壁上绽开的红色东西。那是他的血。他的手没有感觉到疼痛，只是感觉耳朵疼。他低头看看自己的胳膊，看着破成布条的尼龙布，烧伤变黑的皮肤。

费伊跪在他身边。“啊，天哪！”他说，“坚持住，威尔！一定要挺住！”

慢慢地，不可置信地，哈伯抬起胳膊，看着曾经是他的手的断肢。

第 1 章开始的时候已经是两年半之后了。我们想知道，哈伯是如何面对这件坏事的呢？

坏事即将发生

这或许是最接近真实的悬崖挂壁的形式，因为我们让人物挂在悬崖上，一个非常坏的事情即将发生了，他会坠落下去！

哈利·杜兰在标题恰当的《祸不单行》一书中写道，大卫·洛根，凶杀案嫌疑犯，租用了一位大学教授的房子。一天晚上，他从噩梦中惊醒。他以为楼梯下面有人。他走到厨房，拿了一把刀。

> 他从抽屉里拿出一把最长的刀，走到客厅。他仔细查看了所有黑暗的长方形物体：一个是壁炉的开口，一个是历史教授家办公室的门洞。他打开灯，感觉又冰又冷。走近面向前门廊的窗户时，空气变得更冷了。窗户开了一道小缝。外面有纱窗。纱窗上面有两个长长的割痕，呈现X形状的两条对角线。
>
> 洛根听到了动静，感觉肯定有人在他身后。他突然转身，挥刀砍下。刀锋在空气中发出轻微的嗖嗖声。什么也没有砍到；根本没有人，怎么会砍到呢。他把刀放下，直到刀锋碰到了地板。
>
> 恰巧在这个时候，一个人影出现在办公室的门口，是个真人。

坏事要发生了吗？杜兰让我们等待，因为这场戏恰好到此打住。

坏事可能马上就要发生

这是指你结尾的地方用了一个类似于预警的东西。通常背景描写可以帮你做到这一点，正如下面这段摘自迪恩·孔茨的《陌生人》一样：

> “亲爱的，出什么事了？”
>
> “没有事。来看看。”玛茜柔声道，仿佛做梦似的。
>
> 乔雅走向那个女孩，说：“那是什么东西，花生？”
>
> “月亮。”玛茜回答，眼睛望着黑色的天穹中高悬的银色月牙。“月亮。”

孔茨并不总是用坏事情袭击我们。但是他经常给我们留下暗示，坏事就在不远处。

你在许多地方也应该这么做。感觉、情绪、思想、预兆、对话以及背景在人物眼中的样子，都是这类“悬崖挂壁”的制作工具。

对话中的“悬崖挂壁”

一段对话也可以起到“悬崖挂壁”的效果。实际上，在《祸不单行》的一个场景中，前面引用的段落之后，安·亚伯尔市警察局的女侦探伊丽莎白·韦诗奇收到了同伴的电话：

> “你打的不是我的号码。”她说。
>
> “我想给你打手机，然后就被转到了语音信箱。”卡特·施安说。
>
> 她从咖啡桌上拿起了手机解开屏幕锁，“铃声关了。因为参加葬礼我把铃声关掉了。”
>
> “我很高兴我们把那个问题解决了，”施安说，“我要开车到城外去。北方领土路。你或许想一起去。”
>
> “什么事？”
>
> “汽车里的尸体。白人男性。头上有枪伤。我想你会感兴趣的。”

至此，最后一句话的效果本应足够了。一个凶杀案。暗示伊丽莎白可能感兴趣。但是，接下来的对话是这样的：

> “这人是谁，卡特？”
>
> “还不能确定，但是汽车的主人我们认识。”

这就是结尾。现在赌注更高了。这个人是谁呢？他们是怎么认识他或者她的？这已经是坏事情了，我们希望发现真相。

当然，杜兰现在切换到另一个场景，大卫·洛根和门口的那个男人……

情感方面的“悬崖挂壁”

让人物处于某一情感的巅峰状态，这是另外一种把他们挂在悬崖峭壁上的办法。你要让读者想知道人物的内心活动是如何恢复到某种平衡状态的，正如斯蒂芬·金对于《末日逼近》这个场景的处理：

> 凌晨3点，黑黝黝的客厅里，她的身体漂浮在可怕的泡沫之上。这个梦已经够支离破碎了，只留下一种死亡的感觉，犹如某种腐败肉类发出的臭味。她在半睡半醒之间想：他，这就是他，沃金·杜德，那个绰号“僵尸”，没有脸部的人。
>
> 然后她又睡着了，她没有做梦，当次日清晨醒来的时候，她根本记不得做过梦。但是，当她想到自己腹中的胎儿，一种强烈的保护意识马上彻底战胜了她，这是一种让她迷惑的感觉，因为这个感觉是如此深刻与强烈，这令她有点害怕。

这就是情感的巅峰，一个充满期待的母亲处于世界毁灭的大灾难中。我们怎么能不继续读下去呢？

中间部分的“悬崖挂壁”

作家们经常谈论在中间部分开始一场戏的方法。也就是说，你距离重大行动以及这个场景的中点越近，这样的场面就越招人喜爱。

不过，在场景的结尾处你也可以用这个方法，做法就是直接删掉前面的一两个段落。试验一下看看效果如何。这一招并不总能奏效，不过你可以发现，让场景在剧情的中间部分收尾，会让人感觉到一种前进的冲劲。举例来说：

> “你会后悔的。”查理说。他捡起那只鞋子，似乎想扔掉它。

“把鞋放下。”伊夫说。她希望他跑过来，把自己抱住。

相反，他把鞋子扔了。鞋子“咣”的一声砸在地板上。

“我要走了，”查理说，“不要跟我联络。”他转身向门口走去，头也不回地出了门，“砰”的一声把门关上。

伊夫看看那只鞋子。像她自己一样形单影只。

这里并没有什么错。这是一个情感方面的“悬崖挂壁”。但是假如这个场景以下面的形式结尾，又会怎么样：

“你会后悔的。”查理说。他捡起那只鞋子，似乎想扔掉它。

“把鞋放下。”伊夫说。她希望他跑过来，把自己抱住。

相反，他把鞋子扔了。鞋子“咣”的一声砸在地板上。

这就给了读者一种完全不同的推动力。这个场景还没有真正结束。肯定还有更多的事情要发生。伊夫的反应。查理的下一个动作。

作为作家，你可以选择早一点或者晚一点回答这个问题。下一章的开头，你可以从同一个地方开始：

“我要走了，”查理说，“不要跟我联络。”他转身向门口走去，头也不回地出了门，“砰”的一声把门关上。

或者你也可以跳到另一个视角的场景，让读者等待。关键在于，你要有许多选择和方法，把悬念这个朋友利用好。

“悬崖挂壁”是你拥有的最佳的悬念创作技巧之一。小说的每一章都可以给读者留下一点“悬崖时刻”。为什么不呢？不要让读者太舒服了。给他们这种迷人的不确定性，这能让他们想要继续读下去。

17

强化故事的张力

你小说中的每个场景都应该有张力，无论这是源于直接的冲突，还是源于人物内心情感的混乱。

创造张力的办法是在一场戏中给视角人物一个目标。他想要怎么样，为什么？目标对他来说必须是生死攸关的，否则读者就不会关心了。

下一步，什么事情让他无法实现那个目标？要么因为另一个人物，要么他发现自身所处的环境条件构成了障碍。

最后，大多数场景的结局是人物遭受了挫败。这能让后面的场景越来越紧张激烈，因为他距离实现自己的目标越来越远。

即便在相对平静的场景中，你仍然可以让人物感受到内心的激烈斗争，具体形式包括担忧、关切、生气、焦虑。

在伊凡·亨特[①]的小说《她离开的时刻》中，安德鲁·格列佛的双胞胎妹妹患了精神分裂症。她失踪了。安德鲁和母亲、哥哥及嫂子讨论了此事。嫂子想要淡化事态：

> “那么，她可能是躲到圣帕特里克大教堂了，”奥古斯塔说，“或许躲在现代艺术馆。”
>
> 当嫂子想拿安妮开涮的时候，我开始不耐烦了。我认为，她

---

① Evan Hunter（1926—2005），美国侦探小说家。

这样做只是为了进一步赢得亚伦的爱。顺便说一下，亚伦从未认为我们妹妹的数次离家出走有什么好笑，即便确实可笑的时候，他也不这样想。比如上次她在佐治亚州一名警官的鞋子上撒尿的事。

“或许我们应该去找她的心理医生看一看。”奥古斯塔接着说，这更增加了她的罪过。

“奥古斯塔，别开玩笑了。”我说。

通过对照安德鲁的气愤与奥古斯塔的“幽默”，亨特强化了故事整体的张力。

所以，要把一个令人同情的人物置于一种生死攸关的情境中，然后在所有场景中保持这种紧张感。通过这个办法，你创造出的小说就会受到读者的欢迎，因为其中具备了那种悦人的不确定性。

前面我已经指出，虚构文学并非现实生活，它是为了情感效果而对现实生活进行了风格化的呈现。

一个必然的推论就是：现实时间并非虚构的时间。也不应该如此。

你可以随时随地放慢时间的节奏，时机就是当你收紧这种紧张感的时候。

当你设计任何有行动、冲突或者张力场景的时候，都要想尽一切办法把紧张感延续下去。

放慢时间，正如电影的慢镜头一样。这是一种可行的办法。不过，在虚构小说中，你还有许多别的选择。下面是几个例子。

强化行动

在李·查尔德[①]的《死有所值》中，侠探杰克·理查尔有一场重

① Lee Child（1954— ），英国惊悚小说家。

拳出击。丝毫不出意料。理查尔有许多不同的办法狠狠地教训另一个人。这记重拳需要多长时间打出来？从下定决心到拳头打到肉，也许一秒钟就够了吧？甚至比一秒钟还短？

为什么作者要在这个时刻费笔墨呢？李·查尔德花了两页篇幅来呈现这一秒钟发生的事情。他开始写的是理查尔心中意识到的东西以及他作出的反应：

> 理查尔一看到那辆深蓝色的雪佛兰汽车，就马上想到过去文森特在汽车旅馆向两个来自多萝西·蔻的谷仓的男子说过的话；同时，他也在批评自己这种无端联想，因为雪佛兰轿车是很常见的车型，深蓝色也是很常见的颜色；他还同时回忆起两个符合这些特征的伊朗人，还有两个符合这种形象的阿拉伯人。他问自己：这样两对奇怪男子冬天在内布拉斯加州旅馆秘密接头是否纯属巧合？假如确实不是巧合，那么由此他可否合理地做出推论：还会有第三对男子出现，这两个人是否可能是来自多萝西农场的两个彪形大汉？无论这六个人的关系如何神秘莫测，无论他们的目标是多么隐蔽。与此同时，他看到对面那个人把汽车钥匙扔在地上，然后开始活动胳膊……

接下来随着故事的展开，同一想法又写了好几行。请注意，这一切描写都应该是说人物脑子里瞬间触发的想法。然后，理查尔开始行动了：

> 于是，他腰部猛烈发力，身体使劲扭动，然后打出一记低位侧面重拳，拳头瞄准那个伊朗人的胸口。他脑部的化学反应，这个冲动的瞬间传递，不到一秒钟，从他的左脚到右拳的每块肌肉都起了化学反应，距离目标不到一码，到达目标的时间又是不到一秒钟。他的出拳时机掌握得太好了，因为那个家伙的手这时还插在口袋里。他神经系统反应也像理查尔的一样快，胳膊肘猛地

抬起并向后一扯，想要拿出不知什么东西，或许是刀子、手枪，或者电话、驾驶证、护照、身份证，或者一封正规的来自德黑兰大学的介绍信，证明他是基因工程学方面的世界级专家，还是内布拉斯加州大学的荣誉教授，再过些日子就能使当地利润提高百倍，而且一举消灭世界饥饿问题。

嘘！这会儿重拳还没有打到肉呢！当拳头打到肉时：

250 磅重的移动物体，一个大拳头，一阵巨大的压力，那个家伙的金属拉链已经陷入了他的胸骨又钻进他的胸腔，他的胸腔肋骨被压得瘪进去好几英寸，空气从他的肺部挤了出来，流体静力学的震荡把血液挤回他的心脏……

这个例子我们就说到这儿吧。要想弄清楚那个可怜的伊朗人在不幸遇到杰克・理查尔之后遭到了什么样的打击，你可以读读那本小说。

关键在于李・查尔德从几秒钟时间里发掘出数量惊人的张力，因为他压根儿不担心让我们等得不耐烦。

而这正是张力的关键。它就是等待。越长越好。

你能这样写整整一部书吗？当然不能。对于故事中的张力你要做出选择，而不能一味地这样做。

试一试

1. 在小说中找一个张力最大的时刻的场面。

2. 参阅本章有关“强化行动”的部分。

3. 现在，把你的场景描写再扩充四分之一。你可以完成任务的。使用我们已经讨论过的所有技巧：慢动作、心理活动、对话、描写(这可以完成双重任务)，等等。

4. 分析这个场景的可读性，在你认为需要的地方进行调整或者添加内容。

5. 找到下一个最紧张的场景。重复步骤 2～4。

6. 找到小说中的另一场景，再重复同样的过程。

注意：张力越大，你就能把它变得越长。哪怕一个张力相对较小的场景也可以扩展，即便一个段落也可以。想一想下面这样的简单时刻：

> 我们的厨师招呼我到厨房。她非常生气。“有些人不像我们那样吃饭，”她生气地低声抱怨。

然而，在《杀死一只知更鸟》这部小说中，作者哈伯·李并没有让这个场景如此快速地溜之大吉。当时只有六岁的男孩斯各特为了让小学同学沃尔特·康宁汉难堪，往食物上面倒糖蜜：

> 正当此时，卡尔帕妮亚把我叫到厨房去了。
>
> 她很生气，当她生气时她就语无伦次。当她恢复平静的时候，她的语法和梅康镇上的所有人都一样好。阿提克斯说卡尔帕妮亚比大多数有色人种受的教育都多。
>
> 当她斜眼向下看我时，眼角的细纹加深了。“有些人不像我们那样吃饭。”她生气地低声抱怨。

通过拖延这件事情的高潮部分，即卡尔帕妮亚的严厉批评，作者把这个关键瞬间拉长了一点，让我们和斯各特一起感受对于即将发生的事情的预期。她的做法是向我们介绍一下背景，然后客观地描写卡尔帕妮亚的面部表情。几句话就制造出了更多的张力。

做一做

1. 在你的小说中找出十处你需要快速从一个导火索转向人物反应的地方。导火索可能源于另一个人物的行动、看到的某种情况或者人物之间的一段对话。

2. 在导火索与人物反应之间至少插入四句话。

3. 根据需要进行分析和整理，不过，要把最初的导火索与人物反应之间新增加的部分保留下来。比如说下面这个例子：

约翰“砰”的一声把门关上。“我们必须谈谈。”他说。

改写成下面这样：

约翰“砰”的一声把门关上。玛丽的心脏怦怦直跳。她把杂志撂在腿上，背部靠向椅子。

约翰像巴顿将军那样从房中穿过。玛丽知道那种走路姿态。那是他军人生活的一部分，霸气十足。根本没有讨价还价的余地，要么服从，要么滚蛋。

当他走到距椅子五英尺的时候，停下脚步，额头的皱纹深到可以夹住零钱。他用手指着她的脸。

“我们必须谈谈。”他说。

收紧情感方面的张力

这个原则同样适用于一个人物内心情感方面的张力。当你有一个强烈的情感需要刻画的时候，请你从容不迫地写出来。

珍妮佛·韦纳的《欲望单人床》的主人公是康妮·莎皮罗，一个“大号”女人，她发现自己的男朋友把他与自己的爱情生活写出来放在一本女性杂志上让所有人看。

韦纳放慢了动作并且提高了反应强度，甚至聪明地插入一句老生常谈，借当事人之口说出来：

你知道在惊悚小说里人物总是说，“我感觉自己的心都不跳了。”好吧，我就是如此。真的。然后我感觉到它又开始跳动了，在我的手腕、我的喉头、我的指尖。我脖子后面的毛发都竖起来了。我的双手冰冷。当我读到文章第一句话的时候，我可以听到血液在耳朵里咆哮：“我永远不会忘记我发现女朋友比我还要重的那一天。”

萨曼莎的声音听起来好像来自很远很远的地方。“康妮？康妮，你还好吗?”

“我要杀了他!”我哽咽了。

“深呼吸,”萨曼莎建议说，“用鼻子吸气，用嘴巴呼气。”

我的编辑贝特茜用疑惑的眼光越过办公桌隔板打量我。“你没事儿吧?”她嘟囔道。我紧紧闭上眼睛。不知怎么回事，我头上戴的耳机掉在了地毯上。“呼吸!”我可以听到萨曼莎的声音，地板上返回一个微小的回声。我困难地喘息着，透不过气来。我可以感觉到巧克力和糖粒沾在我的牙齿上。我可以想象他们挑选出的引语，在页面中央用红色标示出来，向读者尖叫。

研究一下上面这段节选是如何选择词汇的。前进的势头放慢了，目的是突出在这个重要时刻，人物那种独特的反应和情感。

把恐怖放缓

还有一种策略是在处理彻底恐怖的感觉时使用的。现实生活中恐怖瞬间可能稍纵即逝，但是虚构小说中并非如此，小说就是要拉着读者一起上路旅行。下面的文字摘自格雷格·艾尔斯的小说《24 小时》：

当艾比的视线离开卧室的时候，她眼前有某个灰色的东西忽闪着翅膀。她本能地在空中使劲拍了一下，就像拍散蜘蛛网一样，但是她的手碰到了灰色物体后面某种坚实的东西。这个灰色的东西是一个毛巾，毛巾里面包着一只手。这只手用毛巾捂住了她的鼻子、嘴，和一只眼睛，早前她注意到的奇怪气味随着每一次喘息冲进了她的肺部。

注意艾尔斯在这个段落中使用的几种感觉：视觉、触觉和嗅觉。注意作者没用到的一种感觉：听觉。你有没有见到过电影中的一个场景，其中的恐怖感是在沉默中爆发出来的呢？用这样的手法写出来的恐怖场面往往更瘆人。这就是文学方面的对应物。

现在艾尔斯放慢了节奏，一步步地缓慢推升这种感觉：

恐怖紧紧地扼住她的咽喉，她无法尖叫。她努力抵抗，但是另一只胳膊缠住她的腹部并把她抱了起来，她的脚够不着地了，所以她的腿只能徒劳地踢打。毛巾冰冷地贴在她的脸上。一时间，艾比想着是不是父亲提前回家，跟她开个玩笑。但是他不可能这样。他还在飞机上。而且他永远不会故意吓唬她。不会真的吓人。而她被吓到了。上次她因糖尿病酮酸中毒也是这么害怕，她的想法在脑子里一闪而过，然后从耳朵里飞了出来，她的声音在说任何人都没听过的话。她想跟这个控制她的怪物搏斗，但是她越是挣扎，她就越是变得虚弱。突然，一切都变黑了，甚至眼睛也睁不开了。她努力聚精会神地说一句话，现在只有那个词能够救她。带着一种接近终点的期望，她说，“妈妈”，但是这个词很快在湿毛巾中消失了。

这是相当长的一段文字，尤其是对于一部恐怖小说来说。但是，艾尔斯知道这个时机值得好好把握。读者根本不会注意到段落过长，因为他们跟人物一样也处于恐怖状态。

完成同一任务的另一策略是使用省略句。雷·布拉德伯里的《蒲公英酒》中有一章是三个女人走路去看电影，然后又摸黑回家。这是一个温暖的夏夜，但是镇子却被一种特殊的恐怖所控制。一个她们曾经称之为“孤独客”的人在镇子里杀害妇女。整个一章都关系到下面这一悬念：他会不会再次袭击这些女人中的一个？

布拉德伯里利用法院敲响的钟声来唤起这样的恐怖感。声音在制造恐怖情绪的过程中起着重要的作用。在这一章的开始和结尾，法院的大钟都在敲钟报时，告诉我们天色已晚，夜幕降临。

> “听！”拉维妮亚说。
>
> 她们听着夏夜的声音。夜幕中的蟋蟀叫声和法院悠远的钟声都在提示着：现在是11点3刻。
>
> “听。”
>
> 拉维妮亚听了听。走廊里的秋千在黑夜中吱吱作响，特尔勒先生，没有向任何人说话，一个人坐在秋千上，抽着最后一根雪茄。她们看到雪茄红色的火光在前后晃来晃去。

又过了一会儿：

> 法院的钟声在12点又准点报时了。钟声响遍了空荡荡的小镇，比之前更显寂寥。钟声来到空旷的街道、空旷的广场、空旷的草坪，然后消失了。

最后，拉维妮亚独自走在回家的路上：

> 她冻得直打战。
>
> 停一下，她告诉自己。
>
> 她向前走了一步。那儿有一个回声。
>
> 她又走了一步。
>
> 又一个回声。只过了片刻，她马上又走出了一步。

这里，作家布拉德伯里的句子结构使用了断奏的手法，这样做的目的是为了让恐怖弥漫开来。你也可以这样做。

做一做

1. 在你的小说中找到一个恐怖时刻。假如这是人物驱动型小说，你可以找到一个对于主人公来说很重要的内心恐怖时刻：被暴露的恐怖，失去爱情的恐怖，被放逐的恐怖，等等。

2. 写一个一页长的段落，让张力弥漫开来，突出恐怖的气氛。

3. 现在写出由短句构成的一页，一个短句接着一个短句，反复写这样的句子。

现在你已经有许多素材可以用来改善你写的场景了。

你会不会进一步强化其中的张力？它会不会像橡皮筋一样突然间“啪”的一下被扯断呢？

会的，不过，它可以伸展的长度远超你的想象。只管扩展下去吧。以后，你总有办法把它缓和下来。

如果你举棋不定，那就把它扩展一下，把紧张局面弄得更加紧张。

18

对话与悬念

对话与冲突是第 10 章所讲的内容。这里我想集中讨论一下使用对话增强悬念、提升张力的方法。

当你读对话大师的作品时，会发现诸如海明威、埃尔莫尔·伦纳德[①]、罗伯特·B·派克[②]这些名人也一直在这样做。对于他们来说，对话变成了提高赌注的另一种手段。

记住，对话是行动的口头表述和延伸。这是人物有意的行为，要服务于人物在一个场景中的任务。

牢记这一点，你的工具箱中就多了几个选择。

多余的对话

在李·查尔德的小说《死有所值》第 1 章中，埃尔德里奇·泰勒，一个看似仁慈的内布拉斯加老爷爷，接到一个电话。有人要用他和他的步枪。

我们马上就被吸引住了。一个老爷爷和他的步枪？干什么用？查

---

① Elmore Leonard（1925—2013），美国小说家、编剧，作品包括《射杀》、《火线警探》、《决斗尤马镇》、《矮子当道》、《危险关系》等。

② Robert B. Parker（1932—2010），美国犯罪小说大师，出生于马萨诸塞州，在波士顿大学取得博士学位，后于美国东北大学任教。创作过近 70 部作品，以侦探斯宾塞系列著称，这个系列曾被 ABC 电视台搬上银幕。

尔德使用多余的对话为我们展开了剧情。泰勒问，“发生了什么事?”

“有个家伙在四处打探情况。”

“很近吗?”

“难说。”

“他知道多少情况?”

“知道一些。他掌握的还不全面。”

“他叫什么?”

“无名小卒。陌生人。只是一个小家伙。但是，他已经卷进来了。我们认为他是现役军人，是个宪兵。可能他还没丢掉警察的习惯。”

“他在军中服役是几年前的事?”

“说起来够早的。”

“社会关系呢?”

“一个也没有，据我们所知。没有人惦记他。他居无定所，是个流窜人员，过着流浪生活，像被一阵风吹到这里来。现在他又要被吹走了。”

“他长什么样?”

“是个大个子，”这个声音说，“至少六英尺五高，大概250磅。上次人们看到他穿着宽大破旧的棕色皮大衣，戴着羊毛软帽。他走路很滑稽，像具僵尸一样。他好像受过重伤。”

“行，”泰勒说，“那么，在哪儿？几点?”

“我们想让你在农舍望风，”那个声音说，“明天一整天。我们不能让他看到这个农舍。不是现在的事。假如我们今天晚上不能搞定他，他迟早会发现的。他会跑到这里来查看。”

“他会直接闯进来，就像僵尸一样?”

“他以为我们有四个人。他不知道是五个人。”

“那好。”

“如果你看到他就开枪。”

“好。”

“不得有误。”

“我出过差错吗?”

这里我们得到了大量信息，既有明确的信息也有暗含的信息。我们知道泰勒是一个技术很好的狙击手，他过去杀过人，似乎没有失过手。我们知道，有一个没有看到这一场景的受害者（后来才知道这人就是杰克·理查尔），正在四处流浪。我们知道他在军队的背景，还知道一点他的长相。我们不知道谁在跟泰勒说话，而这样一来事情的神秘感就进一步加强了。

做一做

1. 从小说中选出一处对话多的高度紧张的部分。

2. 把这个场景的内容复制一下，粘贴在新文件中。

3. 尽量压缩对话的篇幅。精简用词，减少整句的数量。

4. 比较两个场景，然后重新写出你的大师级场面，在你认为适当的程度上使用尽量多的新素材。

拉长的对话

你还可以增加对话的张力。记住，要使用的技巧包括：不要做出最后的决断，而且不要提供信息。

在迪恩·孔茨的小说《速度》中，比利·威尔斯被一个聪明的杀手愚弄，他似乎知道比利的每一步动作。威胁信告诉比利要怎么做，否则会怎样。

在这场戏中，比利站在室外走廊上，按照指示，听一个名叫考特尔的人说话，这人是凶手派来送信的。

什么信呢?

[考特尔说]“给你五分钟做出决定。”

“什么决定?”

作者并没有马上告诉我们决定的内容，对话继续进行：

“把你的手表摘下来，放在走廊的栏杆上。”

“为什么?”

“五分钟倒计时用。”

“手表戴在我手上也可以计时。”

“把表挂在栏杆上是一个信号，说明倒计时开始。”

在炎热天气下，北边的树林是一片阴凉。绿色的草坪，高高的金黄色的草，几棵树冠漂亮的橡树，再远处是东边坡下的两栋房子。西边是公路，公路之外是树木和田野。

现在我们看到了一段描写，场景设定好了，但是最最重要的是，它让我们等待答案：

“他正看着呢?”比利问。

“他承诺说他要看的，威尔斯先生。”

“在哪儿看?”

“我不知道，先生。只是请，请摘掉你的手表，然后把它挂在栏杆上。”

“要是我不照做呢?”

“威尔斯先生，不要那样说。”

“但是假如我不呢?”比利又说了一遍。

考特尔的声音提高了一个八度说，“我告诉过你，他要撕烂我的脸，而且我知道他会这样做的，我是清醒的，我已经告诉过你了。”

比利站起来，摘掉自己的天美时手表，然后放在栏杆上，表盘冲里，从两个摇椅上都能够看到。

当太阳接近最高点时，阳光穿透大气，融化了除了树林之外的各处阴影。绿荫笼罩的树木像有阴谋似的没有透露任何秘密。

“威尔斯先生，你必须坐下来。”

亮光从空气中降临，一道铬黄色的炫目光芒使得田野和田垄变得朦胧起来，比利半眯着眼睛扫视，看看可以在野外隐藏的地方，可是这些地方被闪闪的阳光有效地伪装起来了。

仍然没有答案！更多的描写。孔茨知道他在做什么。紧张状态因为拖延而显得更加紧张。

实际上，对话又延续了整整一页，然后我们才得到信息。这里我并不想告诉你这个信息。毕竟，这个章节是有关悬念的。

做一做

1. 找到一个信息得到透露的对话。

2. 能否把这个章节扩展一下，使信息来得更晚一些，甚至在另外一个场景中才到来？

3. 试着打断这个场景，拖延信息透露的时间。

出乎意料的东西

在对话中制造瞬间冲突或者张力最有效的办法之一是避免“准确直接的”回应。当然你也可以参阅第 3 章的“侧闪”。所谓“准确直接的”回应是指“陈述——直接回应——进一步回应”，依次展开如下：

“嗨，乔，我们去商店吧。”

“太棒了！我刚好也想去商店。”

“想现在走吗？”

“肯定想呀。”

“好吧！开谁的车?”

“开我的车。”

“好主意。我的车反正还在修理厂。”

“听说这事真遗憾。哪儿坏了?”

“不知道哪儿坏了，所以我才把它送修了!”

你肯定猜到了。这并不是说你应该在对话中避免一切直接回应，这是不现实的。我们确实会这样说话，人物也是这样说话的。上面这样的场景应该被删掉，因为里面根本没有冲突。当然你可以运用人物各自的盘算等元素来重新改写上面的场景。直接回应可以是充满冲突的：

“嗨，乔，我们去商店吧。”

“我不想去什么商店。”

“怎么回事?”

“那是我的事。”

这样一写，你就得到一个带有冲突的直接回应。

现在让我们回到不可预测的因素。从你的小说，找出可以插入“偏离正轨”的回应的地方。

一种方法是直接的回避：

“嗨，乔，我们去商店吧。”

“那道奇棒球队的比赛怎么办?”

这个回答表面上看并不得罪人，假如人物回避了诸如此类的直接陈述或者直接请求，紧张程度就加剧了。为什么乔不想谈论去商店的事情？他的心里在想什么？这样写马上就能激发人们对他的兴趣。

用一个问题回答另一个问题是一种更强的回避方式：

"嗨，乔，我们去商店吧。"
"为什么你不休息一下呢？"

冲突马上就来了。
一个中断也可以立即制造出冲突来：

"嗨，乔，我们去——"
"我受够了，好吧？"

出人意料的东西创造出一种新鲜感，可以使作品得到升华。我最喜爱的一个电影例子是《月色撩人》。洛丽塔刚刚同意嫁给约翰，约翰是一个讨喜的笨家伙，但却肯定不是好的结婚对象。洛丽塔叫醒了她的妈妈，罗丝对她说：

罗丝
你爱他吗，洛丽塔？
洛丽塔
不。
罗丝
好吧。当你爱上他们的时候他们会把你弄疯的，因为他们知道他们可以把你弄疯。

这段交流有趣的地方在于，你预料到罗丝会反对洛丽塔仅仅因为约翰爱她就嫁给他，谁知她迅速且直截了当地摆出了截然相反的案例。

在这个剧本的后半程，罗尼——洛丽塔的真爱，在晚上看完歌剧后想说服她去他的住处。他是怎么做到的呢？是通过直接宣布爱情有多么伟大吗？不。他说了下面这样的话：

> 但是，爱情并不会把事情变得美好，它毁灭一切，它让你心碎，它让事情变得一团糟。我们来到这儿不是要把事情变得完美。雪花是完美的。星星是完美的。可我们并不是完美的。我们来到这儿是要毁灭自己然后心碎，爱上错误的人，然后死亡！

这里并没有复制罗密欧与朱丽叶的故事，难道不是吗？出人意料的东西把它变得新鲜而且充满了紧张感，原因在于，观众并不知道这到底是怎么回事。

现在你们当中可能有人会想到一个问题。我们经常听人说，为了让你的书更有可读性，精炼、浓缩是一个好主意。但是这样说并不完全正确。

关键在于你要把那些不能吸引读者的部分删掉。沉闷的展示、臃肿的对话、没有任何张力的谈话，诸如此类的东西都要删掉。

你要把读者牢牢钉到纸面上，因为某个大事要发生，他们必须保持注意力集中，这时候你就可以加上某种东西，只要你所加的东西可以利用悬念让这一重要时刻变得更加紧迫。

假如过山车只有一次爬坡和一次俯冲，那过山车还会那么惊险刺激吗？那简直是欺诈消费者，写作也是如此。通过提升张力你可以给读者带来最完整的过山车之旅。

19

场景中的悬念

场景中的冲突（参阅第 2 章）是重要的，而场景中的悬念同样如此。

总体上，你需要让场景起到类似人物的作用。即大多数情况下，场景是与主要人物相对抗的。

在一个充满悬念的场景中，你的目标是让读者持续地感觉到周围环境正在迫近你的人物。拍摄的目标是为了获得一种预感、一种直觉，在任何时刻这个陷阱都会突然崩塌、封闭，让人物出局，无论是生理上的还是心理上的。

你的场景应该承担双重责任，把读者带入这个场景的体验之中，和视角人物体验到的一模一样。

在这一方面，恐怕没有人做得比斯蒂芬·金更好。在他的历史小说《1408》中，麦克·恩斯林进入了海豚宾馆。一开始是这样写的：

> 海豚旅馆位于 61 大街，在第五大道的拐角处，空间虽小却很漂亮。
>
> 地板上铺着波斯地毯。两盏落地灯发出柔和的黄光。

但是当时恩斯林在第 13 层（当然，有些地方称为第 14 层），他正在调查一个闹鬼的房间：

> 第 1408 房间的麻烦甚至在他进入房间之前就已经开始了。

房门是歪斜的。

虽然歪斜得不厉害，但也是歪斜的。好吧，只是稍微向左倾斜。

这里的问题不大，不过可以在歪斜的门上做文章，逐渐加强悬念的程度。一个微不足道的视觉形象，与作者慢慢建立起来的那种情绪氛围相一致。作者紧接着写了下面一段：

麦克弯下腰，用拿着微型摄像机的手提起小旅行袋，另一只手把钥匙移向锁芯，然后停下。

门又歪斜了一次。

这一次门向右稍微倾斜了一点儿。

在房间内，作者继续讲了一些不太对劲的地方：

当时麦克注意到的是墙壁上的画。墙上共有三幅画。一个女子穿着20世纪20年代风格的晚礼服，站在楼梯上；一艘帆船，柯里尔和艾夫斯石版画①的风格；还有一幅静态水果写生，橙黄色的一抹色彩，苹果、橙子和香蕉都是这样浅浅的令人不快的色调。所有这三幅画都放在玻璃框中，都有点儿扭曲……

覆盖图画的玻璃上面都蒙了尘。他用手慢慢地划过那幅静物画，留下两道平行的痕迹。手指滑过灰尘的感觉油腻、光滑，犹如丝绸腐朽之前的感觉……

然后某种极其古怪的事情发生了。好像一份老旧的菜单在他眼前不可思议地用一种语言显示出来。然后：

---

① Currier & Ives，两位美国著名石版画家成立的版画复制公司，1907年停业。作品以纽约州冬季雪景最为著名。

> 他转身，慢慢从墙壁与床之间窄小的空间里挤出来，这里感觉像一个坟墓一样狭窄。

这是斯蒂芬·金的短篇小说，里面描写的情况尤其可怕。我就不泄露天机了。自己读一下，看看在结尾处作者是如何描写这个房间的。

想想这些章节里的叙述文字，就像十几部很棒的悬疑电影。在铺垫烘托阶段，主题还很沉默。随着情节的进展，主题变得越来越鲜明。其中甚至有种令人震惊的爆发力或者猛烈的提升，好像《惊魂记》中淋浴一场那个小提琴的尖厉声音一样。

这些都能帮助你制造出那种管弦乐的交响和情绪氛围。

避免老套的场景

在任何场景中你都可以制造悬念，不只是在那些黑暗的场景中。其实，场景越是新鲜，效果越是显著。

悬念大师希区柯克懂得这一点。在阿尔伯特·拉弗利拍摄的纪录片《聚焦希区柯克》中，希区柯克在采访中描述了构思《西北偏北》中那个著名的农药喷雾机场景的过程（我们以此举例，来说明如何避免老套的场景）："我曾有机会可以使用一个情境，是那种非常老套的情境，派一个人，这一次是派加里·格兰特，到一个指定地点。他的处境就是人们常说的那种'不尴不尬'的地方。"

> 而放在这个场景中的人物是很可能遭到枪击的。现在，这种情境的传统做法已经被用过许多次：夜晚，他站在一个路灯的亮光下，等待着，周围环境非常险恶，近处的雨水冲刷着所有的鹅卵石，许多电影里都有这样的镜头。然后我们切换到一个窗口，里面有一张人脸偷偷向外窥视。然后再切换到墙根，一只黑猫溜了过去，然后等待一辆豪华汽车的到来。这是我们过去常常看到

的镜头。

因此我决定，“我们不要那样干”。我要在光天化日之下拍摄这个场景，不给我们的受害者提供任何隐蔽或者夹缝或者避难的角落。现在我们拥有的情境是让观众疑惑不解的。一个疯狂的紧张状态。而且这个紧张状态不是来源于一个黑暗的角落。因此，你不仅给观众悬念，而且还要给他们神秘感。他独自一人，这时马路对面出现一个人，他走过去跟这个人说话，这个人突然说，“瞧，那边有一架农药喷雾机，在没有庄稼的田野里喷农药。”这是你首先给观众的东西：一个不祥的、神秘的谈话。但是在讨论之前，你要把那个人安排在公共汽车上，然后被车载走，单独留下了你和加里·格兰特，因为你已经对格兰特产生了认同。然后突然间，飞机俯冲下来，向他全身扫射……就是这个例子……拒绝走明显的寻常路，由此，你会发现做同一件事情的新途径。

让我们回顾一个那个场景吧。加里·格兰特来到一个荒无人烟的玉米地的十字路口。电影中使用的是广角镜头，场面阳光明媚。加里·格兰特在画面中间是一个小点。换句话说，他完全是独自一人。

他走到路边，开始等待，四处张望，但是周围一个人也没有。空荡荡的田野。栅栏。没有声音。他又等了一会儿。最后，一辆汽车经过这里，“飕”的一声就过去了。加里看上去有点困惑。

过了一会儿，又一辆汽车过来了。希区柯克从容不迫地让大家等待，让悬念慢慢增强。但是那辆车也过去了。

加里一语不发地四处张望，手插在口袋里。又一辆车过来了，然后又消失了。

加里又等了几辆车（希区柯克这是在增加张力）。远处另一辆车向他开了过来。这次是一辆卡车。加里·格兰特看起来有希望了。但是那辆卡车经过时非但没有停下，还扬起灰尘，弄得西装革履的加里浑身上下都是尘土。

现在该写什么呢？

走到路边，从玉米地里又出来一辆汽车。这辆车沿着弯弯曲曲的土路向高速公路前进。加里看着。这辆车最后在主路上停下了。一个人从车里出来，走到路的另一边，在加里的对面，站在那儿。

这就是那个人吗？神秘的联系人？

希区柯克想让我们等待。

两个人只是站在那儿互相打量。这个状态持续了一会儿。然后加里决定把主动权掌握在自己手里，他走到马路对面跟那个人攀谈。

他们随便聊着天。那人没有说自己是加里想要见的人。然后，那个人目光转向天空，提起了一件奇怪的事情。一架农药喷雾机在远处，低空飞行，那儿却没有任何庄稼。

在接下来的几个瞬间，这仍然是一个神秘事件。

一辆公共汽车开过来，那个人上了车。公共汽车开走了。加里·格兰特又独自一人站在路口，等待着。

在整个这段时间，场景的荒凉无人增添了一种危险的感觉。

在等待的时候，加里又抬头看了看那架喷雾机。飞机在天空中懒洋洋地转了一个弯。加里看了一眼，没有太在意，直到飞机开始向他的方向飞来。

飞机越来越近了。

然后加里意识到飞机是冲着他来的。当飞机尖啸着从他头顶掠过时，他赶快趴在地上。

希区柯克浪费了这个关键时刻吗？他该不该让加里逃进玉米地里？或者让他得到一辆汽车的帮助？当然没有。

被掠倒的加里站起来抖掉身上的尘土，这时飞机突然转向，又调头向他冲过来。他该向哪儿逃呢？一切都没有答案。

但是他确实逃跑了。他跑着，直到发现了一条沟渠。他跳进沟里，当飞机飞过他头顶时，射出了子弹。机枪子弹！

情况会变得多么糟糕？加里现在该怎么做？

这个场景的发展证明这是一个必死无疑的灾祸。没有任何地方可以躲藏。

这个场面继续发展，加里想要拦辆车都失败了，他想要躲藏在玉米地里却被飞机喷出的农药熏了出来，他再次跑出来到马路上拦下一辆卡车，飞机俯冲失控撞上了这辆卡车，顿时火光冲天！

所有这一切都发生在一片开阔的田野里，这场戏完全是在光天化日之下营造的。

做一做

1. 看看你的每一场戏的场景。你是不是选择了过于明显或者被用滥了的场景？

2. 考虑把它变成鲜有人使用的场景。假如是白天的场景，就变成夜晚。假如是在无人之地，就转移到人群拥挤之地。

3. 测试不同的地点。其好处是你可以想到哪儿去就到哪儿去，然后在电脑上划出地域范围。

4. 试着把几个场景放在新的场所重新写一写。练习在你最不可能预料的地方制造出悬念来。

a. 什么样的人可能是这个地方的人或者出现在这个地方？那个人会怎样与视角人物形成对抗？

b. 什么样的客体存在于这个场景中？深入观察每个物件，看看人物可以如何利用它形成悬念。

c. 当一切努力都失败时，可以引入钱德勒所谓的“一个带枪的家伙”（参阅第 14 章），还可以引入一个日常物件（比如前文希区柯克的农药喷雾机），然后把它变成某种出人意料的东西。

20

风格与悬念

基本的句子是每部小说的原始素材。把不同的句子编排起来，就形成了段落、篇章和场景。

句子是你实现每种效果的工具，包括悬念在内。写好句子，你就能够把读者抓牢。但凡懒散伤感一下，悬念就会像油一样从罐子里流出来。

在这一章，我们要从不同角度研究一下句子，这是你应该做的，特别是在修改的时候。

“刺激—反应”法

在《写小说销小说》一书中，杰克·比克海姆用了一章研究“刺激—反应”单元。简单地说，“当你展现一个导火索的时候，你必须展现一个反应。当你想要某种特定的反应时，你需要一个能够引发它的导火索。按照这个简单的公式，你就可以写出用意明显的稿件，像火车头一样动力强劲。”

假如你展现了导火索却没能展现对它的反应，那么这个导火索就是没有意义的，因为它没有引发任何事情。如果经常这样，读者就会对你的书失去兴趣，因为没有任何事情显得是重要的。假如你展现了某个发生的事情（反应）而没有提供诱因（导火索），你的处理办法就没有根据，那么读者会因为迷惑不解和/或无法相信而让你出局。

考虑下面的做法：

> 鲍勃趴在地上。一颗子弹从耳边呼啸而过。
>
> 鲍勃低头一闪。乔给了他一记右勾拳。
>
> 玛丽感觉眼前金星四射。汤姆把嘴唇温柔地覆在她的嘴唇上面。

假如这些处理方法是独立存在的，读者每次都会为之精神一振——刺激之后必有反应。

你很可能已经在想：嗨，我们可以解决那个问题。我们既可以运用冲突与悬念，也可以设一处导火索，引起读者的反应。如下：

> 枪声在巷子里回荡。一颗子弹在他耳边“嗖”地飞过。
>
> 乔用左拳佯攻。鲍勃低头闪过。乔又一记右勾拳向他打来。
>
> 汤姆抚摸着玛丽的脸颊。她感觉眼前金星四射。汤姆把嘴唇温柔地覆在她的嘴唇上面。

这很容易理解，但是你会惊奇地发现，疏忽大意的作者经常一不小心就打断了这个链条。

当你需要把悬念逐步提升的时候，这些考虑尤其重要。你要聚精会神地制作出明显而且清晰的“刺激—反响”单元。这样做的结果往往是写出更加短小的句子结构，这将有助于实现你的终极目标——把读者牢牢抓住，让他们坐立不安。

在大卫·莫雷尔的小说《爬行者》中，主人公弗兰克·巴林杰走近一家废弃无人的旅馆，他很快要与一群“爬行者”——进入用木板隔开的古老建筑进行探索的城市考古学家们——进行一次探险。注意，莫雷尔是如何使用“刺激—反应”法来建立悬念的：

> 在巴林杰右侧的黑暗中，波浪拍打海滩的声音似乎要比他来

的时候更大了。[声音刺激] 他的心跳得更快了。[反应，生理的] 10月的风更大了，吹起的沙子 [刺激，物理的] 刺痛了他的脸。[反应，生理的] 咣当。咣当。像一只有裂纹的大钟，钟片重重地打在钟壁上，那座荒废无人的房子位于北边两个街区之外。这个声音 [刺激，听觉的] 让巴林杰感觉自己神经衰弱了。[反应，内心的]

正确地把这些处理好，意味着读者不会在阅读过程中在凸起的路面上颠簸。需要注意那些描写同时发生的动作的句子，尽管动作的排列顺序或许不符合你的本意。下面是我想说的意思：

抓住钥匙，鲍勃按下了“结束通话”键。

他所做的一切是不是同时做的？读者需要看到画面才知道。再如下面一句：

从汽车里出来，鲍勃说：“这事儿用不了一分钟。”

跟他说话的那个人还在汽车里吗？鲍勃是不是背对着她？画面是什么样的？

从卡车上跳下来，鲍勃跑进了杂货店。

这些动作违反了物理学的万有引力定律，但是就写作而言还是很棒的。

偶尔，假如你绝对肯定你描写的两个行动可以在逻辑上共存于同一时间，可以使用这个结构换换花样，比如：

抓住钥匙，鲍勃像一阵风似的跑到了门口。

“抓钥匙”的动作可能是在“像一阵风似的跑”的过程中发生的。

> 从汽车里出来，鲍勃扫了一眼给市长准备的台阶。

他“从汽车里出来”的动作与“扫了一眼”的动作可能是同时发生的。

使用表现平行发生的动作的句子结构要清晰合理。从我的经验来看，在同一个章节中不要多次使用这类结构。抓过你的键盘，从那儿开始写吧。

语法

我可算不上寻找语法错误的猎犬。我对于语法的掌握是历经多年逐渐积累而来的。我喜爱的中学语文教师玛居瑞·布鲁斯夫人，现在已经在天堂里纠正学生的课业论文了。她要是纠正我文章里的语法错误，那么她的蓝色铅笔肯定得磨秃很多。

但是，有些语法是值得深思的，尤其是关于如何建构带有悬念的句子方面。我们要做的就是避免使用那些让读者在重要时刻溜走的词语，甚至稍微让他们分神也不行。

首先你需要关注的就是形容词和副词。

形容词

人们总是希望形容词能带来益处。正如古老歌谣里说的：

> 形容词把名词分门别类；
> 大的、小的、漂亮的、白色的或者棕色的。

它们通常穿着花哨的服装登场。坚实可靠的形容词放在恰当的地方没有任何问题。

比如，你的主角在吃一个橙子。这个橙子是什么样的？多汁的？

干瘪的？硬的？

确保你的答案要符合情绪的需要。

找出那些软弱松弛的形容词：

他是一个大个子。

他是一个无聊的人。

假如形容词的使用对于情绪或者场景不重要，但你只想继续这样做，那么形容词的效果或许也不错。不过，要是你想用形容词突出什么东西，就需要多费一点笔墨了：

他的个头有别克汽车那么大。[直接]

一个可以让我坐进去的手掌抓住了我的肩膀。[间接]

在修改的时候，你要留意一下自己使用的形容词，看看能否把它们改得更好，或者用别的描写来替代它们。这全看你如何使用它们了。

副词

副词修饰其他动词，有时候也修饰其他副词，甚至形容词。它们的词尾一般用“地”。

耐心地

渴望地

激进地

这个特点使得副词便于检查，使用词语查找功能很快就能找到它们。

先要找到它们，然后毁灭它们。

除非它们对于句子来说是绝对必要的。

你要时时刻刻检查一下，看自己能否找到一个足够强大的动词，让动词独立起作用，而不要用副词。

无论你怎么做，在人物对话里都要坚决不用副词。把副词当作不受欢迎的客人看待，不要让它们敲响你的小说之门。看看下面的对话你就明白了：

> “停下！”他突然命令道。
> “我……爱你。”她犹豫不决、断断续续地说。
> “啊，这我知道。”他挖苦地说。
> “挺胸，小鬼。”他马上富有意味地命令。
> “今晚我就把房子掀了！”他夸张地威胁道。

要“很”警惕这个词语

当你用词语查找功能把副词一网打尽的时候，也要记得查找一下“很”这个副词。尽管这个词偶尔也混入其他词类，但它通常都是副词。假如它混入了其他词类，就比较难对付了。不过，把这个词全部删掉大体上是无伤大雅的，因为它很没有多大用处。

你发现没有，上面这句话本来可以用下面的说法达到更强烈的效果：不过，你几乎可以把这个词一网打尽，因为它没有多大用处。

我偶尔也使用“很”这个词，但仅限于利用它的发音效果，不过大多数情况下我都会把它剔除出去。

被动语态

关于被动语态你可以做如下理解：

假如句子的主语是动作的接受方而不是发出方，那么这个句子就是被动语态。

例子：枪被打响了。（没人看到谁打响的枪。句子的主语是枪，它是接受动作的，它“被打响了”。）

在被动语态中，发出动作的人往往根本不在句子中出现。

克服这个问题的办法是让人物发出这个动作，或者对动作作出反应：

> 约翰听到了枪声。
> 约翰开了枪。

这是不是说你永远不能使用被动语态了？对，差不多吧。只要你将读者固定在一个视角内，我们大部分时候都可以理解，动作是被人物观察到的或者是对人物有影响的：

> 乔抬头看。门开了。

或者：

> 门开了。乔抬头看。

我们理解，是乔看到了门开了，或者听到了门开了的声音。

但是，作为一般原则，你要用主动语态写作，因为主动语态的语义更清楚，而且更强烈。

为了制造悬念，这样做是重要的。因为悬念根植于一个处于险境中的人物，句子始终使用主动语态能把读者牢牢固定在那个人物的视角里面。被动语态的句子有可能淡化人物的危险处境。或许这是微不足道的，但是为什么退而求其次，使用更弱的结构呢？！

正如斯特伦克和怀特在他们的经典著作《风格的要素》中明确指出的那样：“习惯性地使用主动语态……可以提高作品的力度。这不只适用于主要关心动作的叙事作品，而且适用于任何类型的作品。”

句号

句号是全人类公认的、最有用的文学工具。你要使用句号。

尤其是在写悬念小说的时候。

它的基础作用在于其表述的强烈程度。

短句也是同样。

这并不是说你不能改变句子的长度和节奏。但是，假如你发现自己的逗号用得太多，而且写作的语言过于花哨、煽情、庄严宏伟，而这样写的原因只是出于个人爱好，那么你就要想到下面这句古老的忠告了："杀掉你的溺爱"。然后，你要回过头来，把那些可以删掉的逗号或者"很"彻底清理一下，再在这些地方换上经久耐用的句号。

分号

在小说写作中，我把分号当作是自己讨厌吃的茄子：不惜一切地回避分号。正如库尔特·冯古内特①曾经说过的那样："下面是创意写作的规则。第一条规则：不要使用分号。它们是有易装癖的雌雄同体人，绝对没有任何代表性。分号只能表明你上过大学。"

分号是打饱嗝。它是一个醉鬼，凌晨两点从酒吧沙龙里跌跌撞撞地走出来，在路上抓紧你的外衣翻领，请求你再听他给你讲一个故事。

这并非我的臆想，你会明白的。

但是，我们讨论的是悬念，而且即便使用很小的东西也要能实现悬念的效果。

好吧，我来把上面的论点完善一下。对于非虚构作品、散文或者学术论文来说，分号确实有一定的用处；我自己写这些文章的时候也得用分号。在这样的作品中，你往往需要把两个想法串在一起构成一个更大的主题，分号允许你向读者暗示这个动向。

---

① Kurt Vonnegut（1922—2007），美国黑色幽默文学的代表人物，与马克·吐温并称，代表作有《猫的摇篮》、《五号屠宰场》。

但是，在虚构文学中，尤其是当你写那些突出悬念效果的章节时，你希望每个句子都能做到独立自足。分号要求人们暂停一下，三思一下，左顾右盼一下，想一想自己到底应该站在哪个立场上面。

这并不是说读者可能有意识地关注这一点。大多数读者才懒得思考，“作者为什么要在这儿用一个分号？我感觉自己被作者从故事里甩出去了！”虽然读者不会这样想，不过在潜意识的层面上，分号却是效果显著的。在细节方面，它可能导致阅读体验的弱化。这虽非作品的致命伤，但是你为什么要在自己的小说里给读者的阅读添堵呢？

用在对话里的分号尤其刺耳：

> “我们必须跑到火堆那儿，”玛丽说，“火会把镇子全烧掉的；这是一个大灾难！”

分号在这里有什么用？它会让玛丽的话变得效果更强还是更弱？它能给这件大事增强紧张感还是削弱紧张感？

我知道有些小说家固执地认为这个标点符号还是有用的。我给他们开的药方是：做一次“分号切除手术”。

感叹号

过去有一本小说《哈迪男孩》，里面的神秘故事可以让你持续翻页！它们当中大多数章节都是以感叹号结尾的！这很容易，对吧？

然而这对于你的小说并非易事。感叹号的运用必须明智。下面是运用它们的情况：

- 当对话需要的时候。
- 给内心想法增加某种特殊意味的时候。

比如下面的对话：

> “滚出去！”

在叙事的部分要避免使用感叹号：

> 她绕过了街角。然后，她看到了史蒂夫！

相反，给我们一个反应的节拍：

> 她绕过了街角。然后，她看到了史蒂夫。她的心率蹿到峰值。

或者把句子分开：

> 她绕过了街角。
> 然后，她看到了史蒂夫。

这两个单句给人感觉就像感叹句一样。每个句子都得到了突出强调，但是并没有用感叹号。

当你要制造悬念时，你并不希望用陈述的事实直接打中读者的脑袋。感叹号可能给人虚张声势的感觉。打出声势的任务应该由你写的场面来完成。让场面把这些感叹号暗示出来！

引号

永远不要在人物的内心想法前后加引号：

> “她疯了。”他想。

要么把这个想法换个字体表示，要么用人物称谓明确它的归属：

> 她疯了。
> 她疯了，他想。

另外，不要用引号来强调：

因此她“爱”上了他。

相反，你要用下面这个方法：

因此，她爱上了他。

句子样式

改变句子的样式。

短句给人留下的印象是轻装疾进的感觉。

它们很敏捷。就像一记刺拳。

长句往往给人速度放慢的效果，读者借此可以松一口气，场面的情绪氛围可以用更加常规的方式得到诠释。这是你控制场面节奏的一个方法。

玩味一下句子的变化。尝试各种句子样式。句子样式与文风的关系正如画家的调色板与画风的关系一样。

不要给百合花镀金

一定不要画蛇添足。这是一条可敬的原则。在悬念小说中遵守这个原则尤为重要。“给百合花镀金”这句谚语的原意是如果大自然的作品原本已经非常可爱，那么就不要添加过多的修饰。

换句话说，不要堆砌太多辞藻。不要向我们唠叨一些大家已经知晓的东西。

大多数读者不会留心这样的地方，每次当你有意识地这样做的时候，都会让读者从直接体验中游离出来，即便只是片刻。

下面有两个例子：

马克从楼梯爬了下来，每次吱吱声都像子弹击中了他的神经。他充满了恐惧。

最后一句话是没有价值的。它没有增加读者心中的恐惧感。它是在一节拍一节拍的情感制造过程中发出的短暂噼啪声：

“从这儿滚出去!”马克把玻璃杯向史蒂夫摔去。他怒气冲冲。

明白我说的意思了吧？读者不需要你告诉他们马克感觉如何，因为这是显而易见的。悬念时刻反而被增加的那个句子给稀释了。

风格早已被大家公认为一个实践问题。因此，多多实践吧。一旦把那些技巧运用自如，你抓住读者注意力的能力就将得到巨大提高，这难道不是作家提高水平的最佳途径吗？

21

瞬间的悬念

记得我与太太谈恋爱时有过下面这个悬念丛生的瞬间。

这件事跟波士顿的奶油饼干有关。

辛迪和我晚上出去，中途停在一个地方吃夜宵。我选了一块很好的奶油饼干，外加一杯牛奶。

我记不得辛迪点了什么。

我确实记得自己凝视着她蓝色的大眼睛，想着自己是个多么幸运的男人。我们讨论两个相爱的人可能讨论的事情。

然后，奶油饼干上来了。

我低头找我的叉子。

当我抬起头的时候，我看到了另一支叉子。在辛迪手里。她隔过桌子来叉我的奶油饼干。

时间凝固了。

我用那种大家经常在俗套的爱情电影中听到的深沉的、迟缓的声音吞吞吐吐地说，“不，不，不要……”

辛迪瞪了我一眼，似乎我用一头小海豚反复撞击一头小海豹，而最终把那只小海豹弄死了。

“你不想分享吗？”她问。

我当然不想分享！这小饼干可是我点来吃的。她可以吃自己的小饼干。我习惯了大学时代的独立生活，那时我跟四个男生一起生活。对于食物，我们都像猪一样喜欢多吃多占。你只该吃自己的食物。

所以，在那个夜宵店，在尴尬无语的沉默中，诞生了一个悬念。我们毕竟还是不太般配吗？爱情的美梦是否就此走到了尽头？

我们后来解决了矛盾。但是，那个时刻……

这就是瞬间的悬念。你在一个场景中间制造出来的那些小事就是瞬间的悬念。你可以用它来读者手不释卷。

微观障碍

希区柯克经常用下面的方式解释意外与悬念之间的区别：意外是两个人坐在餐厅餐桌旁，这时一颗炸弹突然在桌子下面爆炸了。

悬念则是观众听到了桌子下面定时炸弹的计时器在滴答作响，却不知道它什么时候会爆炸。

这个关键区别引出了一个提升悬念的终极工具，你几乎可以在任何一个情节点上使用它，这就是微观障碍。

微观障碍是一个貌似微不足道的事件，或者东西，或者人物，当它进场的时候，带着巨大而复杂的旁生枝节的潜力。

最近，我正在写一场戏：我的主人公必须送一个人到好莱坞的一位老牧师那儿。这件事只有这位老牧师才能帮得上忙。他来到了这所小教堂，这里全年 24 小时开放。

我的计划是让主人公开车到那儿，然后下车跑进门去，然后发现这位牧师被人绑了起来，而且嘴巴也被封住了。于是，我就朝那个方向努力……直到她来到了门前。

我认为，这是一个设置微观障碍的好节点。于是，我把教堂的门锁上了。

在这个场面中，时间是一个关键因素，这个小障碍增加了这里的悬念。不用大费周章，它就让这个场面变得非常紧张。现在，我的主人公必须克服障碍才能走到下一步。

假如她没有克服障碍，那么前方就有更大的麻烦等着她。

这些微观障碍强化了阅读体验中的快乐，前提是读者已经开始关心这个人物了——而这是一个很重要的前提。

假如读者压根儿就不关心人物，微观障碍就会变成影响阅读速度的烦人的绊脚石。

一个贴切的案例是本·阿弗莱克[①]的电影《城中大盗》。故事讲的是一群来自查尔斯顿的水手，他们由道格·麦克雷（阿弗莱克饰）率领去抢银行。另外还有一个成员是道格的童年朋友吉姆（杰瑞米·雷纳饰）。

电影开始的时候，他们戴着骷髅面具抢劫了一家银行。银行副经理克莱尔（吕贝卡·霍尔饰）看到吉姆脖子后面的图腾纹身。她看到的视觉信息只有这一条。

她要到联邦调查局当证人。监视这个证人的过程中，道格后来迷恋上了她。他们开始约会。

这层窗户纸其实已经非常薄了。实际上，由于吉姆压根儿不知道这段初萌的爱情，还建议道格他们“照顾好”这个证人。

一天，道格和克莱尔在路边咖啡厅约会，克莱尔起身去洗手间。这时候吉姆走过来，开始与道格交谈，问道格发生了什么事情，他在这儿跟谁在一起？道格想让他离开此地，但是吉姆坐下来非要知道个究竟。他有怀疑了。

而且，他穿的还是那件短袖衫，图腾文身清晰可见。

克莱尔回到了餐桌旁。

在接下来的两三分钟，镜头好几次切入那个文身，我们想知道克莱尔会不会看到那个文身？假如她看到了，她就知道道格肯定向自己撒了谎，那么他就是抢劫犯之一，等等。

对话显得有些尖锐，吉姆想知道发生了什么事，却不明说，于是他就抱怨道格，我们仍然不知道克莱尔有没有看到文身。

一个微不足道的障碍被扔进了火药筒中，这个障碍像雷管一样，

---

① Ben Affleck（1972— ），美国男演员、导演，1997年凭借自编自演的电影《心灵捕手》获得奥斯卡奖。其作品还有《好莱坞庄园》、《逃离德黑兰》。

让火药有了随时发生爆炸的可能。

做一做

1. 找到那些篇幅在两页以上、悬念不强的场景。可能是两个人在饭店里谈话，或者同事在办公室交流观点。

2. 列出可以引入的潜在障碍，从大到小依次排列。继续思考，直到写出九个或者十个障碍为止。不要自我编辑。这些障碍可以是其他人物、声音、天气、事故（或大或小）、烦心事，等等。

3. 选择一个障碍，插入这个场景的中间部分。

经过几次这样的训练之后，创作的思维就能进入自动工作状态，凭直觉就知道什么地方可以插入一个小障碍。这样，训练的目的也就达到了。

提高赌注

这一说法来源于扑克牌赌博界的老千（这是显然的）。想象一下这个情景：一个乡下的土豪来到城里，喝了一两杯酒，然后受邀到饭店后面的包间去玩“朋友间的扑克牌游戏”。

“去是必须的!”土豪说，于是他坐在一群留着小胡子、眼睛发亮的男人中间。打了几手牌之后，乡下人发现自己赚了一两块钱，他感觉飘飘然了。他的新“朋友们”给他端来的啤酒也没有什么异样。

“我猜今夜只是你的点儿不高!”土豪欢呼雀跃地说，又买了一盘价值两毛钱的小筹码。

这个时候，一个小胡子男人提议大家提高赌注，你知道，这只是为了让游戏玩得更有意思。

接下来发生的事情你大概也知道了。慢慢地，这个土豪不仅把赢来的钱赔了进去，而且把身上的钱也全输光了，或许还包括他的金表，甚至身上的衣服。

当赌注提高之后，风险也提高了，潜在的损失也更加严重。

在小说中，你可以在三方面提高赌注：情节、人物和社会。

情节赌注

当激动人心的主要情节强度逐渐提高，你就是在与情节赌注打交道。外部环境中出现的危险及其重要性也越来越高。你要问下面的问题：

- 我的主人公可能遭遇何种更大的伤害？想一想对方的实力，接下来可以引进什么障碍让情况变得更糟。
- 考虑引入另一个人物，让他带来更多的麻烦。在经典西部片《原野奇侠》中，赌注提高的时刻发生在故事开始很久之后，在枪战能手杰克·威尔逊（奥斯卡奖提名者杰克·帕兰斯饰）被引入动作场面之后。他受雇于一群恶棍，充当流氓集团内部的打手。当你添加一个人物时，要通过他与故事进程的重要关系以及他与主人公的对抗情况来证明这个人物存在的合理性。
- 你还可以增加一个人物，这个人未必与主角对抗，不过，他必须能够提高大家的赌注。在《卡萨布兰卡》中，一个绝望的年轻妻子来找里克帮忙。她的丈夫想要赢钱，有钱以后，他想买通逃离卡萨布兰卡的出路。但是，他输了钱，而妻子知道唯一的选择就是与路易睡觉。路易是法国的警察局局长，这样他们就能弄到需要的证件。里克不希望被卷进去。她的困境是强迫里克做他不愿做的决定。
- 对于主人公来说，有没有什么本职任务是至关重要的？她的工作在哪些方面可能遇到危险？

在威廉·麦克基佛恩的经典黑色电影《大内幕》中，一个名叫班尼恩的警察被迫接触到当地黑社会的核心。他的上司也是一群腐败分子，他们命令他交出警徽和枪支。他拒绝交出枪支，因为枪是他自己掏腰包买的。于是，上司们就有理由监视他了，随后，他丢了警察这个饭碗。

人物赌注

人物内心世界发生的什么情况可以把赌注变得更有个人特色？是什么让主人公的情感来回摇摆？

电影《大内幕》里，在一桩由班尼恩警官负责调查的凶杀案中，由于汽车爆炸事件中炸死的是他的妻子，于是这个案子就变成一起针对个人的血海深仇。复仇变成了人物个人的赌注。

想想下面的问题：

- 情况怎样变化才能给主人公的感情带来更多的痛苦？
- 什么事情既能打败她而且还能摧毁她的精神支柱？
- 心理上的死亡是怎样迫近主人公的？
- 有没有哪个主人公关心的人可能被卷进麻烦之中？
- 有没有一个源于过去的“幽灵”可以现身，并给主人公带来更大的内心折磨？

社会赌注

这里你要问的问题是：对于更广大的社会来说，这件事有什么后果？在电影《大内幕》中，假如班尼恩没有打倒犯罪集团的老板，整个小城的民众就都要遭殃了。一直贯穿到最高层的腐败现象会继续存在。公民无法得到真正的正义。

所以，你要问下面的问题：

- 我的主人公的麻烦如何向外扩展影响到更大的社会群体？
- 在故事情节中，可以引进社会中的什么人物来说明其中的社会赌注？

滴答的钟表

有一位有史以来最伟大的悬念小说作家，他的一生大部分时间是在纽约旅馆房间里独自度过的，他为通俗杂志写故事。科内尔·伍尔里奇[1]成了悬念小说艺术的代名词，虽然遗憾的是，至今没有人知道他的名字。

在他的短篇小说《三点钟》里，一个人认为妻子对自己不忠。所以，他在地下室的机械钟表里面安放了一颗炸弹。他要迅速从那所房子偷偷溜掉，但是两个入室窃贼撞到了他，并且把他捆了起来，封上嘴巴，扔进了地下室里。

就这样，他被撂在那儿，动弹不得。炸弹的定时器嘀嗒嘀嗒地响。伍尔里奇告诉读者人物内心的想法，但是他不能动弹、无能为力，这样无助的状态使得小说的悬念达到了不可思议的水平。

悬念一直维持到结尾的逆转为止，这里就不再多说了。

在伍尔里奇的小说《魅影女子》中（作者以笔名“威廉·艾瑞施”所写），这个嘀嗒的钟表是执行死刑的日期。一个人被冤枉了，法庭判定他是杀害妻子的凶手。他只有一个不在犯罪现场的证人，一个谁都不记得，也找不到的女士。在他坐上死刑电椅之前人们会找到她吗？小说划分章节时用了下面这样的标题，“死刑执行前第 9 天”。

知名电视编剧兼小说家史蒂芬·康奈尔是这样说的：“通常，往往是在故事前期，一个聪明的作者放置了一个时间锁，一个结构上的装置，在特定的时间期限内，需要发生某个特定的事件，否则某个特定的麻烦必须出现。这个时间锁的作用是压缩时间，增强故事的紧张程度。当然，并非所有的故事都会采用‘嘀嗒的钟表’，但是手段灵活的作家深入挖掘自身潜力，便可以找到某种方法和地点，把一个有意义的东西整合到故事中。”

来看下面的例子：

翻天覆地大逆转——一个男子需要找到他爱的人并且告诉她：她就是自己的心上人。但是这位心上人就要上飞机离开这个城市了。在电影《曼哈顿》中，伍迪·艾伦穿越纽约的大街小巷去找玛瑞儿·海

---

① Cornell Woolrich（1903—1968），20 世纪四五十年代美国黑色小说代表作家。当时黑色电影把犯罪小说搬上银幕。黑色风格与硬汉风格颇为相像，只是没有侦探。黑色小说依赖于事物的对比：黑暗与光明，疯狂与理性，天堂与地狱，罪孽与救赎。

明威，当时她正要穿过一扇大门坐进一辆出租车。

堆积障碍——在小说《回到未来》中，马蒂能否回到家中、回到他自己的时区，完全取决于布朗博士能否把一个引雷的线路接好。如果接好了，镇上的钟楼就可以准时在晚上 10 点 04 分遭到雷击，而马蒂强迫德洛瑞恩接线，正好就在打雷的瞬间。

a. 但是，一个树枝让接线点脱位了，只剩下几分钟了！布朗必须爬上钟楼去接线。

b. 马蒂把汽车定好位置，准备在正好的时间开始工作，但是汽车坏了。

c. 布朗差一点儿从钟楼上跌下来。

d. 布朗在钟楼上接好了电线，但是接线导致地面的电线脱离了位置。而马蒂正好赶到了！

e. 布朗顺着一根绳索滑下来，然后四脚朝天摔在地上。

f. 他必须把电线从树枝上摘下来。马蒂几乎同时赶到了那儿。

g. 雷电劈下来的瞬间，布朗刚好接好上线，而马蒂则被电流击中了。

做一做

1. 建立某项重要任务，然后为此设定一个时限。这个时限可以像普通约定那样简单，也可以像一个定时炸弹那样可怕。

2. “头脑风暴”一下，想出一些障碍，让它们阻止人物在这个时限内轻松成功。

3. 在最后可能的时刻，让这种紧张感松弛一下。有时候，最重要的嘀嗒钟表会在高潮时发生，然而也不要忽视故事中其他部分里那些较小的时间压力。

打断

一个简单的中断也可以制造悬念。记住，悬念意味着不要给出解决方案。因此，在任何紧张的时刻，读者都不知道这个困境将会如何解决，作者由此可以拖延更长的时间。这个方法可以略微提升故事的紧张感。

就以我们眼下写的小说为例，我们在中间增加一场戏：罗杰·希尔在办公室遇到一个名叫伊芙·塞恩特的女人。她把罗杰藏起来，让前来抓捕罗杰的警察扑了个空。她之所以做出这个决定，是因为罗杰长得酷似巨星加里·格兰特，而她是一位冷艳动人的金发美女，她认为这件事情自己既然帮就要帮到底。

> “谢谢，”罗杰说，“你不必那样做。”
>
> “不。”伊芙说。
>
> “你是否介意我问你为什么这样做?”
>
> “你有一张迷人的脸庞。”
>
> “真是如此吗?”
>
> “以前没有人对你说过吗?”
>
> “没有这么迷人地说过。”
>
> “别想得太美了，”伊芙说，“我想知道到底为什么警察要找你。”
>
> “这全是一场误会。”
>
> “说给我听听。”
>
> 罗杰意味深长地看了她一眼。他的直觉告诉自己，她是可以暂时信任的。
>
> “我被指控犯下我未曾犯下的罪行，”他说，“我清白无辜的证据就在这个办公室里。我只是不知道在哪儿能找到它们。”
>
> “等一下。你是那个卷进了巴克斯特事件的那个家伙，对吧?”
>
> “很会猜呀。”
>
> “不是猜，”她说，“我有办法帮你的忙。”
>
> 他一把抓住她的肩膀。“你知道那些证件在哪儿吗？巴克斯

特的证件？”

“是的。假如他们的身份正如你所说的那样，你就没什么好担心的了。”

“让我看看！”

“跟我来吧。”

她领着罗杰进入了隔壁的套间。

由此，我们发现了某种重要的线索，它能帮到罗杰。在你的稿件中也会有许多这样的地方。把它们想成是A点到B点到C点的顺序。这个顺序要符合逻辑。

不过，为什么我们要如此轻易地放过主人公？而且，值得一提的是，为什么我们还要轻松地放读者一马？

所以，我们要给它增加一个岔子，打断轻松的进程：

他一把抓住她的肩膀。“你知道那些证件在哪儿吗？巴克斯特的证件？”

“是的。假如他们的身份正如你说的那样，你就没什么好担心的了。”

“让我看看！”

“跟我来吧。”

她走了一步，但是，砸门声让她停下脚步。

“快开门！”警察的声音，他之前听到过。

“怎么回事？”伊芙说。

“有人看见他进来了。你锁着门在里面干什么呢？”

伊芙示意罗杰进入隔壁房间。但是，麻烦又来了。那个房间没有出口。他肯定是没有看到任何出口。

“马上把门打开。”警察说。

情节继续。罗杰能不能拿到巴克斯特的证件？这就取决于你了，不过，现在他必须等待。

次要人物

永远不要浪费次要人物。他们在小说中可以起到许多作用，增强故事的刺激性，增加额外的节拍，通过幽默搞笑缓和氛围（参阅第 7 章）。最后，他们还能增加悬念。

次要人物可以有台词也可以没有台词。戏剧术语里把这些跑龙套的小人物称为“扛旗的人”，原指古希腊戏剧表演中的一类编外演员，这些人只管站在舞台上，却没有台词。

在上述两种情况下，你要想办法利用这些次要人物，让主人公的难题拖延下去，同时增加悬念。

假如你笔下的罗杰·希尔需要找到自己丢失的文件，情况会怎么样？眼下他正需要这些文件。他认为自己丢失文件的地方是在地铁车站。因此，他匆忙赶回地铁站，跟负责失物招领的保安说明情况。失物招领台前坐着的是一位 20 岁左右的保安：

> “打扰一下。”罗杰说。
>
> 保安正在看一本漫画书，这时他抬起头来。
>
> “我丢了一个包裹。”罗杰说。
>
> “不光你一个，别人也一样。”保安说，把漫画书丢在台子上。
>
> “什么样的包裹？”
>
> “一个信封，大信封，你知道是那种——”
>
> “马尼拉纸的信封？”
>
> “对，马尼拉纸。”
>
> “啊哈。”
>
> “你能找找吗？”
>
> “里面有什么东西？”

“你为什么需要知道这个呢？或者你已经——”

“嗨！你知道他们在信封里放什么东西吗？或许你没听说过炭疽病毒的事吧？”

“你看我像恐怖分子吗？”

“伙计，我们这儿可没有档案。”

“请你只管给看看吧。我有急事。”

“那么你说说看，这个信封里有什么东西？”

“只有我需要的一些证件，现在实际上——”

“你是个作家？”

“对不起，你说什么？”

“从我们这儿经过的作家可有很多。”

“我不是——”

“我想当作家。我有想法。你在这个失物招领台的事情可真多。”

与此同时，凶手正在逃跑。

一个次要人物可以而且应该是下面两者之一：要么是专门下绊子挫败主人公的人物，要么是主人公的好伙伴。也就是说，他要么让主人公经受挫折，要么给主人公提供帮助。即使他是主人公的好伙伴，你也可以因地制宜地制造一些悬念。

记得《生活多美好》中有一个场面，那个马马虎虎的比利叔叔丢失了银行存单。还记得这个场面吗？他想找到存单却没能找到，而时间紧迫这一因素是这个场面的关键所在。没有钱意味着毁灭。而乔治却在给他读那场暴乱事件的新闻，而且厉声尖叫要求他把内容记住。

他们两个人是好朋友。他们是一伙的。但是，钟表在嘀嗒地前进，而比利叔叔这个人物为增加悬念制造了可能。

曲折与转折

曲折与转折是冲突与悬念很好的子系统。按照定义，它们让写作的内容偏离了正常可预测的范围。它们起到效果的前提是能够增加故事的复杂性，提高紧张感，继而帮助我们完成自己的头号任务：让读者继续向下读。

我们都知道小说中或者电影中有那种让人窒息的惊天意外。对于各种类型小说的作者来说，创作出这样的瞬间都是一件乐事。

那么，我们也来试试吧。

曲折是一个改变故事发展轨迹的大事件。人们期待中的方向被它终止了，读者被带离大路，跑到偏僻的小道上去了。

曲折可以完全改变剧情发展脉络的方向，也可以为剧情增加巨大的复杂因素。换句话说，读者可以被送去一条新的河流，让他们漂到未知的目的地。或者还在同一条河流上，不过，河流中出现了礁石和急流甚至瀑布，而这些突然出现的障碍需要克服。

曲折可以在故事的中间或者结尾部分出现。它可以造成情节的问题、人物的问题或者两者兼有的问题。

曲折可以被定义为一个惊天意外，但又是意料之外、情理之中的。

这意味着读者不能预见它的到来，但是当它真出现之后，又是合情合理的。至少，当真相大白之后，它是有道理的。

下面举例说明。我把作品的名字标出来，假如你不想听我啰唆，可以不必阅读下面的内容，自己去读读那些作品就好了。

这够公平吧？

曲折： 惊叫的游戏

下面是电影史上最让人兴奋的一类曲折情节，对于观众而言，这类曲折让他们坐立不安、无法安席。如果你记得的话，这类曲折会出现在故事的中间部分。比如爱尔兰共和军战士弗格斯迷恋上一个漂亮的黑人理发师。两人之间的关系变得热络而复杂起来。弗格斯脱掉自己未来情人的衣服，发现了一个生理方面的信息，这让他因震惊过度而晕倒了。

这类曲折是在剧情中间出现的，而且会改变故事发展的方向：

《第六感》——这部电影的著名曲折出现在结尾处。马尔科姆·克罗医生是一个儿童心理学家，他在治疗一个名叫科尔的男孩，这个男孩看到了死人。剧情慢慢地发展，直到最后，我们才发现克罗本人也已经是一个死人。

以下这类曲折解释了发生在电影中的其他所有事情：

《星球大战》——“我是你的父亲！”

《马耳他之鹰》——山姆·斯佩德喜欢那个撒谎并杀人的布丽吉德·奥肖内茜，但是这在结尾是不够的。他给警察打电话，把她交给了警察，因为：

“一个男人的好友被杀了，他总会做点什么。你怎么看待他都没关系。他是你的同伴，你要为他做点什么……我可不会为你当那个傻瓜。”

《吕贝卡》——“我恨她！”

《东方快车谋杀案》——所有嫌疑人都犯罪了。

《飘》——斯嘉丽和瑞特最后肯定在一起了，毕竟他们经历了一切考验。但是同时：“坦率地讲，亲爱的，我可是毫不在乎。”

《麦琪的礼物》——一个没有太多钱的年轻丈夫变卖了他最宝贵的财产，他的金表，这样他才有钱给妻子买一个圣诞礼物，为她美丽的长发准备一套镶嵌珠宝的梳子。但是同时他发现她把长发剪掉卖了，这样她才能有钱给他买一个漂亮的表链。

《唐人街》——

“她是我女儿。”

（掌掴）

“她是我妹妹。”

（掌掴）

“她是我女儿也是我妹妹。”

玩转曲折

玩转曲折是很好玩儿的事情，但要说明其合理性则很难。就像《宋飞正传》里的这个瞬间：杰瑞因为出租车公司没有他预定的那辆车而生气了。他严厉批评前台的女工作人员："你知道如何接受预定，难道你就不知道如何保留预定？这才是预定中最重要的部分。任何人都可以接受预定。"

我们可以说，任何人都可以制造一个曲折。但是，说出其中的道理却是曲折中最重要的部分。

你应该怎么做呢？

1. 倾听作家的想法

在写作的时候，即便你是按照提纲写作的，也要允许自己潜意识中、脑海里自动给你发送信息。

有时候，这不需要你的任何额外刺激就能发生。你只管写下去，只管做自己的事情，你为人物制造情节，突然之间，对于这个场面你就有了一个疯狂的想法。情况就是这样发生的，而且往往是围绕着人物发生。

这就是某些作家称之为人物"接管作家而喧宾夺主"的情况。话虽然说得有点儿夸大其辞，不过也有道理。你随时都可以提醒那些被你创造出来的、让你烦恼的人物：你才是那个敲键盘、塑造人物的人。

当这种情况发生时，马上停止写作，仔细琢磨一下那个想法。

我曾经写过一篇小说，讲的是一个律师和他的家人的故事。他和家人都遭到了威胁。我设计了下面这个场景：丈夫劝说妻子，在麻烦解决之前，他们最好把家从城里搬到城外一个安全的地方。

我的对话写到这儿：妻子回答，"不。"

我眨了眨眼睛，然后，敲了前删键。

她仍然拒绝离开。

我停下来，坐直，想了想。我似乎听到了她在讲述自己的想法。

她不想离开自己的丈夫，她不愿意离开，也不想被迫这么做。

我有点欣赏她的看法。

因此，我就让她自由选择了。这样不光对她有好处，对整部小说也有好处。为此，我必须重新规划后面的场景，不过整体效果很好。

但是，有时候这样做的效果可能并不好。我还想说说其中的诀窍。你要在脑海里和纸面上让人物稍微试演一下。假如不成，你总能回到那个节点，然后让自己重新获得支配权。

不过，倾听笔下人物的想法还是有益的。

2. 玩预期的游戏

当你写到某个地方的时候，应该停下来问自己一个非常重要的问题：大多数读者会预料接下来要发生哪些事情?

这就是预期的游戏，要玩好这个游戏，你必须找到办法打消读者的某些期待。

所以，你需要把读者预料之中的事情都列在一张表上。比如，主人公白天在大街上中枪了。接下来他会做什么事情呢?

- 猫腰躲到一幢建筑里。
- 沿着一条小巷跑进去。
- 找一个有城市生活经验的人来帮助他。
- 自己拿一把枪，然后出去寻找枪手。

如此等等。除了这个清单，还有可能发生什么出乎读者意料的事情?把这些选项写下来：

- 偷辆汽车。
- 被一辆肇事逃逸的汽车撞倒。
- 碰上一个家伙，这人想把他暴打一顿。
- 一个人帮了他，后来，这人居然偷了他的钱包。

把这些选项都琢磨一下，然后你就能弄清楚哪个情节发展是你最喜欢的。

列出清单。方便你从素材中做出选择。

3. 说明理由或者旁生枝节

既然你已经想出了一个很棒的曲折，那么你就会得到读者的关心。在读者的脑海里，这个曲折也向他们提出了一个问题：这样一来，后事如何？

换句话说，他们将会为你灵机一动而想出的出乎意料的情节寻找合理的理由。

接下来，你就遇到了难处理的部分。

你的曲折或许让整个小说面貌一新，而这或许需要你不得不重新构思一下当初自己想写的内容。

另外，曲折必须是有道理的。如果问题根本就没有答案，或者这个答案是骗小孩的语言游戏，那么读者就要大失所望了。

假如你不能马上想出合情合理的解释，你可以由此再生枝节。让你的创作思维慢慢酝酿一下。当你困得打盹想要睡觉的时候，你不妨想一想这个难题。给它几天的时间。

答案总会来的。

4. 逻辑合理的层次

要把散乱的线索整理好，最好的办法是在接近收尾的地方给答案理出层次来。

也就是说，不要等到最后一章才把所有问题的答案都一股脑儿地倾泻出来。

有时候，这是难以避免的。还记得《惊魂记》吗？作者诺曼·贝茨的全部分析都包含在电影结尾处那位心理学家发表的一段长篇讲解中。但是，当时这样做确实因为事发突然，除此之外别无他法，因为惊天逆转式的曲折就发生在刚才的几个瞬间之前。

假如你必须在结尾处解释许多东西，那么就把它放在一个剑拔弩张的紧张场面中吧。千万不要在你接近收尾的时候放弃冲突！假如你的一个人物可以做出解释，那就把这样的解释融入一次争论之中：

让我来解释一下吧。大家知道，波斯利是一个弑君逆臣式的人物。他相信自己命中注定要杀掉很多国王和女王。这可以追溯到他的童年。在他四岁的时候，他发现了姐姐的“漂亮公主”系列布娃娃，然后他拿走了一个冠状钻石头饰。他认为这会让他看上去像是国王，于是他把它戴在了自己头上。但是，当父亲看到时，把它从波斯利的头上扯了下来，然后强迫他连续看了10个小时体力劳动者的生活。这期间，姐姐也来奚落他，告诉他：他永远不能当什么国王，只能是那个小肚鸡肠的他自己。最高潮的情节是：她把他压在身下，并且把巧克力酱汁倒在他的头发上。

或者你也可以把这一切变成下面这个紧张的场面：

富莱韦尔大夫说，“波斯利是个弑君者。”
“用英语说，医生。”罗杰说。
“他想暗杀国王和女王。”
“行了，说点儿正经的！”
“这是真的。看看他的童年……”
“在这件事情上，你要变成弗洛伊德那样的人吗？”
“你想不想听听有关巧克力酱汁的事情呢？”
“我不知道你在说什么。”

根据你的需求和小说类型调整主要曲折。假如你有许多曲折，你就会面临一个巨大的挑战：你要把它们以合理的方式整合在一起。再没有什么比解释不充分的、从天而降的情节转折更让读者痛恨的了。如果不想这样，就需要某个人物在故事结尾处用大量的篇幅进行解释。

如果解释得太过荒诞不经，那么读者也要抱怨。

另一方面，假如你的主要曲折位置恰当，往往能给人带来难忘的阅读体验。

拿掉的能力

增加悬念的另一途径是把主人公做某件基础事情的能力给拿掉。

比如说主人公不会走路了。

在希区柯克的经典电影《后窗》中，詹姆斯·斯图尔特扮演一位摄影师，他有一只腿完全是打在石膏里的。他被死死地固定在公寓里的一张轮椅上，只能看着外面的院子。当然他还可以看到别的窗户，有时候也能看到其他公寓里发生的事情。

比如说他看到了凶杀案。

他告发了那个犯罪的邻居。当邻居知道是谁告发了自己的时候，就来袭击摄影师吉米，而吉米无法摆脱危险。希区柯克利用了门厅里大门开启的声音以及邻居接近吉米公寓时脚下发出的声音制造悬念。

在故事发生前或者在故事发生的过程中，你可否让人物发生官能障碍？

或者说，你可否拿掉主人公为了解决问题而必备的某个设备或者帮手？比如：

- 汽车被盗；
- 马路被封；
- 朋友或者盟友因事迟到；
- 桥梁垮塌；
- 警察没赶到；
- 电话丢了；
- 失忆；
- 证明不在犯罪现场的人死亡；
- 宇宙爆炸。

能否想出什么事情，可以大大拖延主人公摆脱困境的时间？以后，在写作小说的整个过程中，你都要继续使用这个清单。

增加反方的力量

在故事情节进展过程中，你还可以赋予对手更大的力量。

比如：

- 对手有盟友赶到支援；
- 对手得到更多或者更好的武器；
- 对手发现了一个主角不想透露的秘密；
- 对手把一个主角喜爱的人劫为人质；
- 对手获得了主角的个人信息。

从对手的视角考虑一下情节，他会想出什么策略去赢得胜利呢？列一个表，犹如指挥官在谋划战役，把它们当作场景的备选方案。

情感与思想

在制造悬念的时候不要忽略人物的内心活动。原因如下：人物内心的想法会拖延问题的解决。这是提升张力的工具（参阅第 17 章）。

在斯蒂芬·金的《爱上汤姆·戈登的女孩》中，9 岁的特丽莎·麦克法兰德在树林中迷路了。在这部小说的大部分时间，她都待在这片树林里。

当然主人公也有很多独处的时间，作者用它来展示主人公内心世界的变化：

> 当她重新站起来的时候（她下意识地还在头部挥动着帽子），感觉自己基本冷静下来了。这会儿，他们肯定已经知道她不在了。妈妈的第一个想法肯定是特丽莎因为争吵以及回到大篷车而生他们的气……妈妈会害怕。一想到让她害怕，特丽莎就有罪恶感和恐惧感。肯定要乱成一团了，而且也许是一个大乱子，会牵涉到狩猎监督官以及森林服务局，而这全是她的错。她要病了。

后来，金给我们讲述了特丽莎的梦：

她的母亲在搬家具，这是特丽莎脑海里回忆起来的第一个想法。她的第二个想法是父亲带她去琳茵的“好玩儿的溜冰场”，她听到的是孩子们的轮滑鞋滑过斜面轨道的声音。然后，某种冰冷的东西溅到她的鼻梁上，她睁开了眼睛。

然后是一段回忆：

这让她又短暂地抽泣了一次，因为她看到了自己昨天晚上在桑福德厨房里，往蜡纸上倒盐，然后按照母亲给她演示过的方式包好。在头顶灯光的照射下，她可以看到自己的头部和双手在福米卡贴面上留下的影子；她可以听到客厅里电视新闻节目的声音，以及哥哥在楼梯上转弯时发出的吱吱声。这个回忆如此清晰，仿佛触手可及。她感觉到自己仿佛正在溺水，而同时还在回忆在船上的情形，如此冷静自在，如此无忧无虑。

你可以发现，有许多方法用来改变表现人物内心思想感情的镜头，目的都是为了让悬念问题继续：她会被发现吗？

内心思想也可以通过第一人称叙述者的视角表现出来，正如在杰弗逊·帕克的小说《洛杉矶的不法之徒》中那样。故事的主人公是一个女贼。她正要去抢劫肯德基，不过作者首先解释了一下缘由：

当我还是个姑娘的时候，我的第一份工作就是在贝克斯菲尔德的一家肯德基餐厅打工。我告诉他们，我 16 岁，长得也像 16 岁，但是当时我还不到 14 岁。那时候，女孩都在前台工作，接受订餐以及收款，男孩则在后台，备餐以及烹饪。那时我经历了人生第三次爱情，深深地爱上了一个名叫唐恩的厨师。

接下来她叙述了经理鲁比的事情，他有个儿子在蹲监狱，模样很酷。然后，她又说到“公司”如何派了一个喜欢骚扰女员工的新经理，然后员工集体辞职了：

> 所以，一有机会我就想抢劫肯德基。

现在，你得到了一个工具箱，里面塞满了各种工具，供你在各个层面上制造促使读者继续读下去的悬念。当你看着自己的稿件感觉似乎有点拖沓的时候（你不想让进展缓慢），参考一下本章提出的策略。总有一种策略对于你的处境是有效的。

你会成为一位熟练掌握讲故事技巧的大师的。

22

集其大成

科幻小说家罗伯特·A·海因莱因[①]说，对于作家来说有两个规则：

1. 你必须写作。

2. 你必须把自己写的东西写完。

说得不错。我只想补充一下：你应该不断学习如何写得更好，并且应用你学到的知识，一本接着一本地写。

通过写小说，你可以学到很多。

通过研究写作技巧，你也可以学到很多。

这就是“集大成”的意思。每个你所知道的东西，每个你感觉到的东西，你的激情和想象，你的技艺和操守，全都要服务于下面的目标：写出一本从头到尾都充满冲突与悬念的小说。

为了帮助你继续追求这项事业，我给你提供一个方法：无论你是按提纲创作还是不按提纲创作，无论你写不写故事梗概，这个方法都有用。至少你可以想清楚下面的步骤。它们会让你在写作过程中避免许多挫折。

---

① Robert Anson Heinlein (1907—1988)，美国科幻小说之父，作品畅销多年，影响深远，奠定了科幻小说的文学地位。

第一步：锁定你的故事

在你开始认真写作之前，你就需要知道你的“LOCK”元素。你可能会说，你要在写作的过程中逐渐“发现”这些元素。假如你把“写作过程”当作是规划过程的一部分，是可以的。

不过，预先设想好这些要素，比你直接进入正式的小说写作要节省时间。

你需要使用第 3 章的原则，创作出：

- 一个值得追随的主人公；
- 一个生死攸关的目标；
- 一个比主人公更加强大的对抗势力；
- 一个精彩的结尾。

最后一个的元素，可能在你真正收尾时会有变化。但是你要记着，拥有一个结尾有助于真正的写作过程。这是你要瞄准的终点站。

针对这些元素，至少做总计两个小时的“头脑风暴”，要在两天内做完。不妨让你的创作神经在晚上睡觉时也继续工作。

第二步：乱子和关口

参阅第 4 章，要想出一个有乱子的开头场面。你要把那个乱子写进第一页中去。

然后，规划你的第一个没有回头路的关口。正是这个事件把主人公抛入第二幕的激烈对抗中去。

第三步：十个杀手锏式场景

曾执导电影《马耳他之鹰》、《浴血金沙》以及《非洲女王号》的著名导演约翰·休斯顿曾经说过，一部成功电影的秘诀是三个很棒的场景，而且不能有一个薄弱的场景。

这句话也适用于小说，只是我希望你创作出十个杀手锏式的场景。可以使用下面的方法：

1. **场景“头脑风暴”：**给自己找一个安静优雅的地方，或者你喜欢的工作地点（或者是本地热闹的咖啡厅）。坐下来，拿出一沓3×5英寸大小的卡片（理由后面你会明白）和一支笔，给自己至少一个小时时间。

做一次“头脑风暴”，把场景构思写在卡片上。不要想太多。让你的想象力驰骋，去呈现各种各样的可能性，而且不要加以评判。这些想法应该保持简单、鲜明，如下：

> 玛丽去一家酒吧，偶然碰到了一个骑自行车的人。
>
> 乔遭遇银行抢劫，他陷入了危险之中。
>
> 玛丽发现母亲一直对自己隐瞒实情。
>
> 乔发现玛丽写小说不用提纲。

如此等等。继续写下去，直到写出 20 个场景的想法。

2. **随机洗牌找到更多机会：**洗一洗你手中的 20 多张卡片。随机抽出两张，看看它们能提供什么类型的关系。根据这个提示再写出一张新的卡片，放在一边，然后把这个步骤再重复五次。

3. **休息一下试试乱炖：**现在你已经花了大约一个小时，你应该有三四十种场景可能性了。试试把它们搁在脑子里乱炖一番，然后放在一边，明天再看。

4. **选出你的前五名：**找另外一个安静的地方（或者还在咖啡厅），规划另外一次工作时间。看看你的卡片，然后选出五个最能让你兴奋的场景。

5. **开发那些场景：**使用第 7 章中的场景提纲原则。你要构思出：目标、障碍、结果。

把冲突与悬念纳入小说中去。障碍部分尤其需要“头脑风暴”。列出可能性清单，选出你最喜欢的。

还有，要在每个场景中努力找到某种出人意料的东西。人物的一句对话、一个动作、一件事情，或任何读者无法预料到的细节。

6. **针对五个以上场景重复步骤 4 和步骤 5：**这样你就大功告成了。只用两个小时做“头脑风暴”，然后你就可以把这十个杀手锏场景付诸实施了。按照时间顺序，大体上把它们排列一下，即使不知道具体某个场景应该在什么地方收尾也没有关系。关键在于你有了十个场景的构思，这些都是“招牌场景”。也就是说，你可以朝着这些招牌写下去，当你抵达一个招牌时，你就可以向下一个招牌前进了。

无论你是按照提纲写作还是随心所欲地写作，这些场景都是作家的无价之宝。当你知道自己已经奠定了写作小说的坚实基础，并且拥有了充足的、很棒的素材之后，你就可以开始写作了。

7. **读者无法跳读的小说：**这是埃尔莫尔·伦纳德著名的写作秘诀之一。

写出第一稿之后，你要先休息一下，然后再修改稿子。把那些读者可能跳过去不读的部分删掉。这些是无聊的部分。

在读每一页时，记得问一下自己：一个疲劳的经纪人或者编辑会把这本小说放下吗?

假如答案是他们会放下来，那么你就要检查一下这里的冲突与悬念，这是两个让他们继续读下去的关键元素。

8. **即便眼下你正在忙着完成一本小说，你也要同时开始布局下一部小说。**

9. **每完成一部小说，你都要把自己从中学到的东西记到笔记本上。**

10. **重复上面的过程。**把想说的话写下来，这样做能让作家养成自律的习惯。把那些在你看来实用的部分写出来，这是职业作家的职责所在。

上述十个步骤可以帮助你达到职业作家的水平。

毕竟，我们距离远古的故事家欧杰和守在炉边讲故事的时代还不算太久远。

一个很棒的故事一直是、而且将来也永远会是这样的：一个人物面对冲突，他的悬念在于他不知道后事如何。

假如没有冲突，你就不能让读者牵肠挂肚。

假如没有悬念，你就不能让读者把小说从头到尾读完。

假如你的故事是无聊而且可预测的，读者就没有购买欲望了。

但是，假如你的故事充满了对抗性和紧张感，情节是曲折的、复杂的、出乎意料的，而且还有强大的悬念和情感，那么你就可以考虑以写作为生了。

把一切都说完、做完、写完。麻烦就是你的事业，原因就在于此。

去找些冲突与麻烦吧。

附录

两部小说的冲突分析

让我们来看两个类型完全不同的小说。第一本是纯文学小说《杀死一只知更鸟》，作者是哈珀·李，另一本是悬念惊悚小说《沉默的羔羊》，作者是托马斯·哈里斯。本书讲述的写作原则同时适用于两者。

《杀死一只知更鸟》

哈珀·李的这篇小说当然是现代美国文学的经典，改编成电影之后依然深受观众喜爱。故事的讲述者是珍·芬奇，她回顾了自己儿时的生活，当时人们称呼她为“斯各特”。小说里呈现了她儿时两个夏天发生的事情，涉及她的父亲阿提克斯、她的哥哥杰姆，还有他们的新朋友迪尔。这个人物驱动型故事的讲述节奏是悠闲自在的，当汤姆·罗宾逊的庭审开始时，故事的紧张感才逐渐增强。

主人公

为了记住冲突的基础，我们首先要问：这本书有一个值得追随的主人公吗？斯各特当然符合这个要求。她年龄幼小而且身体柔弱，但却很能吃苦耐劳。她不怕与男孩打架。她也不是那种安于现状的人。她提出问题而且希望得到答案。对此她是直言不讳的。她身上有些叛逆的精神。她展现出了勇气。

死到临头

接下来，她的目标是什么？赌注是什么？“死亡”是如何卷进来的呢？

当然，我们面对的肯定不是生理上的死亡。确实，在小说的一个场景里，斯各特和杰姆遇到了危险，鲍伯·尤厄尔可能用刀砍他们，不过这是小说结尾时发生的事情。这里也没有职场上的死亡，虽然在涉及阿提克斯和汤姆·罗宾逊的审判这个子情节中，有过这样的内容。

于是，我们剩下的就只有心理上的死亡了。

记住我们的定义：心理上的死亡意味着内心世界的死亡。人物永远不会认识到他或她身上真正的人性潜能。

斯各特需要长成什么样的人？答案是：一个宽容别人而且对别人有同情心的人。

当哥哥杰姆邀请同校的学生沃尔特·康宁汉姆来家里吃饭时，这个穷男孩的行为马上遭到斯各特的反感。他要了一些蜜糖，然后把糖浆涂在包括蔬菜和肉的所有食物上。斯各特气愤而不解地大声斥责他这到底是在干吗。

这让沃尔特感觉非常尴尬。一气之下，管家卡尔帕妮亚命令斯各特进了厨房：

> 当她斜眼向下看我时，眼角的细纹加深了。
>
> “有些人不像我们那样吃饭，”她生气地低声抱怨，“但是在餐桌上你也不能反驳他们。那个男孩是你的伙伴，假如他想吃掉桌布你也要让他吃，听到了吗？”
>
> “他不是我的伙伴，卡尔，他只是一个康家的人——”
>
> “小声点！不管他们是谁，任何到家里来的人都是你的伙伴，你不要让我抓住你对他们的行为方式说三道四，好像你多高贵似的！你们家条件或许比康家要好，但是这并不能成为你羞辱他们

> 的理由，假如你不能在餐桌上乖乖吃饭，那么你就直接在这里，坐在厨房吃好了！”

于是，斯各特得到了一个关键的教训：她要对穷人有同情心，当她跟家庭条件不如自己的人打交道的时候，她不再“居高临下”了。假如她没有汲取这个教训，长大以后她就会成为那些世俗的、爱吵架的、没有宽容心的南方妇女之一，那她就永远不会变成她目前这样正直的人了。

在那天早些时候，她的老师卡洛琳小姐（刚到镇子上来的人）告诉斯各特，她必须停止跟父亲一起阅读，因为她父亲没有掌握正确的教育方法。斯各特遇到了障碍，还遭到了一些沉重打击，她在心里开始暗暗憎恨这位老师。

后来，放学后她又与沃尔特发生了不快，斯各特跟父亲一起坐在走廊上，告诉了父亲自己的麻烦。阿提克斯是这样教育她的：

> “首先，”他说，“斯各特，假如你学会一个简单的技巧，你就能与各种各样的人更好地相处。除非你从他们的视角出发看待问题，否则你就永远不会真正懂得一个人……”
>
> “先生，你说的是什么意思？”
>
> “爬进他的皮肤下面，然后在他的思想里面转悠一圈。”

这一点对于斯各特的成长也起到了关键的作用。这是她打开未来生活的钥匙。

整个小说就此展开，强化了斯各特得到的这个教训。最高峰是在她看到“坏心肠的化身”布·拉德利的时候，然后她又推而广之，扩展到各类人群，以全新的眼光看待他们。这避免了随着她的成年，她因不能宽容他人而导致的心理上的死亡。

对立

在《杀死一只知更鸟》中，与斯各特的心理“健康”相对立的是狭隘与偏见，但是这还不够。它必须体现在人物身上，或者一群人物身上。这个偏见最确切地体现在鲍伯·尤厄尔身上。他反对阿提克斯·芬奇的原因是后者替黑人汤姆·罗宾逊辩护，这是整部小说的主题性威胁。

假如斯各特不改变，她就不可能比尤厄尔强到哪里去，最后她可能成为像邻居老太太亨利·拉法耶·杜博斯夫人那样的人。这个老太太之所以向斯各特和杰姆兄妹俩叫嚷，是因为他们的父亲居然胆敢为一个黑人辩护。

开场

上面就是这个故事的主体结构。叙事者回顾过去的事件，其中的冲突与麻烦是以过去时态来写的。在第一段，斯各特告诉我们她的哥哥杰姆的手臂骨折了。然后，第二段是这样写的：

> 多年以后，我们回首这些事，有时候说起那个导致他胳膊骨折的意外事故。我始终以为，尤厄尔一家人是始作俑者。但是，大我四岁的哥哥杰姆说事情发生得比那还要早。他说，事情发生于迪尔来到我们家的那个夏天，当时是迪尔首先提出一个引蛇出洞的办法，把布·拉德利引出来。

斯各特在日常生活中的小波澜是由小迪尔的到来引起的，正是他启动了贯穿整个小说的那条线索，即他们想看看那个“坏心肠的化身”布·拉德利是什么模样。住在街道对面房子里的布·拉德利到底有什么样的遭遇？他是什么样的人？

小说开头部分暗示出来的那种神秘感足以让我们继续读下去。

没有回头路的关口

第一个关口出现在这部小说的第 9 章，当时斯各特发现父亲要为一个受到强奸指控的黑人辩护。她得到的第一条线索来源于学校里的一名男生，两个人差点儿为此打一架。但是，阿提克斯却向她肯定那个男生所说的情况属实。

这就迫使斯各特进入一个新的境界。这里她必须对抗自己昔日的思想、信仰，从而生成新的思想和信仰。因为父亲做出了为黑人辩护的高尚决定，于是，通向她昔日生活的大门被关在身后了。当小说中的孩子们即将步入成年人行列时，他们往往有这样的感觉：你必须离开儿童房，然后进入现实的世界。这个世界或许是一个黑暗而可怕的地方。

第二个关口又是一次重大的挫败。汤姆·罗宾逊最终被判有罪。对于斯各特和杰姆来说，这是难以理解的。"这个判决不对，"杰姆说，他的眼睛里充满泪水。"不要说了，儿子，这是不对的，"阿提克斯说。

斯各特已经改变了。新学期开学之后（她已经是三年级了），她从拉德利家旁边走过，但是她已经不害怕这个地方了。相反：

> 当路过那个老地方的时候，有时候我感觉一阵懊悔自责，因为我也曾参与做过一些对亚瑟·拉德利必定是残酷折磨的事情，哪个隐居遁世者会愿意接受孩子们这样的举动呢：透过百叶窗向他家偷窥；跟他打招呼是想让他像鱼一样上钩；晚上藏在他家院子里的散叶甘蓝中间走动。

引起共鸣的结尾

在小说结尾，当她终于和布·拉德利直接面对时，她克服了心理上的死亡。她对布·拉德利很友善，而且丝毫也不害怕。她挽着布·拉德利的手把他送回家。

> 阿提克斯是对的。他曾说过，除非你穿上一个人的鞋子走一走，否则你就不会真正了解一个人。只要站在拉德利家的走廊上，就足以让你理解他了。

后来，当阿提克斯把斯各特放在床上让她睡觉时，受伤的杰姆已经在另一个房间里睡着了。斯各特反思着阿提克斯给杰姆读的故事。故事里的人物遭到别人的误解，而实际上这个人是“非常善良”的：

> “斯各特，等你最后看清楚他们，会发现大多数人其实都是这样的。”
>
> 他关了灯，然后走进杰姆的房间。他一晚上都待在那儿。直到杰姆次日早晨醒来，他还在那儿。

《沉默的羔羊》

托马斯·哈里斯写的畅销恐怖小说被改编成了一部轰动一时的电影。它讲述的是年轻联邦调查局实习生克拉丽斯·斯泰琳的故事。她突然接到命令去调查一桩恶劣的连环杀手案，于是她遇到了那个经典恐怖小说中最邪恶的人物——食人魔汉尼拔·莱克特。她能应付得了这个挑战吗？她能不能赢得这个猫鼠之间的智力游戏，打败这个高智商罪犯呢？她能不能及时完成任务，抓住绰号为“野牛比尔”的凶手，进而拯救下一个要被杀害的人？

这些就是赌注。

开场的乱子与值得追随的主角

我们第一次见到克拉丽丝· 斯泰琳的时候，她接到通知要到联邦调查局的行为科学研究部门主管的办公室去接受任务。这就是开场的乱子，这件事出现在第一页的第二段。

托马斯·哈里斯没有先给发动机预热一下就直奔主题了。故事是从“事情的中间阶段”开始的。克拉丽丝的这次见面开启了一连串事件，这些事件将永远地改变她的生活轨迹。

从第二页开始，作者逐渐唤起了读者对主人公克拉丽丝的同情心。

我们发现因为这次召见，她像“遇到鬼一样吓坏了”，她的情感方面出现了危机。大家还记得在学校上学期间，被校长叫到办公室的那种感觉吗？不祥的预感一次次涌上克拉丽丝的心头。

然后，我们又看到背景故事的一个小片断：

> 斯泰琳属于那种不喜欢邀功请赏、攀龙附凤、拉帮结派的人。克劳福德的所作所为让她感觉困惑和不屑。

接下来，她内心有了冲突：

> 现在，站在他的面前，她不无遗憾地感觉到，自己又有点喜欢这个人了。

两种互相竞争的情感自然能够强化冲突。

然后，作者哈里斯又回到了这个行动本身来。记住：稍后再做解释。前面的几个章节要聚精会神于行动。

作者运用了对话的形式来对斯泰琳的个人信息做进一步展现（展示部分），它也属于行动的一部分（对话是行动的一种形式）：

> “你有许多法庭辩护技巧，但是却没有执法的背景。我们找的人至少要有六年的执法经验。”
>
> “我父亲是一个负责公布法庭裁决的司法官。我了解那种生活。”
>
> 克劳福德微微一笑，“其实你拥有的是双学位，心理学和犯罪学，还有几个夏天在精神健康中心的工作，两个夏天吗？”
>
> “对，两个。”

到第 1 章的结尾我们知道，杰克·克劳福德想让实习生斯泰琳去讯问可怕的罪犯——食人魔汉尼拔·莱克特。这又是一个令人同情的因素，因为斯泰琳显然是一个职位很低的人。

生死攸关

我们还知道，对于她来说，这也是一个巨大的职业机遇。主管本人要直接批阅她提交的报告。在联邦调查局内部，她会步入通向成功的快车道。

当然，很明显的是，假如她把这个任务搞砸了，情况就会对她不利，或许导致永远无法弥补的伤害。

因此，克拉丽丝面临的“生死攸关”是涉及职场方面的。

画面马上转到巴尔的摩州立精神病犯医院。斯泰琳将要在这个地方讯问莱克特，不过，她首先必须跟卑贱、腐败的管理员奇尔顿打交道。

哈里斯大师般地为演员分配角色，并且做好了管弦乐的编配。奇尔顿的态度为两人之间的冲突提供了充足的素材。他随口说了一句话，说她如何漂亮迷人，而且他称呼她为“闺女”。

斯泰琳全然不管这些，继续开展工作。奇尔顿不停地说一些黄段子，而斯泰琳内心的思想活动让我们准确地掌握了她对奇尔顿的看法，虽然她在言谈之间仍然保持着冷静。

这向我们展示了几个情况：

第一，斯泰琳不是一个没有骨气的人，当她受到不公平对待的时候，绝不会忍气吞声。千万不要让你的主人公成为忍气吞声的窝囊废。

第二，这里展示出斯泰琳的自制能力，暗示她是坚强不屈的，而且能够面对挑战。

不过当然，最大的挑战还在后面。

对立面

在第 3 章，她第一次与汉尼拔·莱克特打交道。汉尼拔对克拉丽丝是礼貌的，但又有些傲慢。不过，他很快就展现出自己那种让人望而生畏的机智。在两人的对话中，他明显占了上风。可是，即便他把她的心理状况掌握得一清二楚，还提到了她“乡巴佬”的家庭出身以及她不得不承认的信息，克拉丽丝依然坚持继续和他谈话，这表明了她的勇敢。

克拉丽丝伺机发起了反击。她问他是否强大到足以看清楚他自己。当他说“你是个吃苦耐劳的人，对吗？”这句话时，他对她似乎有点儿敬意了。

但是片刻之后，他就不再赞赏她了，他说：“回到学校再学学去吧，小斯泰琳。”

她此行并没有实现预期的目标：

> 斯泰琳突然感觉空荡荡的，似乎刚刚献过血。她花了比平时要多的时间把纸张放回文件夹，因为她不能确信自己马上就能站起来。斯泰琳完全沉浸于那种让她恶心的失败感之中。

在这一章结尾，当住在莱克特旁边监舍里的米格斯辱骂她，而且用肮脏手势羞辱克拉丽丝的时候，莱克特对她萌生了一种同情心，他还给了她一块“肉骨头”：关于一个过去的凶杀案的破案线索。他是在为她提供获得“晋升”的机会。那是他送给她的礼物。

莱克特给她提供的凶杀案线索是：去被害者拉斯佩尔的汽车里去寻找。

场景结构

这一部分我们要分析下面的场景：

目标：克拉丽丝希望进入一辆属于莱克特的一个受害者的汽车。

障碍：时间，官僚作风。

为了克服这个障碍，克拉丽丝使用了点小伎俩（假装是福特汽车公司的召回人）。

结果：失败。没有获得有用信息。

我花费了相当长的时间重读小说的第一幕，里面展现了哈里斯用来让读者与克拉丽丝建立情感联系的各种手段，并且展现出汉尼拔·莱克特是一个智力多么超常的强大对手。

这时，我们大约读完了全书的五分之一，第一个没有回头路的关口应该到了，而且它确实出现了。

第一个没有回头路的关口

在第9章，莱克特给克拉丽丝提供了一个关于连环杀手“野牛比尔”的关键线索。正是因为这件事，杰克·克劳福德才把克拉丽丝拉进了办案组。至此，她的职业生涯遇到了真正的危机。她是连环杀手调查小组的成员之一。要是这次她失败了，她的职业生涯就彻底没戏了。“在学校就是开除了，斯泰琳。”克劳福德告诉她。

现在我们进入了第二幕。斯泰琳正处于真实案件的“黑暗世界”中，这是一个臭名昭著的凶杀案，每过一分钟，清白无辜的生命就可能遭遇不测。其中一名潜在的受害者是参议员的女儿。

我们不会把第二幕的全部细节都这样叙述一遍。这里有一系列有机统一的场面。克拉丽丝·斯泰琳首先需要确定“野牛比尔”的身份，然后再把他捉拿归案。面对障碍、采取行动、克服障碍，这里既有挫折也有线索。

其中一个行动是她回去看望莱克特。他能帮助她，但他希望有所回报。他想转到另一家医院，而且他想住在能够看到室外的监舍里。

在他达成目标之前，他只向克拉丽丝提供零星的信息。

她完成了一个交易，但她将面对一次背叛，她会让莱克特失望。你不应该让像他这样的人失望。

第二个没有回头路的关口

第二个没有回头路的关口让结尾的最后决战成为可能。这是一次危机或者挫折，一条线索或者一个发现。

克拉丽丝正要把“野牛比尔”捉拿归案。但是，她已经被正式从办案小组中调离了。这个挫折没有阻止她。她一直与莱克特沟通，她的思索也没有停止。

这里还有一个嘀嗒的闹钟，时限是在“野牛比尔”最新一个受害者凯瑟琳·马丁遇害之前，她是参议员的女儿。现在，距离凯瑟琳被害可能只有几个小时了。

克拉丽丝从莱克特那儿得到了一个密码信息。他提醒说，“野牛比尔”比较贪心，而人们贪婪的对象往往是日常所见的东西。

这被证明是一个关键线索，克拉丽丝要通过这个关口，才能最终救出凯瑟琳·马丁。

这个线索促使克拉丽丝仔细研究“野牛比尔”的第一个受害者弗雷德丽卡·比梅尔的背景资料。她经过推理得出结论：他必然见过她，或许天天见到，直到最后他才决定杀害她。

斯泰琳继续跟踪研究。她到了弗雷德丽卡的家里，调查了她的房间，然后发现：弗雷德丽卡自己缝制自己的衣服。

在克拉丽丝看来，这个发现符合她在另一名受害者金伯利·安柏格身上发现的情况，而且弄明白了为什么凶手把她身上的皮肤一片片剥下这个谜团。

这给了克拉丽丝一个惊人的发现时刻：“野牛比尔”这样做的目的是把受害者的皮肤缝合在一起。

于是，她向弗雷德丽卡的一个朋友询问情况。这个人说，镇上有一家服装店。服装店的主人已经死了，但是克拉丽丝还是来到了店主的家里，以便获得更多信息。

这里就是凶手詹姆·甘姆的藏身之地。

克拉丽丝最初进来的时候并不知道这个情况，但是，当一只衣蛾匆匆进入她的视线的时候（这是凶手作案现场的一个共性特征），她知道自己找对地方了。

这引发了她与甘姆的最终摊牌与决战。

她打死了他，救出了凯瑟琳。

引起共鸣的结尾

克拉丽丝克服了职场方面的死亡。实际上，她获得了晋升。杰克·克劳福德告诉她，“斯泰琳，我为你骄傲。布里格姆也为你骄傲，主任也为你骄傲。”

从头到尾，克拉丽丝备受一个梦境的困扰：梦里羔羊们在被屠杀时不断发出叫声。莱克特曾经提醒她：她必须勤于思考才能抓住“野牛比尔”，然后才能救出凯瑟琳，到那时候，羔羊就会沉默了。克拉丽丝承认这是对的。

最后一句台词是这样的：

> 但是枕头上的人脸，在火光下如玫瑰般红润，这当然是克拉丽丝·斯泰琳的脸，而她深深地、甜甜地睡着了，在沉默的羔羊中间。

创意写作书系

这是一套广受读者喜爱的写作丛书，系统引进国外创意写作成果，推动本土化发展。它为读者提供了一把通往作家之路的钥匙，帮助读者克服写作障碍，学习写作技巧，规划写作生涯。从开始写，到写得更好，都可以使用这套书。

综合写作		
书名	作者	出版日期
成为作家	多萝西娅·布兰德	2011 年 1 月
一年通往作家路——提高写作技巧的 12 堂课	苏珊·M. 蒂贝尔吉安	2013 年 5 月
创意写作大师课	于尔根·沃尔夫	2013 年 6 月
渴望写作——创意写作的五把钥匙	格雷姆·哈珀	2015 年 1 月
与逝者协商——布克奖得主玛格丽特·阿特伍德谈写作	玛格丽特·阿特伍德	2019 年 10 月
心灵旷野——活出作家人生	纳塔莉·戈德堡	2018 年 2 月
诗性的寻找——文学作品的创作与欣赏	刁克利	2013 年 10 月
从创意到畅销书——修改与自我编辑	詹姆斯·斯科特·贝尔	2016 年 1 月
来稿恕难录用——为什么你总是被退稿	杰西卡·佩奇·莫雷尔	2018 年 1 月
虚构写作		
小说写作教程——虚构文学速成全攻略	杰里·克里弗	2011 年 1 月
开始写吧！——虚构文学创作	雪莉·艾利斯	2011 年 1 月
冲突与悬念——小说创作的要素	詹姆斯·斯科特·贝尔	2014 年 6 月
情节与人物——找到伟大小说的平衡点	杰夫·格尔克	2014 年 6 月
人物与视角——小说创作的要素	奥森·斯科特·卡德	2019 年 3 月
情节线——通过悬念、故事策略与结构吸引你的读者	简·K. 克莱兰	2022 年 1 月
经典人物原型 45 种——创造独特角色的神话模型（第三版）	维多利亚·林恩·施密特	2014 年 6 月
经典情节 20 种（第二版）	罗纳德·B. 托比亚斯	2015 年 4 月
情节！情节！——通过人物、悬念与冲突赋予故事生命力	诺亚·卢克曼	2012 年 7 月
如何创作炫人耳目的对话	詹姆斯·斯科特·贝尔	2016 年 11 月
超级结构——解锁故事能量的钥匙	詹姆斯·斯科特·贝尔	2019 年 6 月
故事工程——掌握成功写作的六大核心技能	拉里·布鲁克斯	2014 年 6 月
故事力学——掌握故事创作的内在动力	拉里·布鲁克斯	2016 年 3 月
畅销书写作技巧	德怀特·V. 斯温	2013 年 1 月
30 天写小说	克里斯·巴蒂	2013 年 5 月
从生活到小说（第二版）	罗宾·赫姆利	2018 年 1 月
小说创作谈	大卫·姚斯	2016 年 11 月
写小说的艺术	安德鲁·考恩	2015 年 10 月
成为小说家	约翰·加德纳	2016 年 11 月
小说的艺术	约翰·加德纳	2021 年 7 月

非虚构写作		
开始写吧！——非虚构文学创作	雪莉·艾利斯	2011 年 1 月
写作法宝——非虚构写作指南	威廉·津瑟	2013 年 9 月
故事技巧——叙事性非虚构文学写作指南	杰克·哈特	2012 年 7 月
光与热——新一代媒体人不可不知的新闻法则	迈克·华莱士	2017 年 3 月
自我与面具——回忆录写作的艺术	玛丽·卡尔	2017 年 10 月
写出心灵深处的故事——非虚构创作指南	李华	2014 年 1 月
写我人生诗	塞琪·科恩	2014 年 10 月
类型及影视写作		
金牌编剧——美剧编剧访谈录	克里斯蒂娜·卡拉斯	2022 年 1 月
开始写吧！——影视剧本创作	雪莉·艾利斯	2012 年 7 月
开始写吧！——科幻、奇幻、惊悚小说创作	劳丽·拉姆森	2016 年 1 月
开始写吧！——推理小说创作	劳丽·拉姆森	2016 年 7 月
弗雷的小说写作坊——悬疑小说创作指导	詹姆斯·N. 弗雷	2015 年 10 月
好剧本如何讲故事	罗伯·托宾	2015 年 3 月
经典电影如何讲故事	许道军	2021 年 5 月
童书写作指南	玛丽·科尔	2018 年 7 月
网络文学创作原理	王祥	2015 年 4 月
写作教学		
剑桥创意写作导论	大卫·莫利	2022 年 7 月
小说写作——叙事技巧指南（第十版）	珍妮特·伯罗薇	2021 年 6 月
你的写作教练（第二版）	于尔根·沃尔夫	2014 年 1 月
创意写作教学——实用方法 50 例	伊莱恩·沃尔克	2014 年 3 月
创意写作思维训练	丁伯慧	2022 年 6 月
故事工坊（修订版）	许道军	2022 年 1 月
大学创意写作·文学写作篇	葛红兵 许道军	2017 年 4 月
大学创意写作·应用写作篇	葛红兵 许道军	2017 年 10 月
小说创作技能拓展	陈鸣	2016 年 4 月
青少年写作		
会写作的大脑 1——梵高和面包车（修订版）	邦妮·纽鲍尔	2018 年 7 月
会写作的大脑 2——怪物大碰撞（修订版）	邦妮·纽鲍尔	2018 年 7 月
会写作的大脑 3——33 个我（修订版）	邦妮·纽鲍尔	2018 年 7 月
会写作的大脑 4——亲爱的日记（修订版）	邦妮·纽鲍尔	2018 年 7 月
奇妙的创意写作——让你的故事和诗飞起来	卡伦·本基	2019 年 3 月
成为小作家	李君	2020 年 12 月
写作魔法书——让故事飞起来	加尔·卡尔森·莱文	2014 年 6 月
写作魔法书——28 个创意写作练习，让你玩转写作（修订版）	白铅笔	2019 年 6 月
写作大冒险——惊喜不断的创作之旅	凯伦·本克	2018 年 10 月
小作家手册——故事在身边	维多利亚·汉利	2019 年 2 月
北大附中创意写作课	李韧	2020 年 1 月
北大附中说理写作课	李亦辰	2019 年 12 月

精品写作课

作家的诞生——12 位殿堂级作家的写作课

中国人民大学刁克利教授 10 余年研究成果倾力呈现，横跨 2800 年人类文学史，走近 12 位殿堂级写作大师，向经典作家学写作，人人都能成为作家。

荷马：作家第一课，如何处理作品里的时间？

但丁：游历于地狱、炼狱和天堂，如何构建文学的空间？

莎士比亚：如何从小镇少年成长为伟大的作家？

华兹华斯和弗罗斯特：自然与作家如何相互成就？

勃朗特姐妹：怎样利用有限的素材写作？

马克·吐温：作家如何守望故乡，如何珍藏童年，如何书写一个民族的性格和成长？

亨利·詹姆斯：写作与生活的距离，作家要在多大程度上妥协甚至牺牲个人生活？

菲兹杰拉德：作家与时代、与笔下人物之间的关系？

劳伦斯：享有身后名，又不断被诋毁、误解和利用，个人如何表达时代的伤痛？

毛姆：出版商的宠儿，却得不到批评家的肯定。选择经典还是畅销？

一个故事的诞生——22 堂创意思维写作课

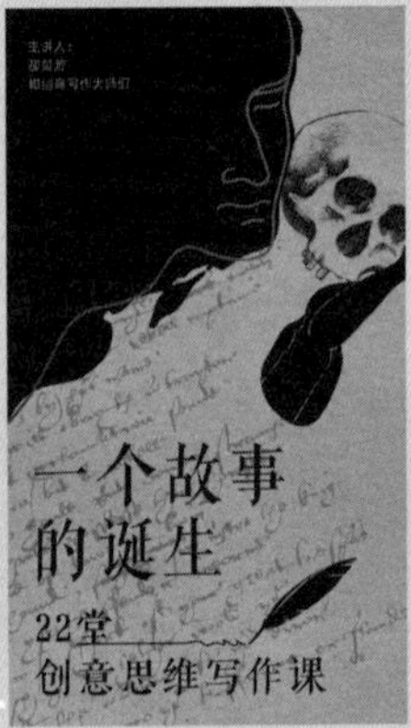

郝景芳和创意写作大师们的写作课，国内外知名作家、写作导师多年创意写作授课经验提炼而成，汇集各路写作大师的写作法宝。它将告诉你，如何从一个种子想法开始，完成一个真正的故事，并让读者沉浸其中，无法自拔。

郝景芳：故事是我们更好地去生活、去理解生活的必需。

故事诞生第一步：激发故事创意的头脑风暴练习。

故事诞生第二步：让你的故事立起来。

故事诞生第三步：用九个句子描述你的故事。

故事诞生第四步：屡试不爽的故事写作法宝。

图书在版编目（CIP）数据

冲突与悬念：小说创作的要素/（美）贝尔（Bell，J. S.）著；王著定译．—北京：中国人民大学出版社，2014.6
（创意写作书系）
ISBN 978-7-300-19486-8

Ⅰ.①冲… Ⅱ.①贝… ②王… Ⅲ.①小说创作-文学创作研究 Ⅳ.①I054

中国版本图书馆 CIP 数据核字（2014）第 122775 号

创意写作书系
冲突与悬念
小说创作的要素
[美] 詹姆斯·斯科特·贝尔 著
王著定 译
Chongtu yu Xuannian

出版发行	中国人民大学出版社		
社　　址	北京中关村大街 31 号	**邮政编码**	100080
电　　话	010－62511242（总编室）		010－62511770（质管部）
	010－82501766（邮购部）		010－62514148（门市部）
	010－62511173（发行公司）		010－62515275（盗版举报）
网　　址	http://www.crup.com.cn		
经　　销	新华书店		
印　　刷	天津中印联印务有限公司		
开　　本	720 mm×1000 mm　1/16	**版　　次**	2014 年 7 月第 1 版
印　　张	21.75 插页 1	**印　　次**	2025 年 9 月第 17 次印刷
字　　数	291 000	**定　　价**	45.00 元